LES TACHES D'ENCRE

Du même auteur

Aux éditions Le Serpent à Plumes

53 cm, roman, 1999

Bessora

LES TACHES D'ENCRE

Roman

LE SERPENT A PLUMES

Illustration de couverture :
© Hiroshi Goto/Photonica

© 2000 Le Serpent à Plumes

N° ISBN : 2-84261-215-9

LE SERPENT A PLUMES

20, rue des Petits-Champs — 75002 Paris
http://www.serpentaplumes.com

1
Dans le Métro, avec Bernard

UNE P'TITE PIÈCE pour manger, s'il vous plaît.
– Non, merci, répond Bernard.
Il voulait dire *Non, désolé* ; mais la langue lui a fourché.

– Je rentre juste de vacances à La Baule, dit Bernard, vingt-huit jours de tête à tête avec ma femme... Alors, laissez-moi respirer, madame : pas de petite pièce. D'abord, je n'ai que des chèques, madame. Je ne vais pas vous faire un chèque à cinquante centimes tout d' même.

– Je prends pas les chèques au dessous de cinquante francs, fait la clocharde d'une voix amère. Surtout que j'ai pas de banque, connard. Encore une petite chose : t'as l'heure ? Parce que j'ai un rendez-vous vachement important avec un homme d'affaires dans ton genre. Tu vois c' que j' veux dire ?

Bernard s'empresse de lire l'heure à son poignet et la communique gratuitement, avec un large sourire :

– Il est 18 h 15 et nous sommes le 7 septembre, madame ; excusez-moi, mais je dois vous laisser : ma femme m'attend pour dîner. Le temps d'arriver à la maison...

– C'est ça… Casse-toi pauv' larve, sinon tu vas t' faire gronder par ta grognasse.

Bernard s'en va.

Une bouche de métro déploie un escalator en forme de langue grise. Elle lape Bernard et une vingtaine d'autres personnes.

Bernard se propulse dans une cohue multiforme. Il s'y fond, tout en y demeurant étranger. Insensible et aveugle à la masse dont il participe lui-même, il calcule mentalement la prime que lui rapportera la signature de ses deux derniers contrats : une assurance multirisque habitation, et une assurance multirisque divorce ; cette dernière garantit à un mari abandonné le paiement des pensions alimentaires en cas de défaillance de l'ex-épouse, mais à condition que l'impayé soit imputable au chômage, à l'invalidité, ou au décès de l'ex-femme. Le harcèlement de la mauvaise payeuse est inclus au contrat.

La foule roule dans une tranchée presque vide puis investit le quai de la ligne numéro quatorze, *Météor*, et, dilatée à l'extrême, ralentit, s'arrête.

Là commence l'attente du métro.

Attente immobile et fébrile à la fois.

Soudain, un jeune homme à veste polaire baisse sa tête chevelue, et charge, attaque la tribu compacte, pour se frayer un passage vers un distributeur de barres chocolatées. Il perd, pendant cette opération de déblaiement, quelques pellicules blanches ; éparpillées jusque-là parmi ses mèches brunes, elles se relogent, qui sur le territoire d'une épaulette en cashmere, qui sur le lopin de cuir d'un soulier en nubuck.

Le distributeur de barres chocolatées atteint, le taureau malingre regarde la vitrine Sélecta avec une perplexité infinie.

Le métro arrive.

La tension est à son comble : la foule se sait trop grosse pour entrer dans un train déjà plein, dans un train formaté pour les masses maigres. Comme on se met au régime pour enfiler un vieux pantalon, la micronation métropolitaine commence, à l'entrée du train en gare, un régime éclair et dissocié, au mépris des règles diététiques les plus élémentaires.

Qui gagnera le privilège d'être trop serré dans son pantalon métropolitain ?

Quel minable restera sur le quai ?

Pas Bernard Frick. S'il estime sa taille trop modeste (179,5 cm), et souffre d'une calvitie précoce (35,5 ans), ses abdominaux en béton lui garantissent une volonté de fer ; d'autre part, sa peau bronzée quoique blanche lui donne l'assurance des gagnants ; les gagnants ne ratent pas leur correspondance, en particulier celle de 18 h 37.

Rater le train n'est pas digne d'un employé de la compagnie d'assurances Veuves de France, filiale des Scottish Widows, filiale du consortium financier d'Afrique de l'Ouest, qui contrôle aussi un holding allemand aux activités très diversifiées : le domaine minier, les hydrocarbures et – justement – les chemins de fer.

Le métro s'arrête.

Les portes s'ouvrent.

Plus que trente secondes pour enfiler son pantalon métropolitain.

Le dégraissage darwinien commence.

Une lutte pour l'anorexie de l'espèce s'engage.

L'Autre est ma douleur et ma calorie ;

ma calorie est ma douleur.

On se bat, on se débat, on se rebat même les oreilles.

Quelques bleus plus tard, la sélection de l'espèce est achevée. Le jeune homme à la veste polaire n'a pas bougé de son distributeur, havre de paix chocolatée. Indifférent au régime dissocié qui s'est déroulé derrière lui, il s'est laissé bousculer par des coudes craintifs, des mains et des pieds furieux comme autant d'enzymes gloutons. Un vieux cadre dynamique l'a mollement traité de *débile anesthésié* et un père de famille de *fils de pute dégénéré*. La tempête passée, le jeune homme et sa veste restent seuls sur le champ de bataille déserté. Immobile face au distributeur bienveillant, le garçon s'émerveille devant la vitrine enchantée qui lui apparaît comme une terre d'asile glucidique, une promesse d'immunité métropolitaine ; un abri, libéral, au libéralisme.

L'espoir est dans le chocolat rédempteur.

Il choisit un *Twix, deux doigts coupe-faim !*

Bernard descend à la station Invalides. Haut-parleur :

En raison d'une visite officielle, la ligne treize, « Châtillon - Montrouge - Asnières - Gennevilliers - Baptiste - Péri », est fermée au public.

Ravi de ne pas appartenir au lot des sacrifiés de la ligne treize, réorientés sur des lignes plus chanceuses, Bernard se précipite sur le quai A, presque vide.

Là, deux policiers noir et blanc, à casquette de cycliste bleu et noir, adossent leurs montures, deux vélos tout terrain bleu et rouge, à un mur jaune et gris. Détachés des brigades spéciales montées à bicyclette, ils viennent, en renfort de trois contrôleurs métropolitains, interpeller un resquilleur boiteux, café au lait et présumé clandestin :

– Bonjour, quelle belle journée, n'est-ce pas ? dit le policier noir à crâne rasé comme un skinhead, au Mulâtre claudiquant.

– Sais pas, répond le Resquilleur bancal au Négropolitain skinhead.

Bernard Frick gratte ce qui lui reste de ses cheveux châtains, autrefois blonds, et tend une oreille indifférente.

– Vos papiers, s'il vous plaît, demande le policier blanc et chevelu de courts dread-locks.

Le Métis sort un passeport rouge, mais africain, d'une sacoche ; le Métropolitain dread-locks caresse une matraque encore plus chauve que le Négropolitain skin-head ; ce dernier tend la main pour prendre le passeport rouge dans les mains du jeune boiteux.

– C'est quoi, ce passeport diplomatique ? demande le Négropolitain au Resquilleur.

Bernard se retourne, pour dévisager le Resquilleur de couleur diplomatique. Voyant le Métis, il l'imagine maghrébin, pense : *pauvre Marocain… avec un faux passeport*, et se retourne en haussant les épaules. Si Bernard connaît le métissage libéral des économies mondialisées, il ignore l'existence du métissage libre des individus mondiaux ; il se conçoit comme un produit du terroir, pure race menacée par l'Organisation mondiale du commerce et l'ouverture des frontières : Bernard se pense haricot blanc, sédentaire, *made in France*, légume indigène. Mr. Bean oublie juste que le haricot est un grand nomade : il voyagea longtemps avant de débarquer en Normandie, où il arriva très abâtardi, à la manière d'un Mulâtre à la tête de Marocain.

Le Mulâtre supposé *made in Maroc* gratte le haut de sa jambe la plus courte et répond au skinhead :

– Ce passeport diplomatique ? C'est un passeport diplomatique.

Le métro arrive, aussi vide que le quai A.

Les voitures se laissent envahir sans résistance par une foule molle, décharnée, sans ambition politique ni convoitise. Bernard reste sur le quai : un métro conquis sans bataille par une cohorte malingre est un trophée trop maigre. La scène du Resquilleur diplomate lui paraît plus croustillante, en attendant que la foule se renfloue, se gonfle de conquistadors et s'organise pour former une armada galvanisée, prête à livrer une vraie guérilla métropolitaine au prochain train.

Le Métropolitain dread-locks prend le passeport du Resquilleur mulâtre au Négropolitain skinhead :

– Votre visa arrive à échéance dans deux jours, le 9 septembre, dit-il au Métis. Votre billet de retour, s'il vous plaît ?

– Je n'en ai pas, répond le jeune corniaud.

– Qu'est-ce qui nous prouve que vous rentrerez dans votre pays dans deux jours, alors ? s'inquiète le Négropolitain.

– Je ne rentre pas, cingle le bâtard de sa race légitime. Ma mère est en train de me faire un passeport français.

– Sans blague, réplique le Négropolitain. Vous débarquez d'Afrique et vous croyez que vous allez avoir un passeport français comme ça ?

Les deux policiers échangent un regard rieur. Bernard sourit de la naïveté de ce Bougnoul boiteux décidément très bicot, et doté d'un passeport diplomatique décidément très faux. Le Métis bancal assène le coup de grâce :

– Ma mère est française.

Il s'excuse ensuite :

– Elle est blanche. Vous savez, je souffre d'une scoliose triple.

– Pardon ? dit le Négropolitain.

12

– Ma colonne vertébrale a dévié à gauche, à cause de ma jambe droite : elle est trop courte, beaucoup trop courte. J'ai rendez-vous chez le chiropracteur, dans vingt minutes. Libérez-moi, s'il vous plaît, et je paierai ma contredanse à vos collègues les contrôleurs sans rechigner.

Les policiers réfléchissent. Magnanime, le Blanc dit au Noir :

– Allez, on décampe.

Ils récupèrent leurs montures à deux roues et s'éloignent, abandonnant le fils de la Blanche et du Diplomate aux contrôleurs puis au chiropracteur. Le Métropolitain finit par dire au Négropolitain :

– Ces diplomates africains… y gagnent dix fois mon salaire, y niquent nos femmes et y nous envoient leur marmaille malade.

– T'inquiète, lui dit le Négropolitain.

Il lui tapote affectueusement l'épaule.

Un train entre en gare.
Bernard envahit un wagon plein à craquer.
Trois stations plus tard, Bernard sort du train. Il court : il a encore une chance d'attraper la correspondance de 19 h 48.

19 h 48. Bernard arrive sur le quai C, en même temps que son train.

Ravi de sa ponctualité, il pénètre dans la voiture de tête.

2
Dans le Baisodrome, avec Muriel et Gilles

Fanon, le poisson rouge tacheté de blanc, et Hegel, le poisson rouge tacheté de noir, tournent en rond dans le petit aquarium carré d'Aimé entre deux petites locomotives de collection : un modèle à vapeur et un modèle diesel.

Muriel n'a pas changé l'eau depuis dix jours.

À minuit, le téléphone sonne ; le répondeur reçoit :

« Décroche, Muriel… C'est Gilles… Parle-moi, ça va pas bien du tout… J'ai envie de mourir… »

Muriel regarde l'aquarium aux poissons rouges. L'eau sale, couleur rouille, est souillée de crottes, petits filaments gris, fins, bruns, élégants.

« Réponds-moi… Si tu es là et que tu ne décroches pas… C'est vraiment criminel… L'homme s'énerve : je te conseille de débrancher ton téléphone ! Parce que je vais t'appeler à une heure, à deux heures, à trois heures, à quatre heures, à cinq heures… et même à huit heures si tu es gentille. »

L'homme marié raccroche, s'assied sur le sol de la cabine téléphonique, regarde la pleine lune qui éclaire la nuit, verse une larme obscure.

Muriel transporte l'aquarium dans la salle de bains, attrape les poissons avec une louche et les installe dans le lavabo plein d'eau. Elle vide leur cage de verre, la nettoie.

Dans sa cabine, l'homme marié sèche ses larmes, se relève, et rappelle sa maîtresse en titre. Il s'épanche sur le répondeur :

« Allô ? Allô ! C'est Gilles. 8 septembre, zéro heure quinze. Je suis toujours en exil à Cannes… Tu ne connais pas le principe de la charité visiblement. Tu vois bien que je suis le mendiant ! Fais-moi la charité… Bon, je suis dans une cabine : 04 93 99 47 35 ; je répète 04 93 99 47 35 ; je répète 04 93 99 47 35. Voilà. Alors je vais camper dans la cabine, je vais apporter mon pyjama, mon oreiller et j'attends que tu me rappelles. »

Hegel et Fanon barbotent toujours dans le lavabo. Muriel les récupère avec la louche, les déverse dans leur habitacle nettoyé, remplit l'aquarium et le pose sur le rebord de la cheminée.

Muriel fuit l'homme marié depuis quinze jours.
Gilles poursuit la maîtresse depuis quinze jours.

Depuis deux semaines, Muriel occupe cette garçonnière de trente et un mètres carrés, rue Pierre-Ier-de-Serbie, au quatrième étage d'un ancien hôtel réaménagé en petits appartements. Elle a quitté son ancien logis, après que Gilles en a défoncé la porte pour prouver à sa belle son amour viril. Elle a trouvé refuge dans ce baisodrome que lui a prêté un ami, Aimé Eulalie, grand bellâtre à la rouflaquette auburn, au bouc brun et à l'œil vairon ; c'est là qu'habituellement Aimé distribue, depuis son divorce huit mois plus tôt, ce qu'il appelle des *réflexes de lordose* à ses amantes attitrées et occasionnelles, qu'il appelle chacune Mme Eulalie, suivi d'un numéro. Le *réflexe de lordose*, conséquence de la levrette, est l'accentuation de la courbe lombaire chez une femelle de mammifère soumise à la monte d'un mâle.

La résidence principale d'Aimé, un studio de quarante-cinq mètres carrés, se situe rue de la Convention, dans le quinzième arrondissement de Paris. Le beau gosse, autrefois abandonné par son père, y accueille sa fille Valentine, huit ans, une à deux fois par semaine. Il espère en obtenir la garde.

Muriel se brosse les dents dans la minuscule salle de bains donnant sur le salon et le coin cuisine.
Le répondeur s'enclenche à nouveau :
« Je ne sais plus si je t'ai laissé le numéro de la cabine… Euh… Alors c'est 04 93 99 47 35. À tout à l'heure ! Je ne t'aime pas du tout… tu sais bien… »
Muriel se rince la bouche, essuie ses lèvres et, pensive, considère l'impressionnante collection des produits de beauté d'Aimé Eulalie. Un activateur de repousse capillaire avoisine, sur le rebord de la baignoire sabot, un shampoing au pétrole contre les pellicules et une lotion au fer contre la chute des cheveux. Une petite console grenat présente une collection de brosses, peignes, gels en tout genre, ainsi qu'une petite locomotive de plastique bleu. À côté, un fer à friser dépasse, avec le bout d'un sèche-cheveux, d'un tiroir plein d'objets électriques. Sur le miroir, un Post-it jaune se décolle :

> *Virginie : 01 42 71 90 45*
> *Esthéticienne : 01 45 55 55 12*
> *La blonde du fumoir : 06 83 56 45 87*

Muriel fouille dans sa trousse de toilette, en sort un petit pot de crème Nivéa, vide. Nouvelle sonnerie du téléphone.
« Bon… Je commence à me lasser… », dit l'homme marié.
La maîtresse cherche de quoi remplacer sa crème Nivéa. Elle hésite devant les produits de la ligne *Beautiful Body for Freemen* alignés sur la tablette en verre fixée sous le miroir.

*Fraise et Céleri : exfoliant visage et corps
aux BêtaHydroxyles.
Abricot et Varech : exfoliant visage.
Avocat et avoine : masque facial d'argile minérale.
Concombre et Ginseng : masque peel-of aux minéraux.*

Elle choisit finalement un flacon transparent à bouchon doré, isolé sur le lavabo à côté du verre à dents d'Aimé : *Soin nutritif de nuit révélateur d'éclat*. Le récipient ouvert, Muriel hume la crème bleutée, détecte comme une odeur de colle, puis applique la mixture magique sur son visage.

Hydratée à souhait, elle sort de la salle de bains naine, allume la radio dans le salon et s'assied sur un radiateur électrique allumé.

Flash info :

Le tueur de la Seine, dont le dernier forfait connu remonterait au mois de juillet, a encore frappé : le corps d'une prostituée décapité, a été retrouvé pendu par les pieds dans un arbre, sur les bords de la Seine.

Après une brève pause publicitaire, on diffuse une émission sur la pêche en zone fluviale. Le présentateur s'éclaircit la gorge, puis questionne son invité :
– Quel est le portrait-robot du pêcheur à la mouche ?
– Vous avez de ces questions ! dit l'invité, pêcheur en zone fluviale. Sais pas... j'ai jamais réfléchi à ça. Je pêche, c'est tout.

Le journaliste reste coi :
– ...

Le pêcheur en zone fluviale également :

– …

Le blanc radiophonique s'éternise. Le téléphone sonne. L'appel filtré, Gilles annonce :

« Muriel ! Arrête… c'est insupportable… J'ai envie de mourir… »

Muriel éclate de rire. Elle prend un papier et griffonne :

Je serai peut-être morte avant toi.

Elle s'allonge sur la banquette-lit et feuillette un livre, *Le Traité des couleurs.*

Aimé, jaloux des hommes en général et de Gilles en particulier, endoctrine Muriel depuis dix-huit mois :
– Moi, j'attends juste que tu te lasses de ce sale type…, dit-il en massant ses longs favoris et son bouc. Ton mi-temps là… Ça va devenir un tiers temps… puis un quart temps et là, Mme Eulalie numéro 14, à nous deux pour le réflexe de lordose.

Alors son regard vairon s'illumine, il se frotte les mains et tire une épaisse langue de lézard violette, pointue, concupiscente.

Grand collectionneur de femmes et de locomotives, Aimé Eulalie possède en outre deux magasins, place des Fêtes, dans le dix-neuvième arrondissement de Paris : une boutique de fleurs, Floriland, et un espace funéraire, Funland.

Muriel s'efforçant de se reloger, Aimé lui a donné les coordonnées d'un de ses employés et ami, Azraël Frick, qui recherche un colocataire pour partager le loyer de son trois pièces et demie, rue des Martyrs. Muriel a rendez-vous avec Azraël Frick le lendemain matin, à onze heures, pour visiter l'appartement.

À une heure du matin, Gilles réitère sur le répondeur :

« Bon... tu n'es pas là. C'est décidément trop injuste. Voilà. À bientôt. »

Allongée, Muriel est absorbée par la lecture de son *Traité des couleurs*. Elle bâille, referme le livre avant la fin de son chapitre et éteint la lumière depuis sa banquette-lit.

À deux heures, Gilles laisse un nouveau message :

« Bon, alors tu n'es pas là. Te connaissant, tu es peut-être en train de descendre les poubelles... Bon, alors... là, j'ai acheté une nouvelle carte téléphonique. Donc je peux te harceler pendant quarante-sept unités... et je m'en priverai pas. »

Les yeux de Muriel sont ouverts dans l'obscurité.

À trois heures du matin, le répondeur s'enclenche encore :

« Bon... alors tu n'es pas là... Ah, comme c'est contrariant... D'abord où es-tu d'abord ? Parce que... j'imagine tout, moi ! Bon... alors tu n'es vraiment pas là, alors ? Il est trois heures... Je te téléphonais pour te dire que je te détestais. »

Gilles raccroche pour rappeler aussitôt :

« Je rentre de vacances dans deux jours, dimanche 10... Si on se voyait lundi, à 10 heures devant un café au lait ? »

Muriel rallume la lumière et reprend son livre :

> *Ces sujets voient moins de couleurs que nous ; voilà pourquoi ils confondent diverses couleurs. Le ciel leur paraît rose, la rose bleue, et réciproquement. Mais on peut se demander : voient-ils les deux objets bleus ou roses ? Voient-ils le vert orangé ou l'orangé vert ?*

Répondeur :

« Bon... Il est trois heures et demie... Je repousse les limites de l'humiliation jusqu'à l'infini... Il y a un couple qui danse la polka sur le port et puis... je t'attends et tu n'es pas là... C'est cruel de me laisser tomber... surtout un jeudi soir. Bon. Écoute. Vraiment. Je suis... déçu, très très déçu. Très très très déçu... Bon. À bientôt. »

> *Un coup d'œil nous fait voir « trente-six chandelles ». En outre, dans certaines dispositions du corps, et en particulier quand le sang est échauffé et la sensibilité extrême, on peut susciter une lueur aveuglante, insupportable, en appuyant d'abord légèrement, puis de plus en plus fort sur l'œil.*

Muriel pose son livre par terre, à côté de la banquette et éteint la lumière. Elle garde les yeux ouverts, et veille, tout comme le répondeur :
« Il est quatre heures. J'espère que tu t'amuses bien, en tout cas. Moi, je m'amuse pas. Je fais les cent pas sur le port. Y a des gaufres géantes factices. Et donc... Écoute... J'ai trente et une unités. Y a un tabac qui vend très tard dans la nuit des cartes téléphoniques. J'ai peur de rien... Y a un feu de Bengale qui éclate devant moi... Tout éclate... Toi aussi d'ailleurs... J'aurais voulu te parler... Mais tu n'es pas là... Moi, j'avais plein de choses à te dire. Muriel... Muriel... Muriel... Muriel... MURIEL ! MURIEL ! »

Un long silence, mais il ne raccroche pas. Muriel ferme les yeux et appuie d'abord légèrement, puis de plus en plus fort sur ses paupières closes, pour voir la lueur aveuglante des trente-six chandelles promise par son livre de chevet. Rien. Aucune lumière ne vient éclairer ses lanternes intérieures. Juste le souffle court de Gilles, invisible sur le répondeur.

« Muriel... Ce soir... je t'égorge... »
Elle débranche le téléphone.

Le lendemain matin, la maîtresse fait ses valises pour fuir le postulant égorgeur. Après une douche brûlante, elle enfile une longue robe noire et trois colliers de fleurs séchées.

Elle quitte l'appartement à dix heures.

Une odeur de cacao emplit le hall de l'immeuble. Au rez-de-chaussée, la porte du laboratoire de chocolaterie est ouverte. Muriel aperçoit un petit homme gracile, M. Chapuis, maître chocolatier, en tablier et sabots bruns. Il forme un novice corpulent en tablier et tennis blancs :

– Tu vois Jojo, dit M. Chapuis au grand débutant, ça, c'est le problème des pastilles : la cerise, quand elle est trop chaude, elle glisse. Tu le vois ? Tu la vois qui glisse ? T'as des mimines, t'as des yeux mon p'tit.

L'apprenti se penche sur la cerise trop chaude et la regarde glisser sur le chocolat, fasciné. L'artisan tape du sabot et rigole.

– Tu vois, Jojo ? Ben tiens, t'as même des meilleurs yeux que moi. T'es pas d'accord ?

Jojo le novice acquiesce. Le seigneur du cacao reprend en essuyant ses mains sur son tablier brun :

– Moi pour y voir, faut que j' porte des lunettes. Regarde, ajoute M. Chapuis, je ramasse la cerise... faut faire attention tu vois, là, y en a pour dix, douze francs de cerises. Tu vois ? Tiens, regarde, quand elles sont comme ça, tes pastilles, hop ! Au frigo ! Et pis après, tu les couperas au couteau.

Muriel sort de l'immeuble.

3
Chez Azraël, avec Muriel, sans Gilles

Fin de matinée.
Une femme apparaît dans l'embrasure de la porte. Taille moyenne, vingt-sept ou vingt-huit ans. Longue robe noire, veste brune en simili cuir. Trois colliers de fleurs séchées, jaunes et orange. Cheveux noirs et rêches, coupés très courts. Pommettes arrondies. Yeux noisette.
– Je suis Muriel, dit-elle, on avait rendez-vous.
Léger accent anglais.
– Vous venez pour l'appartement ? répond Azraël Frick.
Il croque dans une tartine de miel longue comme une baguette de pain.
Il ouvre largement la porte de son logis.
Elle entre. Parfum musqué.
Azraël referme la porte derrière la jeune femme et ses bagages.
Muriel remarque, sur une table-applique noire, un bouquet de cattleyas, dans un bocal à spaghetti en verre.
– L'appartement serait pour deux personnes, dit Azraël, moi et quelqu'un d'autre, ajoute-t-il avant de croquer dans sa tartine de miel.
Invitée à s'asseoir dans un grand salon très dépouillé, Muriel s'installe sur un canapé bleu délavé. Azraël s'assied face à elle, sur une vieille chaise en rotin. Il la dévisage silencieusement.

Muriel cherche un sujet de conversation. Elle se rappelle ses lectures de la veille, et lance :
– Êtes-vous daltonien ?
Surpris par la question, Azraël et sa tartine se figent dans leur chaise.
– Êtes-vous daltonien ? répète Muriel. Le daltonisme est une anomalie liée au sexe.
Le jeune homme se gratte la jambe sur son jogging mandarine.
Il masse sa tignasse rousse.
– Je ne crois pas être daltonien, Muriel.
Long silence.
Le regard de Muriel s'enfonce dans les yeux jaunes d'Azraël.
Épais silence.
Muriel libère ses prunelles captives en baissant les yeux.
– On ne sait jamais, souffle-t-elle.
Elle précise :
– On ne se méfie jamais assez.
– Vous avez raison, concède Azraël.
Elle regarde le plafond et demande :
– Voyez-vous l'orangé vert ou le vert orangé ? Et le ciel ? Rose ou bleu ? Et les roses ? Bleues ? Et si je vous dis jaune, pensez-vous à la même couleur que moi ? Et si mon jaune était votre rouge ?
Azraël ne répond pas.
– Vous me faites visiter l'appartement ? continue Muriel.
– Bonne idée.
Azraël déplie ses longues jambes. Il se lève.
Mâchonnant sa tartine de miel réduite à trois quarts de baguette, il officie comme guide dans le tour du locataire ; parties communes : le salon-salle à manger est éclairé par quatre grandes fenêtres, la salle de bains

et la cuisine partagent un ravissant petit balconnet ; parties individuelles : deux chambres dont une légèrement mansardée :

— Elle sera pour vous si nous partageons le loyer, dit Azraël.

Tous les murs sont nus, crépis de blanc.

— Pourrai-je utiliser la salle à manger pour faire un bureau ? demande Muriel. J'en aurai besoin pour donner mes consultations.

Elle sourit. Un petit espace sépare ses deux dents de devant.

— Bien sûr, dit Azraël, une main en balade dans son bouc roux.

— Il faudra séparer le salon de la salle à manger.

— Bien sûr, se soumet encore Azraël, le regard miel et moite.

— On habillera cet appartement un peu mieux ; mais un peu seulement, temporise-t-elle ; avec des voiles en transparence et quelques tapis indigo. Très bien : j'accepte d'être votre colocataire, conclut-elle.

— Quel honneur vous me faites, dit Azraël, sa tartine de miel réduite à une demi-baguette dans la main.

— Je sais.

Azraël se lance dans un interrogatoire maladroit :
— Vous avez un métier, Muriel ?
— Absolument.
— Vous faites quoi ?
Muriel se racle la gorge :
— Voyante.
— Pardon ?
— Vo-yan-te, décompose Muriel, je rassure les gens.
— Je vois, dit Azraël.
— Mes clients sont des bébés bulles, reprend Muriel, ils ont besoin d'être protégés ; beaucoup col-

lectionnent les plans d'épargne et les contrats d'assurance.
— Mon frère, Bernard, est assureur.
— C'est pas évident, de gérer l'inquiétude des gens.
— Bernard travaille en territoire connu : c'est un inquiet, comme moi.
— On a peut-être des clients communs, votre frère et moi, dit Muriel.
Elle sourit. Toujours cet espace charmeur entre les dents de devant.
— Je suis voyante itinérante. Je n'ai pas de cabinet, je consulte de lieu en lieu. J'ai un certificat de circulation que m'a délivré la préfecture, dit-elle avant d'extraire un papier jaune et chiffonné de son sac. Regardez, il me permet de *voir* à n'importe quel endroit, de consulter sur le trottoir, si je veux. Je suis surbookée.

Un site sur Internet, un portable et un E-mail lui ont permis de se constituer un fichier-clients bien garni. Parfois, elle donne des consultations l'après-midi, dans les cafés du Marais. Parfois encore, chez les coiffeurs du seizième arrondissement. Ses clients ont entre quatorze et quatre-vingts ans.

— Je donne aussi quelques consultations à mon domicile ; c'est pour ça que j'aurai besoin de transformer la salle à manger en bureau.

— Comme vous voudrez, susurre Azraël, sa tartine de miel réduite à un quart de baguette dans la bouche ; on mangera au salon, ou à la cuisine.

— Ou à la salle de bains, propose encore Muriel. La salle de bains est une pièce délicieuse à vivre, vous verrez. Dans mon ancien appartement, j'y avais installé un rocking-chair, une table basse et des étagères, pour poser des livres, des jeux, des décorations. J'avais aussi un plateau à rabats que je dépliais sur ma baignoire depuis le côté. Je pouvais rester des heures entières dans ma salle de bains.

— Je vois, dit Azraël.

— Non, vous ne voyez rien du tout, rétorque Muriel, mais vous verrez. Ça paye pas mal, la voyance, vous savez ?

— Tant mieux. Parce qu'avec mon salaire de fleuriste...

— Fleuriste ? répète Muriel. C'est de là que viennent vos cattleyas ?

Elle indique le bocal à spaghetti dans le hall.

— Oui, répond Azraël

— Ils sont superbes : on les garde. Par contre, la chaise où vous êtes assis, on la jette, ou on la fait rempailler. Je m'en occuperai moi-même.

— Merci...

Silence onctueux.

Sourire blanc sur Azraël. Regard jaune sur Muriel.

— J'ai deux métiers, dit Azraël, je travaille chez Floriland, une boutique de fleurs, et Funland, un espace funéraire. Je marie les couleurs dans les fleurs, pour composer des bouquets, des décorations florales, des couronnes funéraires. Les fleurs sont fragiles : elles demandent beaucoup de soin.

— Pas toutes, conteste Muriel.

Une fragrance musquée s'échappe du cou de Muriel alors qu'elle secoue la tête. Le parfum voyage jusqu'à coloniser les narines d'Azraël. Il renifle.

— En France, on consomme plus de fleurs que de thé et de café réunis : pas de chômage chez les fleuristes, ni chez les croque-morts. Je travaille pour Aimé Eulalie ; vous le connaissez, non ?

— Oui, dit Muriel. Vous m'avez été recommandé par lui.

— J'en suis ravi, dit Azraël.

Il caresse son bouc roux.
– Vous emménagez quand ?
– À l'évidence, maintenant, répond Muriel.

Azraël transporte les bagages du hall à la chambre de Muriel.

Après une valise Vuitton, offerte par l'homme marié, un grand sac de voyage, offert par Aimé Eulalie, et un ordinateur portable, offert par le père de Muriel, tout le matériel de la jeune femme est entreposé dans sa mansarde. Du sac de voyage, Muriel sort une large plaque émaillée, jaune, bordée de fleurs bleues, peintes en relief. Au milieu de la plaque, une inscription est gravée en caractères noirs :

ICI, ON VOIT
Astrala Vous reçoit sur rendez-vous,
TÉLÉPHONE : 06 83 55 54 53
Internet : http://www.astrala.com
E-mail : astrala@free.fr

Sa pancarte à la main, elle sort de sa chambre, réclame quelques clous pour accrocher la plaque à la porte d'entrée. Azraël fournit le marteau. Le grand garçon regarde Muriel planter son premier clou. Il mâchonne sa tartine de miel réduite à un huitième de baguette.
– Je déteste le miel, annonce Muriel, la voix légèrement couverte par les bruits du marteau. C'est gluant, ça colle, ça m'écœure.
– C'est curieux, fait Azraël, parce que votre prénom…
– Quoi, mon prénom ? réplique Muriel.

Elle se retourne vers son immense colocataire et, son marteau suspendu en l'air, attend une explication.

– Muriel : les mûres et le miel. Vous êtes un miel de mûres, Muriel.

Confuse, Muriel tente maladroitement de dissimuler son émoi.

– On ne fait pas de miel avec les mûres, balance-t-elle. Comme argument de drague, le miel de mûres, vous repasserez.

Elle violente son clou avec le marteau. Azraël se défend :

– Pour la drague ? Je prendrai des leçons de rattrapage avec Aimé.

– Aimé ? En effet : très joli tableau de chasse, depuis son divorce.

– Depuis son mariage, rectifie Azraël

– Qu'en savez-vous ? Vous le connaissez bien, vous ?

– Moi ? Oui, je le connais bien, *moi*.

Muriel hausse les épaules. Blessé, Azraël proteste :

– Aimé est mon frère de cœur : on est allés à l'asil… à l'école ensemble.

– Asile ? crie Muriel.

Stupéfait, le marteau tombe de ses mains et heurte le sol.

– Ne me regardez pas comme ça. Je ne suis pas évadé d'un asile psychiatrique… je ne suis pas fou.

Un regard dément contredit aussitôt cette affirmation gratuite. Gêné, Azraël croque dans sa tartine jusqu'à la réduire à un seizième de baguette. Muriel ramasse son outil et enfonce son second clou, silencieusement, comme résignée à supporter ce malade mental, malgré tout.

Soudain, Azraël éprouve l'incongru besoin de se confier :

– J'habite toutes sortes d'univers, depuis la mort de mon frère.

– La mort de votre frère ? répète Muriel machinalement, sans cesser de jouer de son instrument.

– Oui, l'aîné : Noël est décédé, il y a dix-sept ans. Quelque temps plus tard, j'ai fondu un fusible : j'ai été interné, de dix-huit à vingt et un ans.

Muriel interrompt la petite musique du marteau. Elle regarde le jeune homme d'un air soupçonneux.

– Et vos fusibles, comment se portent-ils aujourd'hui ?

– Je vais bien : Tania, une amie thanatopracteur, me fait une injection de neuroleptiques tous les mois.

– C'est quoi un thanato…

– Ça soigne les morts. Tania embaume les morts. Mais je suis pas mort, moi.

– Vous souffrez du complexe du survivant, dit la jeune femme pensivement. Quand on perd un être cher, il arrive qu'on finisse par devenir fou, ou alors plus mort que lui. On se punit comme on peut.

Elle remet le marteau à l'ouvrage.

– Quand j'ai été interné aux *Muguets*, en 1986, reprend Azraël, Aimé y travaillait comme veilleur de nuit. Il m'a pris sous son aile : le racket dans les asiles, vous n'imaginez pas. Pendant six mois, Aimé a veillé sur moi et sur ses locomotives de collection, puis il est parti au Zaïre. C'est un fou de petits trains, vous savez ? C'est un doux dingue…

– C'est normal : il a grandi dans une locomotive.

– Je suis sorti des *Muguets* en 1989 et j'ai retrouvé Aimé : il revenait du Zaïre où il avait eu des choses à régler avec son père, je crois. Malheureusement son père est mort avant de le revoir. Comme c'est triste ; M. Eulalie a dû être très malheureux de ne pas revoir son Aimé avant de mourir.

– Son père ? Il l'avait abandonné à la naissance, annonce Muriel en ajustant sa plaque émaillée. Aimé en est très affecté. Il n'a pas l'air comme ça, avec sa belle gueule, mais il est tout cassé, à l'intérieur. Heureusement qu'il a Valentine, sa petite fille de huit ans ; c'est elle qui le fait tenir debout : elle ne l'abandonnera jamais, puisqu'il l'a reconnue.

– Je ne savais pas que le père d'Aimé... Aimé ? Un enfant abandonné par son père ? Heureusement que sa fille l'a reconnu père, alors. D'après ce qu'il m'a raconté, son voyage en Afrique lui a permis de récupérer pas mal d'argent et de régler quelques comptes avec une certaine Mme...

– Mme Lévêque ?

– Lévêque ? fait Azraël. Peut-être, oui. Je ne sais pas de quels comptes il s'agissait, mais ils ont été réglés au Zaïre, avec Mme Lévêque, oui. Maintenant le Zaïre s'appelle le Congo-Kinshasa ; mais je ne suis pas sûr que ce soit lié à Mme Lévêque. Euh...

Ils rentrent dans l'appartement.

– Ça doit être un nom répandu, Lévêque, opine Azraël en croquant dans sa tartine de miel : ma belle-sœur, la compagne de mon frère, s'appelle Bianca Lévêque. Mais elle habite pas au Congo, elle.

– Bianca ? Bianca Lévêque ? répète Muriel, visiblement troublée.

– Oui. Mais Bianca ne peut pas être la Mme Lévêque du Zaïre : d'après ce que j'ai cru comprendre, la Lévêque du Zaïre est morte, il y a des années. Ma belle-sœur et la Zaïroise étaient peut-être parentes. Bianca vient manger chez moi, avec mon frère Bernard, dans quinze jours ; vous dînerez avec nous ? Vous verrez, Bernard et Bianca sont drôlement sympas.

Muriel acquiesce.

Azraël pose un regard affectueux sur son dernier petit bout de tartine :

– Ça, c'est le moment que je préfère... Le temps

qu'il faut attendre pour arriver à la dernière bouchée, c'est...

Il se fourre le dernier morceau de baguette dans la bouche

— Je vais faire quelques courses, dit Muriel. Vous avez un caddie ?

Muriel sort de l'immeuble, un caddie rouge et troué dans une main, un petit porte-monnaie orange dans l'autre.

Elle s'arrête devant une cabine téléphonique aux parois tapissées d'autocollants. Elle entre, cherche une carte téléphonique au fond de sa poche. Elle en extrait une carte poisseuse, ayant macéré pendant huit jours dans sa veste, en compagnie d'un papier de bonbon imbibé de caramel et de miettes framboisées, échappées d'un biscuit nantais. Muriel nettoie rapidement l'objet avec un Kleenex. Elle décroche le combiné et compose le numéro d'Aimé Eulalie.

— Allô ? répond Aimé.

Muriel lui raccroche au nez.

— Aimé..., se dit-elle à elle-même. Bianca Lévêque... J'ai trouvé Bianca Lévêque !

Muriel sort de la cabine téléphonique, le cœur battant.

4
À la Soupe congolaise, avec Bernard et Bianca (et Magnolia)

Vendredi 15 septembre 2000.
20 h 00. La famille Frick-Lévêque passe à table.
Les petites jambes de Magnolia, ainsi baptisée en hommage à Claude François, se balancent sous la table à manger en chêne massif, héritée de mamie Renée.
Une longue femme au cheveu brun, à l'ossature solide, au pantalon à pinces et à la chemise de soie sort de la cuisine.
Elle porte une soupière en étain dans les mains.
Elle porte des ballerines noires aux pieds.
Bianca Lévêque verse deux louches de soupe à son concubin, Bernard, une autre à sa fillette de sept ans, une dernière à elle-même.
– C'est de la soupe à la tomate biologique, déclare-t-elle à Bernard. De la bonne tomate provençale. Je l'ai préparée avec le nouveau robot. Vous savez, Bébé, le Moulinex que vous m'avez offert pour mon anniversaire.
Bernard et Bianca se sont rencontrés au lycée, en septembre 1980. Ils avaient quinze ans. Impressionné par la grande taille de l'adolescente – à quinze ans, Bianca mesurait déjà un mètre quatre-vingt-deux et Bernard pas encore cent soixante-dix-neuf virgule cinq centimètres –, Bernard n'a jamais réussi à dire *tu* à sa concubine.

Bernard allume la télévision. C'est le journal de vingt heures.

Il pose sa télécommande à côté de son assiette.

Une nouvelle prostituée décapitée retrouvée ce matin. La police soupçonne le tueur de la Seine. Bien que le cadavre ait été retrouvé, comme à l'occasion du dernier meurtre similaire, suspendu dans un arbre, il n'était pas pendu par les pieds, contrairement au dernier meurtre similaire : en effet, la victime a été démembrée ; on n'a retrouvé que son tronc.

Le cliquetis des cuillères et les bruits de bouche aspirant la soupe accompagnent le journal télévisé. Après une minute consacrée à la pêche fluviale, on passe un reportage sur le don d'organes. Les yeux de Magnolia se scotchent contre l'écran, sur le gros plan d'un rein sanguinolent. Fascinée, Magnolia lape sa soupe écologique avec avidité. Elle tripote ses nattes brunes de sa main inoccupée. Bianca ordonne à sa fille de poser sa serviette sur ses genoux. Elle lui demande si elle s'est bien lavé les mains, pendant une minute au moins, avant de passer à table.

Magnolia dit *Oui, maman.*

– Tu me feras le plaisir de finir ton assiette, ma fille, dit Bianca. Pense aux petits Noirs qui meurent de faim, les pauvres. Tu sais, finir son assiette, c'est une manière de lutter contre la société de consommation : c'est la chasse au gaspi.

Magnolia dit *Oui, maman.*

Bianca à Bernard :

– Votre journée s'est bien passée, Bébé ?

Bernard émet un acquiescement muet.

Il pince les manchettes ajustées de sa chemise.

Bianca se lève.

Elle ajuste les pinces de son pantalon.

Elle dessert l'entrée.

Elle apporte un gigot d'agneau accompagné de flageolets.

– Je n'ai pas trouvé de flageolets biologiques, déplore-t-elle ; j'espère que ce sera bon quand même. Tu vois, dit-elle à Magnolia, tout en regardant à la télévision une transplantation cardiaque, cette viande est certifiée d'origine française et élevée en plein air. Avec la *traçabilité*, on connaît la race de cette bête et, au moins, on est sûr de ce qu'on mange.

Magnolia dit *Oui, maman.*

20 h 11. – Il n'a pas beaucoup de succès, mon gigot... il n'est pas bon ?

– Mais si, Bibi, il est très bon, votre gigot.

20 h 12. Bianca raconte sa journée.

Ce matin, après le départ de Bernard pour les Veuves de France, elle a accompagné Magnolia à l'école. Vers dix heures, elle a cassé le plat en porcelaine bleue de mamie Renée, puis elle a lancé une machine à laver avant qu'Élisa, la femme de ménage, n'arrive.

– Les résultats scolaires des enfants d'Élisa ne s'arrangent pas... les pauvres, dit-elle.

À onze heures, Bianca a rejoint Marianne, sa meilleure amie, au Gymnase Club.

– Marianne, la pauvre, elle ne sait plus quoi faire avec Gonzague. Elle a déjà tout fait et, franchement, elle ne peut pas mieux faire.

À midi, les deux amies sont allées boire un jus de goyave-carotte-échalote au Paradis du Fruit ; elles se sont quittées une demi-heure plus tard en se promettant de se téléphoner très vite :

– ... avec le portable, dit Bianca ; il faut bien consommer l'abonnement jusqu'au bout : la chasse au gaspi. Au fait, Bébé, je suis allée au Crédit mutuel pour transférer cinq cent mille francs (anciens) du compte épargne au compte courant, afin de payer les prochaines vacances aux sports d'hiver.

Bernard écoute la télévision.

Il joue avec les pieds de Magnolia, sous la table.

En début d'après-midi, Bianca a réprimandé Élisa, la femme de ménage :

– Elle a *encore* rangé les écharpes avec les chaussettes ; mais, la pauvre, ce n'est pas de sa faute si elle parle mal le français, n'est-ce pas, Bébé ? Il faudra peut-être songer à la remplacer. Il paraît que les femmes de ménages tamoules sont très bien, cette année. Marianne vient d'embaucher une Zaïroise ; je les connais, moi, les Zaïroises ; Marianne s'en mordra les doigts.

À l'ère de l'euro, Bianca peine à parler en nouveaux francs ; à l'ère du Congo, elle peine autant à parler en congolais : Bianca parle en anciens francs et en zaïrois. Pourtant, les Zaïrois, peuple de Mobutu, sont congolais, depuis la restauration de la monarchie dans la République démocratique du Congo-Kinshasa, ex-Zaïre, ex- Congo belge.

20 h 15. *Entracte animé :*
Les Zaïrois découvrirent Bianca le 26 mai 1965.

Elle naquit dans l'ancienne Léopoldville. Son père, un franc-maçon franco-belge nommé Francis Lévêque, débarqua au Congo belge, futur Zaïre, en 1954, à l'âge de vingt ans, accompagné de sa jeune et grande épouse, Anne-Sophie, doublement originaire de Levallois-Perret et de Normale supérieure, quoiqu'elle eût un aïeul indochinois. C'est sur les recommandations du frère d'Anne-Sophie, le père Brossard, lui-même missionnaire au Rwanda, que Francis Lévêque obtint sa position d'administrateur de colonie, à Léopoldville.

À l'indépendance du Congo belge, en 1960, Francis Lévêque demeura dans le pays, où il se recycla dans le conseil en dictature, auprès d'un roi-colonel nommé Mobutu, qui se transforma bientôt en roi-maréchal-président fondateur de parti unique populaire et de Zaïre révolutionnaire. Léopoldville la belge fut rebaptisée, au grand dam du roi des Flamands roses et wallons, Kinshasa la zaïroise, par le roi bantou nommé Mobutu.

Hormis son frère missionnaire au Rwanda, Anne-Sophie avait encore une sœur à Levallois, Aglaë. Aussi dévouée que dévote, et réciproquement, Aglaë devait, dès 1975, recueillir et élever Bianca, de retour à la *métropole,* à la suite des décès presque simultanés de ses deux parents.

Née cinq ans après le soleil des indépendances, Bianca a raté les fastes de la colonisation ; elle a néanmoins goûté aux délices de ses prolongements : le néo-colonialisme et le parti unique, l'un et l'autre parti de l'universalisme. De n'être pas née cinq ans, ou même cinquante ans plus tôt, Bianca conçut, très tôt, une indicible nostalgie. Depuis toute petite, elle dévore un congolais par semaine, le mercredi après-midi. Ce congolais, gâteau acheté en pâtisserie, est, avec les anciens francs, grâce auxquels elle paie sa femme de ménage, un pansement sur sa mélancolie coloniale.

Fin de l'entracte.

20 h 16. *Une journée particulière*, suite et fin.

– Cet après-midi, dit Bianca, j'ai téléphoné à mon frère. Xavier souffre terriblement de son homosexualité, le pauvre. Tout le monde sait, et moi mieux que quiconque, que l'homosexualité n'est pas une maladie, même si…

À quatre heures et demie, elle est allée chercher Magnolia à l'école et l'a aidée à faire ses devoirs, afin de la voir figurer parmi les cinq meilleures élèves de la classe :

– … même si tout le monde sait, aujourd'hui, et moi mieux que quiconque…

qu'il ne faut pas trop en demander aux enfants :

– … les pauvres…

même s'il faut un minimum d'autorité :

– … parce que quand même, c'est les parents qui décident…

– …, répond Bernard.

– N'est-ce pas, Bébé ?

– C'est vrai, Bibi, confirme Bernard.

– À ce propos, semble se souvenir Bianca, j'ai récupéré vos chemises au pressing.

20 h 24. À la télé, un amoncellement de cadavres aux membres déchiquetés et entremêlés apparaît, tambours médiatiques presque battants.

Les yeux de Bernard et Bianca et Magnolia sont collés à l'écran.

L'écran a des coins carrés, pour une meilleure visibilité.

Hypnotisé, chacun plante sa fourchette inoxydable dans la chair rose de l'agneau tendre, certifié d'origine française et élevé, voire abattu en plein air.

Chacun porte l'ustensile à sa bouche.

Chacun mâche sa viande avec délectation.

20 h 26. – Je suis cre-vée, lance Bianca.

Elle éponge un front dénué de toute trace de transpiration.

Sortez les mouchoirs et autres pop-corn ; pas de papiers par terre, ni de Coca sur les sièges, s'il vous plaît.

Malgré le soleil zaïrois de son enfance, Bianca est demeurée ignorante en matière de transpiration. La sueur est une coutume qu'elle apprit, toute petite, à attribuer aux peuples bantous. Un jour, elle avait quatre ans et demi et, pour la première fois, son petit nez retroussé remarqua, fut même, disons-le, *pris au piège* d'une vile odeur de transpiration émanant d'Eulalie, la ménagère analphabète.

Eulalie, anale, fa et bête, était entrée au service des Lévêque à l'âge de douze ans, en 1958, avec son cousin pareillement illettré. Les deux enfants avaient rejoint, chez les Lévêque, leur vieil oncle Tom, titulaire d'un poste irrévocable de boy auprès de l'administrateur de Léopoldville. Anne-Sophie Lévêque, qui n'était ni anale, ni fa, ni bête, déguisa sa petite Eulalie en femme de ménage, grâce à une jolie robe rose, et le cousin en cuisinier, grâce à une belle toque blanche.

En guise de rémunération, Eulalie touchait un salaire si maigre qu'on eût pu le croire anorexique ; heureusement, un supplément protéinique venait, chaque semaine, compenser ce déficit alimentaire : tous les mardis soir, alors qu'Anne-Sophie Lévêque allait jouer au bridge, son époux, monsieur l'administrateur de colonie, invitait la jolie Eulalie, et lui faisait don de son sperme. L'année de l'indépendance, en 1960, Francis Lévêque avait si généreusement semé ses protéines dans l'analphabétisme d'Eulalie, qu'elle reçut, pour son quatorzième anniversaire, le 26 septembre, un magnifique enfant métis.

Bianca fut choquée par cette maternité si précoce chez sa ménagère, ainsi que par la coloration étrange –

quoique fort répandue, sous ces latitudes coloniales – de l'enfant :

– Tu sais, lui dit sa mère : les petites Africaines, c'est comme les petits lapins, ça fait plein de bébés. On ne peut pas en vouloir à Eulalie.

Le nourrisson, trop métissé pour disculper monsieur l'administrateur, fut envoyé chez une tante d'Eulalie par Mme Lévêque : il ne serait pas dit que son époux pratiquait la négresse analphabète en général, et l'Eulalie anale-fa-bête, en particulier. En évinçant le bébé, Anne-Sophie ne faisait qu'appliquer un droit coutumier du colon : l'abandon de l'enfant mulâtre. Cette ancienne obligation légale, instituée par le code noir au XVIIe siècle, préservait l'honneur de l'épouse bafouée et la couleur de peau de la descendance, les chères têtes blondes. Quand le père du bâtard était aristocrate, la loi lui interdisait de transmettre ses titres nobiliaires à son enfant, quand bien même il l'aurait voulu : on ne souille pas impunément le sang bleu.

La tante d'Eulalie habitait une locomotive désaffectée dans une ancienne gare de brousse, à côté d'un vieux chantier forestier. L'enfant, abandonné, comme la locomotive, la gare et le chantier forestier, ne devait jamais connaître sa famille paternelle et ce, bien qu'il fût baptisé Aimé, par un missionnaire texan. À l'âge d'un an, Aimé fut adopté par un Belge stérile, propriétaire d'une scierie à quelques kilomètres de la locomotive. Quatre ans après la naissance d'Aimé, le mal-aimé bienheureux, Eulalie se maria avec un fonctionnaire des postes alphabétisé, et monsieur l'administrateur reporta son affection protéinée sur des chairs tout aussi noires, mais plus fraîches.

Ne plaignons pas Aimé : il n'est pas le petit Poucet : il a toujours très bien su trouver son chemin dans la brousse zaïroise, et sans recourir à la mie de pain, ni à la boulette de manioc. Il savait même si bien se retrouver dans la forêt qu'un jour, beaucoup plus tard, il eut l'occasion de se venger de sa famille paternelle... mais c'est une autre histoire...

Francis Lévêque eut au total deux enfants légitimes, Bianca et Xavier, et douze bâtards, avant de mourir, en 1974, d'un cancer de la prostate. Ah ! *La prostate...* cette glande abritée par la vessie et dont la sécrétion alcaline accompagne l'émission de sperme, chez le vertébré supérieur. Sur les douze mulâtres issus de ces vidanges testiculaires, le cadet mourut en bas âge, huit furent recueillis par leur oncle maternel, deux autres par des missionnaires américains, et Aimé par le vieil exploitant forestier belge et stérile (depuis une inflammation des gonades).

N'oubliez pas de jeter vos mouchoirs à la poubelle avant de quitter la salle de projection.

5
À la Dent blanche, avec Bernard et Bianca (et Magnolia)

20 h 27, heure de Greenwich (plus deux), le même soir.

On raconte à la télévision les déboires d'une voiture de race bleue. Cette Fiat Punto, originaire des Hauts-de-Seine, a été incendiée dans une cité *sensible*. Les auteurs du forfait sont, respectivement, un jeune immatriculé à Rennes, un sauvageon immatriculé en Corse, un délinquant immatriculé en Algérie, et un immigré immatriculé aux Antilles ; l'immatriculation non parisienne de ces mineurs explique sans doute leur manque de citoyenneté. Ajoutons que la voiture de race bleue et de nationalité francilienne a pu justifier de son identité grâce à un passeport en règle, tandis qu'aucun des casseurs n'a pu produire sa carte grise, ni son permis de mal se conduire.

Les quatre casseurs étrangers ont été écroués à la fourrière.

La voiture parisienne, traumatisée – on le serait à moins –, a aussitôt reçu les soins d'une cellule de soutien psychologique.

– Ces petits beurs quand même…, déplore Bianca

Elle se fourre un congolais dans la bouche.

Elle caresse doucement la joue de Magnolia :

– Dépêche-toi de finir ta tête-de-nègre, ma chérie, après tu te brosseras les dents correctement.

Magnolia termine sa confiserie. Sa mère lui explique :

– Une mauvaise hygiène bucco-dentaire peut provoquer des accidents cardiaques, des accouchements prématurés et des problèmes vasculaires, Magnolia.

– Je veux pas avoir des accouchements, maman.

– Un jour, tu te marieras et tu feras des enfants. En attendant, va te brosser les dents. C'est pour ton bien.

– Bon, dit Magnolia.

La petite fille se lève et file à la salle de bains. Elle n'écoute pas les dernières instructions maternelles :

– Magnolia, il ne faut pas se brosser *les* dents, il faut se brosser *chaque* dent, du rose de la gencive vers le blanc de la dent, compris ?

La petite fille hurle avant de fermer la porte de la salle de bains :

– Je me brosserai peut-être les dents, mais je me marierai jamais ! JAMAIS !

– Elle me fera mourir de honte, larmoie Bianca. Pas de mariage ? Personne ne l'oblige à se marier à l'église.

Bernard est issu d'une famille athée. Par amour pour lui, Bianca a renoncé à la religion catholique à l'âge de quinze ans. Pour le futur mariage de Magnolia, il reste un autre sanctuaire, laïc :

– Elle se mariera à la mairie, décrète Bianca.

Mais le mariage laïc doit respecter la tradition religieuse :

– Elle se mariera en blanc. Vous imaginez, Bébé ? Ce sera magnifique. Et si elle ne veut pas se marier à la mairie, elle n'aura qu'à se pacser ; on peut sûrement se pacser en blanc.

En blanc, Magnolia se présentera devant le maire et devant Marianne, idole sacrée de la République laïque.

La politique est la forme profane de la religion ; l'un et l'autre traquent le monde meilleur. Dès lors,

Marianne, la mère pucelle de la patrie, pouvait bien emprunter une partie de son prénom à Marie, la mère pucelle du Christ.

Mais Marie avait-elle du tartre aux dents ? Et Marianne ? Est-elle *vraiment* vierge ? Elle a déjà couché, vous croyez ? Avec Dieu ? Avec Joseph de Galilée ? Avec Charles de Gaulle ? Qui est le père de la patrie ?

Nous l'ignorons, mais sachons que Magnolia se mariera :

– ... en blanc, et *sans tartre*. Bébé, le tartre est une calcification de la plaque bactérienne : il faut désorganiser la plaque dentaire...

Bianca débarrasse la table.

– ... sinon, gare aux streptocoques qui passent dans le sang.

Rapide aller-retour à la cuisine.

– Si Magnolia ne veut pas avoir d'enfant prématuré, explique-t-elle, elle a intérêt à bien se brosser les dents et à ne pas fumer de tabac : vous devriez arrêter de fumer pour lui donner l'exemple, Bébé ; qu'est-ce que vous voulez prouver en inhalant les vapeurs toxiques du tabac ?

20 h 30. Bianca soupire devant le miroir du salon et ses yeux verts.

Elle écarte les lèvres.

Elle observe ses dents, saines et régulièrement alignées :

– Mes dents sont un peu grises, vous ne trouvez pas, Bébé ?

Bianca ajuste les pinces de son pantalon.

Bernard pince les manchettes ajustées de sa chemise.

– Savez-vous qu'une méthode vient de révolutionner le blanchiment des dents, Bébé ? Mais ça coûte cher, et ce n'est pas remboursé par la Sécurité sociale. En plus, le teint de la dent est génétiquement déterminé, vous ne pouvez pas changer la teinte en tout à fait blanc, vous pouvez seulement éclaircir sa teinte originelle.

Bianca regarde sa montre. Elle tonne :
– Magnolia ! Il est huit heures et demie ! Tu devrais être au lit !

20 h 33. Magnolia s'est brossé les dents pendant trois minutes.

Elle s'est lavé les mains en comptant jusqu'à soixante.

Elle a trois minutes de retard sur l'heure habituelle du coucher.

Elle attend son père sous ses draps.

Tous les soirs, il lui lit un conte de fées avant d'éteindre la lumière.

Les draps de Magnolia sont roses et frais. Ils sont parfumés à la lavande. Cette lavande est presque naturelle mais pas biologique.

Bernard entre dans la chambre de Magnolia à 20 h 40. Il a cinq minutes de retard : il faudra, soit abréger la lecture, soit l'accélérer, car les feux doivent être éteints à 20 h 45.

20 h 45. Bernard referme le livre de contes ; il a raccourci la lecture tout en l'accélérant.

Il sort de la chambre rose.
Il entre aux toilettes.

20 h 48. Bernard tire la chasse d'eau.
Sa vessie et ses testicules sont soulagés.

Son urine et son sperme s'évacuent dans les égouts.
Il entre dans son bureau marron.
Il prépare un contrat d'assurance décès pour une jeune cliente. La jeune femme est soucieuse de mettre son mari à l'abri, pour le cas où elle disparaîtrait prématurément.
Mais on espère bien que non.

20 h 51. Bianca sort des toilettes. Elle hurle :
– Y a plus de gel W.-C. ! Y a plus de gel W.-C. ! Quelle cruche cette femme de ménage ! Elle a oublié d'acheter mon Gel vécés !
Elle cogne à la porte du bureau de Bernard :
– Très bien… Puisque c'est comme ça, je nettoierai les vécés au dentifrice. Moi je le sais bien qu'ils sont dégoûtants, ces vécés.

20 h 59. Rien.

21 h 12. Toujours rien.

22 h 00. À la salle de bains, Bianca ramasse les cheveux de Bernard collés aux parois du lavabo. Elle pense à son papa.

22 h 01. Bianca dit *Beurk*.
Elle jette la poignée de cheveux dans la poubelle bleue de la salle de bains.

22 h 06. Bianca se brosse les dents en grimaçant devant le miroir et en comptant jusqu'à cent quatre-vingts.

22 h 09. Bianca se passe du fil dentaire entre les dents.

Elle pense à sa maman.
Elle pense à du fil de pêche.

22 h 10. Gel nettoyant désincrustant les pores, antibactérien, aux micro-particules assainissantes et au zinc, suivi de
Lotion tonique éclaircissante aux extraits de mûrier, suivi de
Soin anti-âge révélateur d'éclat à base de cires essentielles de fleurs et de cellules fraîches prélevées sur du tissu placentaire, suivi de
Traitement énergétique, restructurant cellulaire, à la gelée royale et aux cellules fraîches prélevées sur des fœtus morts, super-actif pendant dix-huit heures, sous forme d'ampoule pleine de liquide jaune à l'odeur proche de la fragrance d'urine.

22 h 20. Bianca fait pipi mais n'arrive pas à faire caca.

22 h 27. Toujours pas, malgré un suppositoire à la glycérine.

22 h 28. Bianca tire la chasse. *Ce n'est pas grave*, pense-t-elle, *je prendrai une dragée Fuca, et je ferai caca demain matin.*

22 h 29. Bianca se lave les mains, avec *Pouss-Mousse, tu pousses et ça mousse, qu'elle est douce, cette mousse !*
Elle compte jusqu'à soixante.

22 h 30. Bianca pense à sa maman.
Quand on se couche le soir, c'est comme quand on se lève le matin : on va à la selle et on se brosse les dents, disait-elle souvent.

Bianca a si bien intériorisé cette comptine, digéré ce rapport intime entre l'anus et la bouche, que deux fois, trois fois, cinq fois, dix fois par jour, elle se lave les dents, elle lave ses vécés.

La pâte dentifrice et le gel W.-C. lui paraissent indissociables.

Pâte dentifrice et gel W.-C. mènent le même combat ; ils luttent contre les mêmes maux : les bactéries et le tartre.

Ils luttent contre les maux pour les émaux.

Souvent, Bianca achète son dentifrice et son nettoyant W.-C. en même temps. L'année dernière, trois générations de dentifrice se sont succédée dans la salle de bains Frick-Lévêque : la première, Vaderectum, était une pâte verte comme un chewing-gum à la chlorophylle naturelle. À base de mélisse, de sauge et de thym, Vaderectum calmait, cicatrisait et désinfectait la bouche. À cette première volée de dentifrice, correspondait une volée de nettoyant W.-C. : Domesticos. Ce gel bleu assurait une hygiène et une sécurité longue durée des toilettes.

Les mois passant, Bianca constata que Vaderectum et Domesticos ne détartraient ni l'émail dentaire ni l'émail sanitaire.

Elle opta alors pour le gel W.-C. Toiletor pratique, et pour le gel dentifrice Aquafreeze Protect : tous deux lavent et détartrent les émaux de vos toilettes d'une part, et de vos dents d'autre part. Des études *in vivo* ont prouvé qu'Aquafreeze Protect, une pâte bleu-blanc-rouge comme un drapeau, protège votre bouche de trois façons complémentaires : la force rouge élimine 99 % des bactéries ; la déferlante bleue réduit la plaque dentaire de 50 % ; la marée blanche renforce les gencives jusqu'à 25 %. Aquafreeze Protect laisse dans votre bouche un arrière-goût de neige et de menthol, un goût similaire au parfum qui émane de vos toilettes grâce à Toiletor pratique. Seulement, Toiletor pratique et Aquafreeze Protect lavent et détartrent, *mais* ne désinfectent pas.

Comme c'est malheureux.

Aussi, pour l'an 2000, Bianca a résolu de passer à la solution finale : Biocide intégral, le nettoyant total, et son cousin Signal total, le dentifrice en or ; ils nettoient, détartrent et désinfectent. Biocide intégral et Signal total sont des tout en un, des monarques qui règlent intégralement tous vos problèmes d'émaux.

Ils ont la couleur jaune du dieu soleil.

22 h 40. Bianca se couche.

Une dragée Fuca *et tu feras caca*, fond sur sa langue.

Ses mains exhalent un parfum de vanille Pouss-Mousse.

Une fragrance de mandarine P'tit Dop embaume ses cheveux.

Des Cellules fraîches propagent un parfum d'urine sur son visage.

Sa nuisette, sa couette, ses coussins et son drap housse sentent la lavande Cajoline.

Son lit en chêne massif, hérité de Mamie Renée, aussi.

22 h 41. Bianca s'endort.

23 h 45. Dans son bureau, Bernard fume imprudemment un havane importé de Cuba, malgré les risques dentaires, cardio-vasculaires et prénatals.

00 h 15. Bernard reparaît dans le salon-salle à manger-chambre à coucher.

Toutes les lumières sont éteintes.

Bianca est endormie dans le lit. La couette bleue, imprimée de colombes blanches, se soulève et s'affaisse, au rythme de sa respiration, dans un mouvement toujours identique, circulaire, partant de lui-même, pour revenir à lui-même.

22 h 16 en temps universel, soit 00 h 16 à l'heure de la rue Dupont-des-Loges, 01 h 16 à Djibouti, mais ajouter huit heures pour Hong Kong (sauf si vous comptez depuis Hawaï, bien sûr, et en passant par Greenwich, bien entendu).

Bernard mime un étranglement, sur le cou de Bianca.

6
Au Gigot marocain, avec le Club des huit
(et les tontons et les tatas)

Un dimanche d'avril 1994, on fête le premier anniversaire de Magnolia, chez tante Aglaë, à Levallois-Perret. Le père Brossard, l'oncle missionnaire au Rwanda, est de passage en France, et cousine Sidonie, enseignante en stylistique à l'université de Nouvelle-Calédonie, a rejoint la famille métropolitaine pour l'occasion.

– Nous sommes parents depuis un an, proclame Bianca, en couvant du regard les premiers pas de Magnolia, il est temps d'acheter un appartement.

Bernard Frick, tante Aglaë de Levallois-Perret, cousine Sidonie de Nouvelle-Calédonie, et père Brossard de Kigali, opinent du chef.

– Et le Rwanda ? Comment se portent nos amis noirs de Kigali ? demande tante Aglaë à son frère, le père Brossard.

– Les Tutsis et les Hutus…, dit le père Brossard, joignant les mains en signe de prière. Le président Habyarimana vient d'être assassiné, paraît-il. La situation actuelle est grave. Du temps de la colonisation, les Africains étaient contents ; ils étaient beaucoup plus heureux.

Cousine Sidonie de Nouvelle-Calédonie marque son approbation par un haussement de sourcil. Le père Brossard continue :

— Ces massacres... Je ne comprends pas ce qui a pu se passer. À l'époque coloniale, nous avions délimité les droits et les devoirs de chaque ethnie : nous avions recensé les races, pour les inscrire sur les papiers d'identité.

— Vous aviez bien raison, dit cousine Sidonie. Comment distinguer un Toutou d'un Tootsie, sans les papiers d'identité ? On a déjà du mal à repérer les Juifs parmi les Blancs.

— Il y a longtemps, nous avions donné du pouvoir aux Tutsis, reprend le père Brossard, ils sont biologiquement supérieurs aux Hutus qu'ils ont soumis depuis le XVe siècle. Mes chers Tutsis se sont retournés contre les Européens en 1959 ? Ils s'étonnent d'en payer aujourd'hui le prix ? Les Tutsis sont massacrés car Dieu les a maudits. Ils avaient pourtant le nez aquilin et une physionomie attestant de leur intelligence ; les Hutus, eux, sont frustes, mais moi, je suis pour les Hutus. Vous savez qu'il y a des morts chez eux aussi ? Tous ces massacres...

— Espérons que les terroristes kanaks n'auront jamais à regretter leurs velléités indépendantistes, souhaite cousine Sidonie.

Tante Aglaë de Levallois-Perret n'entend rien aux affaires de nègres, ces drôles de Kanaks, ni aux affaires de Kanaks, ces drôles de nègres ; mais elle s'y entend aux affaires de famille : elle hoche la tête en signe d'approbation fraternelle.

— Nos frères humains... Grandiront-ils un jour ? espère-t-elle.

Cousine Sidonie fronce un sourcil sceptique, Bernard se gratte le testicule droit et Bianca exprime sa mélancolie :

— Au Zaïre, y a presque plus de Blancs à c' qui paraît.

En septembre 1994, Bernard et Bianca quittent un quatre-vingts mètres carrés qu'ils louent bon marché dans le quatorzième arrondissement de Paris, pour un appartement plus petit, et plus cher, rue Dupont-des-Loges, dans le septième.

– L'appartement est très bien, dit Bianca le jour de la signature de la promesse de vente. Il est un peu petit, c'est vrai : il y manque une pièce. Mais peu importe, on se passera de chambre, c'est tout.

Le lit conjugal en chêne massif, hérité de mamie Renée, sera installé deux jours plus tard, au salon-salle à manger par des déménageurs musculeux. Puis on préparera la pendaison de crémaillère.

Depuis leur rencontre au lycée, à quinze ans, Bernard et Bianca fréquentent et comptabilisent sept paires d'amis, par couples de deux : la tribu, strictement endogame, s'est baptisée le Club des huit.

L'année de leurs vingt ans, en 1985, chacun des huit couples a quitté le cocon familial pour entrer dans le cycle du concubinage, avant d'intégrer, Bernard et Bianca exceptés, l'institution du mariage, en 1990. Bernard et Bianca n'étant toujours pas, à ce jour, mariés, le Club des huit attend leur passage à l'acte ou un mot d'excuse, avec certificat médical.

Chaque paire est invitée à dîner, et invite en retour, une fois toutes les huit semaines.

Le 18 septembre 1994, on pend la crémaillère, dans le nouvel appartement de Bernard et Bianca, couple n° 1. Les sept paires d'amis, n°s 2 à 8, sont invitées en même temps, fait rare et exceptionnel, sauf pour le réveillon du nouvel an.

Pour inaugurer les lieux, on mange, ce soir-là, un mets exotique, un gigot à la marocaine, mitonné par Bianca :

– Le gigot à la marocaine, c'est une très bonne idée, dit Bernard : il faut s'ouvrir au monde ; après tout, le monde entier est source de beauté.

Mais ce gigot à la marocaine est inconnu à Casablanca. Tout comme les têtes-de-nègres inconnues en Nigritie, les congolais inconnus en Congolie et les p'tits-beurres inconnus en Algérie.

Un verre de punch créole à la main, Bianca raconte au couple n° 8 comment, avec Bernard, elle s'est endettée, afin d'avoir son appartement.

– Avec un peu de chance, ajoute-t-elle, nous aurons fini de rembourser notre dette avant la retraite de Bernard : plus que trente-six ans à patienter.

À moins, pense Bernard en tétant son cigare cubain, que tante Aglaë, cousine Sidonie, ou papi Brossard ne décèdent d'ici là. Le cas échéant, l'héritage et le capital-décès patiemment engrangé grâce aux contrats signés chez Veuves de France permettraient d'éponger la dette plus rapidement. Souvent, Bernard compare l'espérance de vie moyenne en France et les âges respectifs et respectables des aînés de sa belle-famille. L'assureur prévoit la mort de tante Aglaë dans treize ans ; le décès de cousine Sidonie est attendu cinq ans plus tard. Quant à papi Brossard, Bernard espère l'achèvement de sa vie d'ici douze ans, tout au plus. Mais, vivant en Afrique, Papi Brossard pourrait bien mourir plus vite : l'espérance de vie africaine est de race inférieure à l'espérance de vie française. Alors, si papi Brossard se dépêche un peu de mourir, Bernard héritera, via Bianca, de ses actions dans une mine d'or du Katanga zaïrois d'ici huit ou neuf ans.

La crémaillère pendue, ce soir du 18 septembre 1994, les couples n°s 2 à 8 quittent les Frick-Lévêque à 1 h 30. Bernard et Bianca confirment leur dîner hebdomadaire du mardi avec le couple n° 4 ; le couple n° 6 confirme pour la même date, mais avec le couple n° 3, tandis que le couple n° 5 promet au couple n° 7 :

– Mardi prochain, on changera de menu.

Pareil pour les couples n°s 2 et 8.

Le dernier couple parti, Bianca range son nouvel appartement. Elle fait ensuite sa toilette puis se couche avec une dragée Fuca.

Bernard va aux toilettes.

Il exprime sa semence dans les W.-C.

Il rejoint son bureau, suivi de l'odeur de sperme et de gel vécés.

Il sort de son bureau à une heure du matin. Il entre dans le salon-salle à manger-chambre à coucher. D'innombrables photos de famille et d'amis tapissent les murs de la pièce, neuve et rutilante. Des pêle-mêle où tout le monde sourit ornent les meubles sans poussière grâce à l'éponge magique Twister : *quand Twister passe la poussière trépasse.*

Bernard se déchausse à l'aide d'un chausse-pied.

Il range ses mocassins de cuir grenat dans l'armoire à chaussures.

Il se déshabille.

Il garde sa culotte Dim, grise.

Il s'allonge sur le parquet, à côté du lit.

Il travaille ses pompes, ses abdominaux.

Il se tâte le ventre.

Il est satisfait.

Il se relève.

À la douche.

Il alterne jet d'eau chaude et jet d'eau froide : cela tonifie la peau et améliore la circulation sanguine. Après un savon Roger et Gallet pour peaux sensibles, un gel corporel exfoliant doux des laboratoires Vichy, spécialement conçu pour éliminer les vilaines toxines et les petites, toutes petites peaux mortes, complète l'opération de décrassage.

Cinq minutes plus tard, Bernard quitte la salle de bains.

Une serviette blanche est nouée autour de sa taille.

Sa peau est lisse et bronzée, douce et exfoliée.

Ses cellules sont renouvelées, régénérées, ressuscitées.

Dans la salle de bains rendue à l'obscurité, trois cheveux châtains, détachés du crâne de Bernard, se tortillent dans le lavabo, et trois poils pubiens, détachés de la racine de sa verge, s'accrochent à l'émail blanc de la baignoire.

Au salon, Bernard prend, dans une commode en rotin d'Indonésie, un slip Calvin Klein de couleur grise.

Il l'enfile sous sa serviette blanche. Il s'assied sur le lit.

La couette bleue, imprimée de colombes blanches, se soulève et s'affaisse, sous la respiration de Bianca.

Sous l'oreiller de Bernard, un pyjama à carreaux bleu et blanc, plié et repassé, attend son maître.

Bernard renifle l'habit.

Ses narines s'imbibent du parfum lavande de Cajoline.

Bernard regarde Bianca. Rangée à droite du lit, la concubine est endormie sans décoiffage. Elle porte une nuisette bleue infroissable. Au-dessus de la tête de Bianca, une photo, vieille de quatre ans est clouée au mur : le mariage du couple n° 2, Marianne et Gonzague, dans une chapelle.

Penché sur Bianca, Bernard susurre :

– Vous puez la lavande, ma chérie. L'année dernière, c'était la pomme, cette année, c'est la lavande. L'année prochaine, ce sera le kiwi.

Six ans plus tard, année 2000, année du Jubilé, le Jubilé du Christ.

La lavande d'Avignon a retrouvé sa place dans la lessive utilisée par Bianca, après le kiwi de Nouvelle-Zélande en 1995, la mandarine du Guatemala en 1996, l'edelweiss d'Helvétie en 1997, l'iboga du Gabon en 1998, et la pomme de Belgique en 1999.

Comme six ans plus tôt, à la même heure, Bernard est assis sur le lit.

Son slip gris s'ennuie sous sa serviette blanche.

La couette bleue, imprimée de colombes blanches, se soulève et s'affaisse, sous la respiration, chaque année plus régulière, de Bianca.

Il se penche sur sa concubine endormie :

– Vous puez la lavande, ma chérie. L'année dernière, c'était la pomme, cette année, c'est la lavande. L'année prochaine, ce sera le kiwi.

Au-dessus de la tête de Bianca, une photo, vieille de dix ans, est clouée au mur : le mariage du couple n° 2, Marianne et Gonzague, en 1990.

Ce matin encore, au Paradis du fruit, après le Gymnase Club, Marianne confiait à Bianca ses misères conjugales devant un jus de goyave-carotte-échalote ; tout va si mal avec Gonzague que Marianne s'avouait tentée par le divorce, contre l'avis de sa meilleure amie, Bianca :

– Divorcer ? Marianne, lui disait-elle, tu *ne peux pas* faire *ça*. Tu *ne dois pas* faire *ça* ; votre problème, c'est juste une *crise,* la crise de la quarantaine.

– Mais Gonzague n'a que trente-cinq ans ! larmoyait Marianne. Et cette obstination à écrire des livres... Il appelle ça des taches d'encre ; tu sais, ce truc de voyante : elles jettent de l'encre sur un bout de papier et elles te lisent l'avenir dedans. Les psys aussi, y font ça. Mon Gonzague, il dit toujours : *Marianne, l'écriture est un art divinatoire, comme le marc de café, mais tu n'y comprends rien...* De toute façon, il sera jamais publié.

— C'est rien du tout, disait Bianca. C'est juste un rêve qu'il a comme ça, un truc d'adolescent. Ça lui passera, Marianne : on ne nourrit pas sa famille en écrivant des livres. On ne nourrit pas le peuple non plus en écrivant des livres. Le livre est l'opium du Bourgeois, termina-t-elle en tripotant son téléphone portable.

À l'âge de quinze ans, Bianca s'est non seulement repentie du catholicisme, mais elle s'est aussi convertie au communisme, par solidarité pour son compagnon. En effet, Bernard est issu d'une classe inférieure : sa mère, couturière à la retraite, n'a pas fait Normale supérieure, contrairement à la mère de Bianca ; le père Frick, petit ingénieur de rien du tout, n'a jamais administré la moindre colonie. Les classes populaires s'élèveront grâce à des âmes charitables et instruites : telle fut la révélation qui conduisit Bianca de la droite conservatrice au communisme militant. À quinze ans, et malgré sa grande taille, Bianca s'abaissa donc au rang social de Bernard ; plus tard, grâce au statut d'assureur de son compagnon, elle intégra complètement les classes moyennes. Reconnaissant, Bernard ne la traita jamais comme une femme du peuple, car il avait fait, en 1980, le serment de la voussoyer.

— Le livre est l'opium du bourgeois, répéta Bianca en tripotant son téléphone portable. Tout ça, c'est la société de consommation... la mondialisation... Tu sais, Marianne, j'ai fait des études de Lettres, comme maman, mais c'était pour combattre le mal par le mal. Il faut se familiariser avec le mal pour le vaincre. Il faut *être* le mal pour... euh... pour... mais... Mais de là à écrire des livres ! Gonzague exagère. C'est l'an 2000, merde !

– Heureusement que Gonzague vend des assurances avec Bernard. Sinon, comment il se paierait son marc de café italien ? Et ses cartouches d'encre divinatoire, pour écrire ses livres ? C'est vrai ça, c'est l'an 2000, merde !

Sur la photo prise au mariage de Marianne et Gonzague, Bernard porte un costume Pierre Cardin. Bianca arbore un grand chapeau jaune, en forme de nénuphar. Agrippée au bras de Bernard, elle attend le bouquet de la mariée. Depuis la naissance de Magnolia, le 26 avril 1993, Bianca répète inlassablement :

– Notre situation me semble sûre et stable, Bébé ; je vous ai donné une belle petite fille.

Bianca a accouché de Magnolia *naturellement* : puisqu'elle avait la possibilité d'accoucher dans un hôpital avec l'aide d'une péridurale, elle a décidé de mettre bas, dans les douleurs et à la maison, comme mamie Renée, en son temps, à Levallois-Perret, et comme les Africaines, là-bas, au Zaïre. Ce fut une véritable boucherie, mais Bianca en parle comme d'un excellent souvenir et affirme : *Je recommencerai.*

– Bébé, il serait plus raisonnable de nous marier, pour régulariser la situation. Nous avons eu le temps de profiter de la vie. Se marier ne changera rien, vous savez. Ça me paraît naturel et raisonnable, Bébé. C'est dans le cours des choses. Ça fera plaisir à nos amis, à votre mère, à tante Aglaë et à cousine Sidonie. Pourquoi tant de cinéma, Bébé ? Il s'agit de la simple officialisation de quelque chose qui existe déjà. L'acte d'amour, c'est si important... Je sais que vous êtes l'homme de ma vie. Vous aussi, vous avez décidé que c'était moi. Ne vous dérobez pas : ce serait grotesque.

Un mariage nous donnerait un projet de vie à partager, des objectifs. Tout est acquis de toute façon. Alors marions-nous pour aboutir à quelque chose.

Depuis la naissance de Magnolia, le 26 avril 1993, Bernard conclut invariablement :

– Je suis contre le mariage : ça fait trop bourgeois.

Au printemps 2000, le couple et ses amis ont séjourné au Pérou dans un camp de vacances *Nature,* pour fêter les vingt ans du Club des huit et pour *prendre à contre-pied l'idéologie dominante du capital, qui a beaucoup à voir avec la marchandise et l'artifice, dixit* Bianca. À cette occasion, Bernard, Bianca et les autres membres du Club des huit, désireux de se rapprocher des Quechuas péruviens, se sont transformés en hommes des cavernes, persuadés que les autochtones étaient peaux-rouges et troglodytes.

Pour l'hiver 2000, Bernard partira dans la jungle thaïlandaise, suivre un stage intensif organisé par sa société ; l'opération *Tempête de la jungle* devrait parfaire les qualités managériales de l'équipe dirigeante des Veuves de France, à travers des épreuves inspirées des *Aventures d'Indiana Jones* ; la dernière semaine du stage, on simulera une guerre totale, avec des cartouches à blanc dans des vrais fusils d'assaut.

Bernard s'allonge sur le lit. Il pose une main soucieuse sur son front glacé. Sous la couette, ses poils se hérissent sur sa chair. Sa respiration est difficile. Il se lève. Il ouvre une fenêtre : vue plongeante sur un mur. Il étouffe. Il dresse la tête, cherche de l'oxygène, du ciel, ou de la lune. Il ne trouve rien. Il se recouche. Bianca s'éveille :

– Vous allez bien, Bébé ? dit-elle d'une voix comateuse.

– Oui, oui, dit Bernard, le dos tourné à sa concubine.

Bianca prend le sexe de Bernard entre ses doigts frais, peu convaincus.

Cinq minutes plus tard, le pénis de Bernard est encore mou.

Queue plate comme pneu crevé.

Bianca se couche sur le dos. Elle pose la main sur son ventre, arrondi par quatre mois de grossesse, et parle d'un bébé né la veille, chez le couple d'amis n° 5 :

– Vous êtes content de cette naissance, Bébé ?
– Oui. Oui. Je suis content. Je suis ravi. Ravi.
– Vous êtes parfait, Bébé.

Un sourire illumine les lèvres de Bianca.

– Magnolia a passé sept ans : demain, je lui ouvrirai un compte épargne logement, annonce-t-elle. Il faudra aussi couper ses nattes : les jeunes filles ne portent les cheveux ni trop longs, ni trop courts. – Elle soupire. – Et l'allocation veuvage de la Sécurité sociale ? Nous devons en parler, Bébé. Je ne pourrai pas bénéficier de l'allocation veuvage de la Sécurité sociale si nous ne sommes pas mariés. On peut pacser, si vous préférez : ça devrait marcher, le Pacs, pour l'allocation de veuvage, non ?

Bernard prend note des espérances actuarielles de sa concubine :

– De toute façon, Bibi, si un malheur arrivait, vous avez une assurance-vie sur ma tête, et moi sur la vôtre.

Rassurée pour la nuit, Bianca se retourne. Elle rappelle :

– Bébé, n'oubliez pas de renouveler la carte du Parti, demain matin.

7
À la Morgue, avec Azraël et Bernard
(et les mamans et les papas)

Dix-sept ans plus tôt, le 26 août 1983, Noël, le fils aîné de la famille Frick, meurt. Il a vingt-deux ans. Bernard, qui fréquente Bianca depuis trois ans, aurait dû fêter ses dix-huit ans ce jour-là. Azraël, le benjamin, aura quinze ans un mois plus tard, le 26 septembre.

Avant de mourir plus tôt que prévu par les statistiques nécrologiques, Noël, conformément aux probabilités sociologiques, était sur le point de se marier, qui plus est avec une petite bonne femme à gros seins.

Comment un jeune homme amateur de gros seins a-t-il pu quitter la vie avec autant de légèreté ?

Et, quand on a la poitrine si généreuse, comment peut-on se trouver veuve deux jours avant d'être mariée ?

Telles sont les questions qu'on peut valablement se poser dans des circonstances aussi dramatiques.

Azraël, le cadet, s'en posera une non moins douloureuse : *Pourquoi on ne m'a rien dit ?*

La mort de son frère ne lui fut révélée que plusieurs mois après : quand Noël s'éteignit, Azraël campait avec des amis sur l'île d'Oléron. La mort étant, dans la famille Frick, un sujet réservé aux reportages télévisés, on ne savait pas comment l'annoncer quand elle s'invitait chez soi autrement qu'à travers le poste de télévision.

Les morts télévisés n'ont pas d'odeur : ils n'importunent pas vos narines. Les morts télévisés ne sont pas contagieux : ils se laissent regarder sans vous toucher. L'écran de télévision est une barrière prophylactique qui n'a pas su mettre Noël à l'abri du cancer.

Exclu malgré lui des funérailles secrètes, Azraël ne saura jamais où son Noël est enterré.

Avant cette mort incongrue et perturbatrice de tous ordres, la famille Frick se transportait à l'île d'Yeu chaque été. Quand on leur disait *l'île d'Yeu*, les trois fils entendaient *l'île Dieu*. Rassurés par cette consonance panthéiste, ils y coulaient des étés paisibles, convaincus de leur immortalité. La petite famille athée se sentait à l'abri dans l'île, comme dans une cellule capitonnée. Souvent le père Frick racontait :

– Voyez-vous, l'île d'Yeu servit de prison autrefois. Il est impossible de s'en échapper car elle est entourée d'eau, voyez-vous ?

Il faisait bon faire de la bicyclette à l'île d'Yeu.

On s'amusait à y tourner en rond.

De son vivant, Noël aimait les Malabars et les Smarties. La mère Frick décida que de son mourant, il les aimerait encore : on le fit incinérer les poches pleines de ces confiseries.

Après la cérémonie funéraire, la mère Frick pleura des larmes grasses et dit à son époux :

– Comprenez-vous, Azraël est trop fragile pour supporter la mort de son grand frère, comprenez-vous ? Il ne faut rien lui dire pour le moment, vous me comprenez bien ?

À la fin des vacances d'été, Azraël rentra de son camp de vacances sur l'île d'Oléron. On ne dit rien. Une semaine plus tard, alors que Noël fraîchissait sous terre depuis quinze jours, Azraël finit par poser des questions.

– Où est Noël ?

La mère Frick dit à son dernier fils :

– Noël ? Comprends-tu, il est parti dans un camp de voile à l'île de Ré, comprends-tu ?

Mais Azraël n'y comprenait rien : la semaine suivante, il posa encore des questions. Sa mère finit par lui dire que plutôt que de poser des questions stupides, il ferait mieux de s'occuper de ses cours, puisqu'il avait des examens à réussir à la fin de l'année, et que de toute façon, Noël allait très bien, sinon il ne s'appellerait pas Noël, et qu'il reviendrait début novembre, pour la rentrée de Polytechnique, et qu'il fallait qu'Azraël suive l'exemple de Bernard qui lui, au moins, avait réussi son bac économique, en juin, grâce à Bianca, parce que s'il continuait comme ça, Azraël, il finirait par le rater, son bac scientifique dans trois ans et demi, alors que Bernard, lui, serait majeur de sa promotion à l'*Institut des actuaires français*, grâce à Bianca, et alors Azraël, il n'aurait plus qu'à faire fleuriste ou assassin, et tant pis pour lui, parce que quand même, elle, sa mère, elle aurait fait tout son possible pour lui faciliter la vie, alors s'il voulait pas être heureux comme Bernard, grâce à Bianca, il n'aurait qu'à s'en prendre à lui-même, *voilà, c'est comme ça, point à la ligne, comprends-tu ?*

Un soir de novembre, à l'heure du dîner, Azraël fit remarquer à ses parents, absorbés par un gigot d'agneau aux flageolets et la diffusion d'un charnier de viande humaine à la télévision, que Noël n'était toujours pas rentré de l'île de Ré :

– T'es-tu lavé les mains, avant de passer à table ? répondit la mère.

Bernard baissa les yeux, s'engonça. La mère arbora

un sourire de miel avant de replonger sa fourchette dans un morceau de viande d'agneau et de le mastiquer consciencieusement devant un Somalien télévisuel, photogénique et décharné, assis à côté du cadavre de son enfant, imprimant joliment, lui aussi, la pellicule.

— Maman ? Il est où, Noël ? s'enquit Azraël.

Le couple échangea quelques regards complices, presque salaces. N'y tenant plus, Bernard brisa les chaînes muettes :

— Noël est parti, Azraël.

— Ah bon ? Avec qui ? demanda Azraël en regardant sa mère.

La mère poussa un soupir exaspéré, recommanda à son fils de finir son assiette par respect pour les pauvres petits Noirs affamés en Afrique, puis se réfugia dans le silence.

Azraël s'étonna, sourit à demi :

— Pourquoi tu fais cette tête, maman ?

Comme par accident, elle renversa son assiette sur la nappe, bafouilla quelques excuses et s'enfuit vers la cuisine pour disparaître aussi longtemps que possible, laissant son époux et Bernard seuls face aux questions intrusives de ce fils si curieux qu'il risquait bien de finir fleuriste ou assassin.

— Bon..., dit Azraël, qu'est-ce qu'il y a ?

Bernard regarda son jeune frère, l'air grave :

— Azraël... *Noël a trouvé la mort.*

Azraël s'évanouit.

Un mois plus tard, la fiancée de Noël, petite veuve aux gros seins, décida de passer le réveillon du nouvel an sur la tombe de son ex-futur mari.

Elle arriva au cimetière en fin d'après-midi, avec un grand sac Prisunic, et ses deux gros seins pris dans un soutien-gorge Chantelle avec armature métallique. Du sac en plastique, elle sortit deux coupes de champagne Cristal d'Arques, deux assiettes en carton Tati et deux morceaux du gâteau préféré de Noël : une forêt-noire. Silencieusement, elle emplit les deux coupes de champagne, du Laurent Perrier, les posa sur la dalle de marbre rose, du Pompes Funèbres Générales, et se mit à parler toute seule : elle demanda Noël en mariage posthume avant de s'effondrer en larmes sur la tombe. La chute fut si violente, et le marbre Pompes Funèbres Générales de si bonne qualité, qu'elle s'assomma de manière définitive et irrévocable.

Quand le fossoyeur la retrouva le lendemain matin, son corps était raide et bleu, gelé comme le champagne dans les deux coupes Cristal d'Arques, et la forêt-noire dans les deux assiettes Tati.

La petite veuve aux gros seins ne fut pas enterrée aux côtés de Noël, car ils n'étaient pas mariés. Elle fut ensevelie, comme une pucelle, dans le caveau familial, à huit cent douze kilomètres de là. Son fantôme en perdit le sommeil éternel et devait hanter, malgré les huit cent douze kilomètres qui l'en séparaient, le cimetière de Noël, pour le reste de sa mort, tous les ans, le 31 décembre.

8
À l'Asile, avec Azraël et Aimé

Quelques heures après son évanouissement, le 29 novembre 1983, Azraël se réveilla dans son lit.

Il venait de rompre avec la réalité.

Il avait, comme qui dirait, *schizé*.

Sa mère veillait à son chevet.

Les yeux du grand adolescent s'étaient terni, la lumière s'en était échappée, il était pris dans les affres d'une rêverie morbide. Son visage entier, vieilli en quelques heures, semblait frappé d'une paralysie irréversible. La tempête d'une folie latente se déclenchait dans sa tête.

– Azraël ? appela la mère Frick, caressant le front de son fils.

Dans un accès d'excitation délirante, Azraël se mit à appeler Mme Frick, *Mère*. Un fiel bizarre sortit de sa bouche :

– Menteuse... Mère, on ne trouve pas la mort, c'est elle qui nous cherche... Et Noël... je ne veux pas dire... mais...

Azraël se redressa brutalement et, le regard vide, comme aspiré de l'intérieur, partit dans un grand rire qui disloqua ses membres.

– Il l'a bien cherchée, cette pouffiasse endimanchée ! postillonna-t-il.

Son esprit paraissait fendu, s'émiettait inexorablement.

Prise de panique, ignorant quelle attitude adopter, la mère Frick se leva, recula et vomit une colère froide :
– Azraël. Mon enfant. Tu délires, comprends-tu ? Tu délires. Tais-toi. Je savais bien qu'il ne fallait rien te dire, comprends-tu ?

Elle tomba à genoux au pied du lit et vomit des larmes tièdes.

Azraël écarquilla les paupières, se recoucha et s'enroula sur lui-même, tel un fœtus autiste en gestation dans le ventre de la folie. Pétrifiée, le visage inondé de larmes pleines roulant sur son visage lisse, la mère Frick regardait Azraël sans le reconnaître, sans le connaître, en le méconnaissant, en le connaissant mal.

Le corps tremblant, la voix chevrotante, ignorant sa mère, Azraël cria le prénom *Mort* au mur de sa chambre :
– *Mort* ! Mort est comme Mère.

Il renifla bruyamment pour reprendre son souffle :
– J'ai tout compris…, ajouta-t-il d'un air savant, les yeux révulsés, je suis celui qui sait.

La mère Frick blêmit. Elle geignit dans un mouchoir rose. Azraël se redressa et, se balançant d'avant en arrière, se lamenta :
– Mort est une allumeuse… Une provocatrice… Elle allume des feux de paille dorée dans le cœur mou des hommes… Elle enflamme les chairs pour mieux éteindre les incendies.

Azraël raconta comment Noël, séduit par la mort, s'était enflammé pour elle, avant de partir avec cette *pouffiasse endimanchée* :
– Mort ? Noël l'aima à crever. Il ne l'eut pas dans la peau, il ne l'eut pas dans les os, il l'eut dans la moelle.

Le visage enfoui au plus profond de son mouchoir rose, la mère Frick demeurait muette. Azraël continua son oraison funèbre au mur de sa chambre :
– La mort se parfume au poivre et à la cannelle.

— Si on approche trop le nez de son piège parfumé, Mort sort ses griffes, elle vous prend à la gorge, elle vous étouffe. C'est comme ça.

Les yeux exorbités, Azraël hocha la tête comme pour s'approuver lui-même. Il se balança convulsivement d'avant en arrière, les genoux repliés sous sa poitrine, ses deux bras enfermant ses longues jambes comme une camisole de force.

— Mort est une pute ! beugla-t-il soudain.

Mère sortit de la chambre en claquant la porte. Azraël éclata de rire :

— Ah ! Ah ! Ah ! Ah. Ah. Ah. Ah… Ah… Ah…

Il demeura un instant silencieux, errant dans un brouillard d'idées troubles.

— Mort. Sa couleur préférée est le jaune des fleurs, le jaune du soleil qui se lève pour se coucher, le jaune de la paille, de l'herbe séchée, du miel, des flammes suceuses de cadavres.

Il plissa les yeux comme s'il voyait flou, comme s'il cherchait à voir.

— Jamais je ne pardonnerai à Noël de m'avoir quitté pour la pouffiasse endimanchée.

Il s'adressa ensuite à Noël :

— Noël, tu ne m'as pas demandé pardon : tu m'ignores, tu me méprises.

Noël ne répondant pas, Azraël plongea dans une colère sépulcrale :

— NOËL ! J'ATTENDS TES EXCUSES ! SI TU NE ME LES PRÉSENTES PAS, J'IRAI CRACHER SUR TA TOMBE !

À condition, bien entendu, qu'il la trouve.

Trois ans plus tard, en 1986, Azraël rata son bac scientifique ; il devint, aux yeux de sa mère, une sorte de monstruosité intellectuelle. La même année,

Bernard réussit son diplôme d'actuaire pour la plus grande joie de ses deux mères, Mme Frick et Bianca Lévêque. L'intelligence sublime de Bernard, pensèrent les deux femmes, avait été refusée par l'auteur de toutes choses à Azraël : on l'envoya chez un psychiatre.

Une Imagerie par Résonance Magnétique révéla une atrophie de l'hippocampe et un agrandissement ventriculaire : Azraël fut déclaré schizophrène.

Il décida de se laisser pousser le bouc.

On finit par s'en débarrasser dans un hôpital psychiatrique, Les Muguets, ce qui ne l'empêcha pas de suivre un apprentissage de fleuriste en contrat de qualification dans un lycée horticole voisin. Ce lycée collaborait avec Les Muguets pour la réinsertion sociale des fous dans la société des gens normaux.

Azraël subit un électrochoc, sans succès ; en 1987, on tenta un choc au cardiazol tout aussi infructueux. Alors, douze psychanalystes s'interrogèrent sur le rôle de la famille dans l'éclosion de sa psychose. Après audition de la mère Frick, du père Frick et de Bernard (qui venait d'intégrer les Veuves de France), on diagnostiqua une anomalie de la communication familiale et une schizophrénie déficitaire chez Bernard.

Le pronostic était mauvais :

– Madame Frick, avait dit un psychiatre, le suicide, ou le meurtre, pourrait être une complication de la schizophrénie chez vos enfants.

La famille Frick, *comprenez-vous*, fit front, *voyez-vous*, contre l'ingérence des douze psychanalystes dans leurs affaires privées, comme la famille Lévêque, *vous me comprenez bien*, avait fait front, *vous voyez bien*, contre l'ingérence des douze bâtards dans leurs affaires coloniales, c'est compréhensible.

Aux Muguets, Azraël suivit une cure d'insuline.

Il taillait les fleurs aussi bien que son bouc.

Aimé Eulalie était veilleur de nuit aux Muguets depuis 1976, peu de temps après son débarquement en France.

Lui aussi portait le bouc.

Il avait également des rouflaquettes.

Aimé soignait son bouc et ses rouflaquettes avec le même soin qu'Azraël taillait ses fleurs et sa barbichette.

C'est en juillet 1975 qu'Aimé avait quitté la locomotive qui l'avait vu grandir dans la brousse, pour la jungle parisienne. Il venait d'avoir quinze ans et de redoubler sa cinquième pour la seconde fois. Quelques semaines plus tôt, Bianca, dix ans, avait été rapatriée à la *métropole* chez tante Aglaë : on venait de retrouver le corps de sa mère, sans vie, sans tête, et même étêté au fil de pêche, sous une locomotive abandonnée à côté d'une gare de brousse désaffectée. Le cadavre d'Anne-Sophie Lévêque avait été sodomisé, bien qu'elle ne fût, de son vivant, ni anale, ni fa, ni bête. Le crime ne fut jamais élucidé, et Aimé Eulalie s'extrada, sans que l'on sache trop pourquoi, vers la France.

Muriel connaît l'histoire de l'abandon d'Aimé, mais ignore tout de l'art consommé avec lequel il pratique le fil de pêche et la sodomie chez l'alphabétisé, mort ou vif.

Muriel ignore également combien Aimé regretta longtemps, et aujourd'hui encore, de ne pas avoir eu l'occasion d'émasculer son père biologique, Francis Lévêque, à la main : un cancer de la prostate s'en était chargé avant lui, en 1974.

Et si Muriel connaît la curiosité d'Aimé pour Bianca et Xavier Lévêque, elle ignore qu'il ne désespère pas de leur tordre le cou, un jour, pour venger sa mère, Eulalie, et ses onze demi-frères et sœurs abandonnés.

Aimé a, comme qui dirait, *schizé*.

Pourtant, la cartomancienne ne voit rien, dans l'avenir d'Aimé, qui ait trait à un assassinat.

Aux Muguets, Aimé prit le bouc d'Azraël en affection. Aimé et Azraël fêtaient leurs anniversaires le même jour. Ils étaient tous deux nés un 26 septembre, 1960 pour Aimé, 1968 pour Azraël. Aussi, Aimé intronisa-t-il le jeune homme *Zazou, mon frère de cœur, frère de fleurs.*

Il retourna au Congo-Kinshasa six mois après l'internement d'Azraël, afin de liquider la scierie de son père adoptif, belge, stérile, et décédé depuis peu.

– Mon Zazou, dit Aimé les yeux pleins d'émotion, le jour de son départ, pleure pas… Je te promets de revenir te chercher… Je te jure… Jamais je ne t'abandonnerai : je suis pas Francis Lévêque, moi…

– Qui ça ? dit Azraël.

– Rien, mon Zazou. T'inquiète pas… Je vais arranger tout ça.

Azraël ressentit une immense détresse au départ d'Aimé. Tous les jours, au déjeuner, son estomac se nouait. Il mangeait si peu qu'il devint très maigre. S'il se nourrissait mal, cela ne l'empêcha pas de prendre douze centimètres en deux ans et demi. En 1989, peu de temps avant d'être libéré de l'hôpital grâce à la rémission induite par la cure d'insuline, Azraël mesurait un mètre quatre-vingt-dix.

Il quitta l'asile, avec un CAP de fleuriste en poche.

Dehors, Aimé attendait son frère de cœur, de fleurs, de bouc, et de schize, un magnifique bouquet de cattleyas à la main. Il venait de rentrer à Paris ; il avait ramené dans l'Union européenne l'argent de son héritage et s'était offert Floriland, la boutique de fleurs, et Funland, l'espace funéraire.

Grâce à son CAP, Azraël s'associa à Aimé dans l'exploitation de Funland et de Floriland. Les deux boutiques étaient voisines. Elles avaient le même fournisseur. Du moins, pour les fleurs.

9
À l'Apéritif, avec Muriel et Azraël, Bernard et Bianca (et Magnolia)

Une canette de bière à la main et une bande dessinée posée sur le plateau à rabats de la baignoire, Azraël se prélasse dans un bain aux huiles essentielles et aux vapeurs odorantes. Un petit poste de radio posé sur une étagère diffuse un flash info :

> *Encore un tronc dans un arbre… Le corps d'une prostituée occasionnelle de 49 ans, infirmière le jour, a été retrouvé suspendu dans un marronnier, sans membres ni tête, sur les bords de la Seine…*

À la cuisine, Muriel verse la dernière couche d'un mélange onctueux dans un moule à cake en verre, puis met son tiramisu au réfrigérateur, avant d'attaquer la préparation d'une farce pour lasagnes. Luz Casal chante *Lo eres todo,* dans les haut-parleurs du salon.

> *Eres mi muerte y mi resurrecciòn…*
> *Eres mi aliento y mi agonía…*
> *De noche y de día…*

Les mains plongées dans son saladier, absorbée par le pétrissage de sa viande hachée, Muriel n'entend pas l'interphone. Azraël perçoit la sonnerie, mais, immergé dans sa baignoire jusqu'au cou, il jette un œil paresseux sur sa serviette et la juge infiniment trop loin pour se risquer à l'attraper. Quant aux huiles parfumant son bain, elles lui paraissent si essentielles qu'il ne daigne pas sortir de l'eau.

Deux sonneries plus tard, Muriel s'essuie les mains, époussette son pantalon noir, son caraco camélia et, pieds nus, court vers l'interphone :

– Qui est là ? demande-t-elle.

– C'est le tueur de la Seine ! répond une voix féminine ravie de sa bonne plaisanterie avant d'avouer, enjouée : c'est Bernard et Bianca !

– Je vous ouvre, dit Muriel.

Muriel traverse le salon où Luz Casal chante encore à tue-tête, file dans sa chambre, enfile des mi-bas, puis des bottes noires à talons hauts. On cogne à la porte. Muriel se précipite, ouvre. Un homme bronzé au crâne dégarni, une grande femme très pâle au ventre un peu arrondi et une petite fille à robe rose et au nez retroussé sont alignés sur le palier et sourient poliment.

– C'est joli, cette musique italienne, fait Bianca.

– C'est Luz Casal, dit Muriel, et c'est espagnol.

– Votre patron est là ? demande Bianca à Muriel.

Elle avance une tête curieuse dans l'entrée.

– Pardon ? répond Muriel un peu surprise.

– M. Frick, précise Bianca, il est là ?

Elle remarque, sur une table-applique noire, un magnifique bouquet de cattleyas reposant dans un bocal à spaghetti.

– Azraël ! enchaîne Muriel. Azraël n'est pas mon patron, mais entrez.

Bianca investit le hall d'entrée avec sa petite famille.

– Vous ressemblez beaucoup à la personne qui s'occupait de ma maison, quand j'étais enfant, dit-elle à

Muriel : elle s'appelait Eulalie. Vous n'êtes pas la femme de ménage d'Azraël, alors ? Vous êtes qui, alors ?

Elle ajuste le col de son chemisier blanc sous sa robe chasuble grise.

— Je suis sa colocataire, Bianca, et je m'appelle Muriel.

Stupéfaction muette de Bianca.

— Vous êtes zaïroise, mademoiselle ? semble renifler Bianca.

— Non, apatride. Apatride du Rwanda. Appelez-moi Muriel.

Alors que Bianca lui serre la main, Muriel a la vision incongrue d'une tête roulant autour d'une machine à laver, plantée dans un champ de lavande, sous la pluie. La poignée de main de Bernard lui prodigue la vision d'un homme de dos, se masturbant dans des toilettes. Muriel lâche la main moite de Bernard et, après avoir installé ses invités au salon, s'excuse pour aller laver les siennes à la salle de bains, où Azraël achève de se sécher.

Bernard et Bianca sont assis au salon avec Magnolia, sur le canapé bleu délavé, agrémenté, par Muriel, de trois coussins orange. Bernard déboutonne sa veste sur une chemise blanche à rayures kaki, assortie au velours côtelé de son pantalon. Il vérifie la netteté de ses souliers à talonnettes qui lui permettent de paraître presque aussi grand que Bianca.

Azraël les rejoint quelques minutes plus tard, fraîchement émoulu de sa baignoire et, efflanqué dans son jogging couleur mandarine, s'étale dans sa vieille chaise en rotin rempaillée par Muriel. Elle ne tarde pas à revenir au salon, les mains propres.

— Franchement, Azraël, dit Bernard en tripotant les

boutons de sa manchette, tu aurais pu faire un effort vestimentaire : c'est le 26 septembre, tu as trente-deux ans aujourd'hui. Il est temps de grandir un peu, non ? ajoute-t-il en considérant les baskets noires de son frère cadet.

Debout, Muriel tend les bras vers Azraël :

– C'est ton anniversaire, Azraël ? Pourquoi tu ne m'avais rien dit ?

Elle se penche sur la chaise en rotin et embrasse l'heureux homme sur les lèvres.

> *Mi norte y mi guia mi perdicion…*
> *Mi acierto y mi suerte mi equivocacion…*
> *Eres mi muerte y mi ressureccion…*

– Et toi ? demande-t-elle à la petite fille blottie entre ses parents sur le canapé bleu. Comment t'appelles-tu ?

– Magnolia, répond l'enfant, un index timide réfugié dans sa bouche.

– Je vais chercher des amuse-gueule et de la bière de banane à la cuisine, dit Muriel, tu viens avec moi, Magnolia ?

La fillette se lève pour répondre à l'invitation de son hôtesse.

Les talons de Muriel claquent sur le parquet tandis qu'elle chuchote à Magnolia :

– Il y a une toute petite ouverture, dans le mur de la cuisine ; à travers, on voit tout ce qui se passe au salon. Des fois, ajoute-t-elle en pouffant, on entend tout ce que les gens disent sur le canapé.

À la cuisine, Magnolia et Muriel voient Azraël quitter sa chaise pour aller fouiller dans un tiroir. L'ouïe aussi fine que l'ouverture murale de sa cuisine est moucharde, Muriel entend ensuite Bianca, sur le canapé, qui murmure à l'oreille de son mari :

– Pourtant, elle a l'accent anglais, cette fille.
– De quoi ? dit Bernard.
Il tripote les boutons de sa manchette.
Magnolia sort de la cuisine, un verre d'Orangina sanguine à la main. Son oncle lui prodigue une paire de ciseaux à bouts ronds et une feuille de papier cartonné. Magnolia s'installe avec Azraël dans le bureau de Muriel ; aménagé dans la salle à manger, il est séparé du salon par des voilages orange et pourpres. Après ces étoffes transparentes introduisant dans le vestibule du cabinet, un rideau de perles rouges isole le lieu de voyance. Cachés par la succession de tissus et de billes colorés, Azraël et Magnolia bricolent et chantonnent dans le cabinet magique.

Muriel espionne ses invités depuis la cuisine.
– Elle a l'accent anglais et elle est noire, minaude Bianca, tout à fait amusée. Je l'aurais pas deviné.
Bernard répond à sa femme par un haussement d'épaules. À ce moment, Muriel choisit de réapparaître dans le salon :
– Oui, Bianca, la couleur, ça ne s'entend pas ; c'est vraiment dommage, non ? dit-elle en pensant à son livre de chevet, *Le Traité des couleurs.*
Elle sert de la bière de banane à ses convives et leur tend des coupelles emplies d'amuse-gueule. Les poumons de Bernard éructent une toux gênée, qui se transforme en une quinte incoercible quand Muriel, s'asseyant sur le canapé entre Bernard et Bianca, répète, le ton évasif :
– Ça ne se voit pas à l'interphone, vous disiez, Bianca ?
– J'étais justement à la FNAC hier, dit Bianca, et...
Hier, à la FNAC, au rayon littérature, Bianca a pris un roman, au hasard, sur le présentoir. Amis voyeurs,

retournons-y à pas feutrés, et observons-la silencieusement, afin de ne pas la déranger. Elle feuillette le livre et écoute le narrateur lui décrire deux personnages :

*Une petite grosse aux yeux noir*s ; Bianca imagine une petite grosse aux yeux noirs. Avec des dents grises.

Un grand maigre aux yeux bruns ; Bianca voit un grand maigre aux yeux bruns. Avec des dents jaunes.

Quelques pages plus loin, le narrateur précise : *le grand Noir aux yeux bruns, toujours aussi maigre.*

– Tiens, pense Bianca, c'est un Noir, ce grand maigre.

Le narrateur aurait dû la prévenir tout de suite : si Bianca peut imaginer qu'un personnage est grand *ou* petit, avec des dents jaunes *ou* grises, et des cheveux bruns *ou* noirs, elle n'imagine pas sa peau blanche *ou* noire : la couleur de peau ne supporte pas d'alternative.

Quelques pages plus loin, le narrateur exagère : *le Noir à la peau brune.*

– Mais enfin, il est de quelle race ce grand maigre ? se demande Bianca.

Plus tard, le narrateur abuse : *la petite Blanche aux yeux noirs, toujours aussi grosse.*

– Évidemment qu'elle est blanche cette petite grosse, pense Bianca.

Le narrateur n'avait pas besoin de la prévenir : la peau blanche, c'est implicite, nécessaire et suffisant.

Quelques pages plus loin, le narrateur pousse le bouchon vraiment trop loin : *la Blanche à la peau brune.*

– Mais enfin, elle est de quelle race cette petite grosse ? se demande Bianca.

Bianca repose le livre sur le présentoir.

Les anciens francs, c'était mieux que l'euro.

Démasquée, Muriel, la Noire à l'œil noisette et à la peau tirant sur le bleu, se fourre une noix de cajou dans la bouche, la mâche lentement, avant de briser le silence épaississant entre les trois occupants du canapé :
— Moi, dit-elle à Bianca, je vous imaginais bien brune et boulotte, mais je n'aurais jamais cru que vous étiez jaune.
Le menton tremblant de colère, Bianca observe son concubin, espérant qu'il lave l'injure. Mais devant l'inertie de son trop futur époux, elle se fait sa propre avocate :
— Je ne suis pas jaune. Non, pas du tout. Du tout.
Elle ajuste sa robe chasuble.
— Et alors ? dit Muriel, sans daigner regarder sa contradictrice. Est-ce que je suis jaune, moi ? demande-t-elle, l'index pointé sur son caraco couleur camélia. Je ne suis pas anglaise non plus, d'ailleurs. Et vous-même, Bianca, êtes-vous dyschromatopse ?
Rougeoyante de colère, Bianca répond pourtant très calmement :
— Ça m'est égal. Je ne suis pas jaune, c'est tout. Mon arrière-grand-père était indochinois, certes, mais c'était du côté de ma mère, et je n'appartiens pas à une minorité ethnique : je suis de Levallois-Perret.
Muriel enfonce un clou rouillé dans la plaie ouverte de Bianca :
— Bianca... *Bianca,* ça veut dire Blanche en italien, non ? Alors non seulement vous êtes blanche, mais en plus, vous êtes italienne ?
La plaie s'infecte, mais, dure à la douleur, Bianca demeure stoïque comme une colombe albinos esquivant la bave du crapaud :
— Non, je ne suis pas italienne : je n'appartiens pas à une minorité ethnique, je vous l'ai dit ; je suis de Leval-

lois, je suis blanche et je m'appelle Blanche, même en Italie. Ce n'est pourtant pas compliqué, non ?
– Et vous, Bernard, reprend Muriel, êtes-vous achromatopse ?
Elle sourit.
– Comprends pas…, marmonne Bernard.

10
À Dîner, avec Muriel et Azraël, Bernard et Bianca (et Magnolia)

À table, Magnolia s'assied à côté de Muriel et hume le parfum des lasagnes dans son assiette.
– Ça sent bon, dit Bianca. Magnolia, tu me feras le plaisir de finir ton assiette : pense aux petits Noirs qui meurent de faim, les pauvres.
Magnolia dit *Oui, maman.*
Bianca à Muriel :
– Vous serez d'accord avec moi : finir son assiette, c'est une manière de lutter contre la société de consommation, c'est la chasse au gaspi.
Muriel dit *Oui, Bianca.*
Une main posée sur le ventre de Bianca, Azraël demande :
– Il va bien mon neveu ?
Le visage de Bianca s'illumine. Elle acquiesce et ajuste sa robe chasuble en avalant une bouchée de viande.
– C'est pour mi-février, dit-elle. Ça devrait tomber sur la Saint-Valentin, ajoute-t-elle, un regard langoureux qui dégouline sur Bernard. Vous, mademoiselle, dit-elle à Muriel, vous avez des enfants ?
Muriel s'assombrit :
– Oh… un jour peut-être, répond-elle l'air évasif, voire absent.

Cada vez que veo tu fotografía
Descubro algo nuevo...
Que antes no veía...

– Ma Mûre, dit Azraël en regardant son amie, elle est comme moi : elle n'est pas là quand elle est là.
– Ah oui ? lui répond sa Mûre. Et quand je suis là, je suis où ?
Immiscés, malgré eux, dans ce dialogue incompréhensible mais vraisemblablement intime, Bernard et Bianca n'en perdent pas une miette : la chasse au gaspi. Azraël pose une main caressante sur la cuisse de sa compagne.
– Où que je sois, Azraël, j'y suis avec toi, lui susurre-t-elle.
Azraël prend son frère aîné à témoin :
– Elle ne me parle jamais d'elle ; on dirait qu'elle a des choses à me cacher... J'aime pas ça : je vois à peine la face émergée de l'iceberg.
– M'a pas l'air d'un iceberg ta copine ! fait Bernard en riant grassement.
Azraël baisse les yeux.
– Bernard, dit Muriel, avez-vous le complexe du survivant ?
– De quoi ? fait Bernard.
Azraël part dans un grand rire d'aliéné :
– Bernard est plus fou que moi, ma Mûre ! C'est un mort-vivant : Noël est mort le 26 août 1983, le jour des dix-huit ans de Bernard. Quel salaud...
– Azraël, intervient Bianca. Bernard va bien : il m'a, il m'a moi.
Elle tambourine sur son chemisier blanc, comme pour attester de son existence.
– Pauvre Bianca..., rétorque Azraël, tu ne fais

qu'accélérer sa décomposition, c'est tellement plus facile...

Bianca feint de n'avoir rien entendu.

Silence en la demeure. Invitation aux fantômes.

Seules les lèvres de Muriel se figent dans un sourire insensé.

Bianca brise le silence.

– Vous avez quel âge, Muriel ?

– Vingt-huit ans, Bianca.

– At-ten-tion, prévient Bianca, un index nataliste et réprobateur dressé devant son nez, attention à l'horloge biologique.

– Ma mère a eu son premier enfant à quarante-sept ans, dit Muriel.

– Mon Dieu ! s'exclame Bianca. Moi, quand j'ai rencontré Bernard, j'étais vierge, ajoute-t-elle, la voix étranglée par l'émotion. J'avais quinze ans et quatre mois.

– Et moi quinze ans et un mois, précise Bernard.

Il tripote les boutons de sa manchette et, ému, continue :

– Vous vous souvenez, Bibi ?

– C'est amusant, vous vous vouzouaillez, dit Muriel.

– Nous nous *voussoyons*, la corrige Bernard.

Il explique ensuite quelque chose comme *la restauration du voussoiement dans la démocratie familiale serait chose souhaitable pour le respect d'autrui*. Grisée par les vapeurs d'alcool émanant du chianti, Magnolia éclate de rire.

– Il paraît que vous êtes voyante, Muriel ? fait Bernard.

Il se ressert de lasagnes.

– Il paraît, approuve Muriel.

– Je ne crois qu'aux vertus de la Raison, affirme Bianca en plantant sa fourchette dans son assiette. Je ne crois pas en Dieu, ni en rien du tout.

– Je vois… vous êtes très superstitieuse, subodore Muriel. Et vous, Bernard, vous faites quoi ?

– Je suis actuaire : je vends des assurances. Je m'occupe de tout ce qui est assurances décès, vie, retraite. Mon associé, Gonzague, s'occupe plutôt des produits non-vie.

– Les produits non-vie ? répète Muriel.

– Oui, le IARD : les incendies, les accidents, les risques divers. On est sur le point de s'élargir à la bancassurance : maintenant, la plupart des banques font de l'assurance vie, alors, les assureurs vont faire de la gestion de patrimoine.

– Je vois, dit la voyante, votre métier n'est pas si éloigné du mien.

– Je vous demande pardon ? sursaute Bernard.

– Vous assurez, je rassure ; on a des clients en commun : des petits épargnants, des anxieux… Je suis leur maman, dit-elle avec une tendresse infinie : ils sont mes enfants gâteux, mes vieux gâtés. Oui, Bernard, on fait pratiquement le même métier : moi, je vois, vous, vous pré-voyez, vous faites des contrats prévoyance.

Bernard hausse les épaules dédaigneusement avant de préciser :

– Moi, je raconte pas des salades.

– Moi non plus. Ni vous, ni moi ne pouvons mettre les gens à l'abri du hasard : vous ne pouvez pas empêcher un cyclone ; vous n'avez pas pu empêcher votre frère Noël de mourir. Vous pouvez juste… payer les dégâts.

– C'est déjà pas mal, fait Bianca.

– J'assure aussi la voix de Lara Fabian et les mains de Richard Clayderman, ajoute Bernard. L'assurance est un métier *d'avenir* : la société éprouve un immense besoin de protection et a l'aversion du risque. Si Paul Prédault avait souscrit une assurance responsabilités dirigeant – un produit vraiment haut de gamme –, il serait couvert pour tous les dégâts causés par la listériose. Pareil pour le patron de TotalFina, avec la marée noire de l'*Erika*... Et les tempêtes... les cyclones... On peut tout assurer, car le risque est partout : risque santé, industriel, écologique, sanitaire, technologique, juridique. Grâce aux assureurs, désormais, vous ne risquez plus la moindre surprise.

– C'est exactement ça, dit Muriel. Mes clients veulent que je leur prédise l'avenir, pour éviter les surprises.

– Oui, enfin... non... en tout cas, si Richard Clayderman se coupe les mains et Lara Fabian les cordes vocales, grâce à moi, ils sont à l'abri de tous les fauteurs de trouble qui pourraient leur demander des comptes. Vous ne pouvez pas en dire autant, Muriel. Est-ce que vous le pouvez, vous, garantir à ces artistes une greffe d'organe à la hauteur de leur instrument original ? Est-ce que vous pouvez leur offrir un service comme le mien ?

– Je n'ai pas cette prétention, Bernard et, contrairement à ce que vous avez l'air de penser, je ne suis pas votre concurrente, rassurez-vous.

Bernard rougit.

– Aujourd'hui, ajoute Bianca fièrement, Bernard a signé quatre contrats décès : vous cotisez mille cinq cents francs (anciens) par mois à fonds perdus pendant quarante-cinq ans et quand vous mourez, on vous fait un chèque d'un million.

– Seulement dix mille francs ! se scandalise Azraël.

– Ce que tu peux être vénal, s'offusque Bernard.

– Ton grand frère a raison, Azraël, dit Bianca : un franc est un franc ; tu sais, dix mille nouveaux francs, c'est pas la moitié de rien, pour un ouvrier.

– Toi qui n'as jamais été dans le besoin, Bianca, tu peux m'en parler, je n'en doute pas, crache Azraël.

– Non mais... moi je dis ça parce que des fois... y a des gens qui... enfin bref... Moi, l'argent, le capital, y a longtemps que j'ai compris que c'était de la merde... mais bon... Pendant ce temps, j'élève ma fille...

Bianca range ses couverts dans son assiette nettoyée.

– Au fond, opine-t-elle, les mères à la maison, c'est mieux pour les enfants ; les pères ne sauraient pas s'en occuper, les pauvres.

– Oui. C'est plus sûr pour les enfants, fait Bernard.

– C'est moins risqué, ajoute Bianca. Pourtant, mes études ne me prédestinaient pas à être mère au foyer, vous savez ?

Elle attend qu'on lui demande quelles études elle a faites. Nulle question ne fusant, elle décline de son propre chef son identité intellectuelle :

– J'ai fait une thèse de Lettres, à la Sorbonne. Imaginez-vous que j'ai relu *L'Éducation sentimentale* soixante-deux fois. À la Sorbonne, j'ai appris à penser ; la réflexion, c'est pas donné à tout le monde. J'ai eu la chance d'apprendre comment on fait.

Muriel se lève avec Azraël pour débarrasser la table, tandis que Bernard continue de vanter le métier d'actuaire :

– ... plus la moindre surprise. Imaginez-vous : d'ici vingt ans, avec les progrès biotechnologiques, on aura la possibilité de maîtriser le destin biologique des gens, on pourra établir la carte d'identité génétique de tout individu *in utero*... et peut-être même son quotient intellectuel. Imaginez-vous : un généticien accoucheur s'engage contractuellement à produire un nouveau-né aux yeux verts et au coefficient intellectuel de 155, au moins ; mais l'enfant naît avec un quotient qui ne dépasse pas les 130 et des yeux noirs. Là, moi, j'interviens : si les parents ont pensé à s'assurer chez moi, je prends à ma charge la remise à niveau intellectuelle et la recoloration des iris du nouveau-né. Je lui garantis même une place en crèche et à l'université. Quant au généticien accoucheur, s'il a souscrit chez moi une bonne assurance juridique, je paie le procès que les parents lui intenteront pour erreur de diagnostic sur l'identité racialo-génétique du nouveau-né.

Muriel et Azraël partent en cuisine.

11
Au Dessert, avec Muriel et Azraël,
Bernard et Bianca (et Magnolia)

À la cuisine, Azraël pose les assiettes sales dans le lavabo tandis que Muriel sort le tiramisu du réfrigérateur et des assiettes propres du placard.

Ils retournent au salon. Azraël couve sa colocataire du regard.

Dame tu aroma, dame tu sabor,
Dame tu mundo interior,
Dame tu sonrisa y tu calor

Azraël sert sa belle-sœur.

– J'ai envie de me lancer dans le bénévolat, avec Marianne, ma meilleure amie, dit-elle. Les activités non lucratives, c'est noble, je trouve : l'argent, ça me paraît si vil, si médiocre, comme la société marchande. J'aime bien les causes humanitaires : on aime les gens ou on ne les aime pas. Je veux partager mon savoir avec les gens, les gens du peuple. J'ai une vieille copine dans l'humanitaire : elle travaille au Zaïre.

– Au Congo-Kinshasa ? corrige Muriel en s'asseyant.

– Oui, oui, au Zaïre, dément Bianca, en léchant sa cuillère. Ma copine était volontaire du corps de la paix de l'ONU. Elle a rencontré son mari en Afrique, un garçon très bien ; d'origine bretonne, certes, mais très bien quand même. Ma copine, elle est restée avec son

Breton chez les Africains, malgré les risques. Ils habitent à Stanleyville.

— À Kisangani ? rectifie Muriel.

Bianca infirme :

— Oui, oui, Stanleyville. Il n'y a plus que trois familles à Stanleyville.

Elle ajuste sa robe chasuble.

— Trois familles dans toute une ville ! s'écrie Azraël, la bouche pleine.

— Oui, plus que trois familles blanches, continue Bianca. Les hommes qui restent, en dehors de ces familles, sont tous célibataires.

— Votre dessert est excellent, Muriel, intervient Bernard.

— Ça vient de chez quel traiteur ? demande Bianca.

— C'est moi qui l'ai fait, proclame Muriel avec orgueil.

— Vraiment ? dit Bianca, n'en croyant pas un mot. Où avez-vous appris à faire le tiramiçou ?

— J'ai trouvé la recette sur Internet, Bianca.

— Internet ! s'exclame Bernard en tripotant les boutons de sa manchette.

Bianca repousse son assiette à moitié pleine et revient sur son Congo :

— À part les sœurs de la mission, elles ne sont plus que trois femmes à Stanleyville, trois femmes mariées, indisponibles donc.

Magnolia se jette sur l'assiette abandonnée par Bianca : chasse au gaspi.

— Trois femmes pour toute une ville ? demande Azraël.

— Trois femmes pour tout Stanleyville, réaffirme Bianca. Et mariées en plus, ajoute-t-elle. Les célibataires, je ne sais pas comment ils font ; ils ont le blues de la métropole, sans doute.

— Les célibataires expatriés ? dit Azraël la bouche pleine. Y en a pas qui vivent avec des Africaines ?

— Des Zaïroises ? En effet, admet Bianca. Y a pas mal d'expatriés qui vivent avec des Zaïroises. C'est aussi des familles, il faut le reconnaître.

— Et puis ces expatriés n'ont pas le choix : il n'y a plus de femmes, explique Bernard.

Il racle son assiette avec sa petite cuillère. Bianca acquiesce :

— On m'a même parlé de deux expatriés qui avaient fini par se mettre en couple : il n'y avait plus de femmes — à part les Zaïroises —, alors ils sont devenus homosexuels. Imaginez un peu la vie des Blancs, là-bas. Rester là-bas, c'est pas justifiable ; c'est pas justifiable *rationnellement*, *intellectuellement*, j'entends, vous me comprenez ? ajoute-t-elle.

Elle regarde Muriel, semble attendre une confirmation de sa part :

— Oui, obéit Muriel : pour vivre en Afrique, il faut être une bête.

— N'est-ce pas ? approuve Bianca, ravie de ce ralliement inattendu. Mais heureusement qu'il y a des gens bien pour aider les Noirs.

Elle reprend son assiette à Magnolia pour finir son dessert afin d'honorer son hôtesse.

— Quand je pense à tout ce qui se passe dans ce pays, ça me rend malade, dit-elle avec une moue dégoûtée. Du temps de Mobutu, c'était mieux pour les Africains : c'était un homme admirable, sensible, émotif ; ce petit père du peuple faisait le bonheur des Zaïrois.

Bianca regarde Bernard, dont elle construit le bonheur jour après jour.

— Vous avez raison, Bianca, lance Muriel : quand un président est réélu avec 99,9 % des voix c'est qu'il est aimé de son peuple.

– N'est-ce pas ? dit Bianca.

Elle se ressert du tiramisu.

– Mon père travaillait pour M. Mobutu ; il me disait toujours, *Qui aime bien châtie bien* : *une seule nation, un seul peuple, un seul parti, un seul chef* ; c'était la devise de l'État zaïrois. Mobutu était le petit père de son peuple : avec le parti unique, on peut éduquer le peuple dans le bon sens, comme l'avaient fait les Blancs à l'époque coloniale ; c'est la seule solution, sinon y retombent dans leurs luttes tribales. C'est partout pareil : pour qu'il y ait la dictature du peuple, par le peuple, pour le peuple, il faut d'abord l'éduquer, le peuple. Je l' dis comme j' le pense, moi.

– C'est vrai qu'il est un peu con, le peuple, fait Azraël.

– Surtout en Afrique, ajoute Muriel.

Le café servi, Bianca raconte sa rencontre décisive, ce matin, au Paradis du fruit, avec une femme qui les a convaincues, elle et son amie Marianne, de rejoindre son association, une multinationale à but non lucratif baptisée le Serment de l'Amour Pur :

– On buvait un jus de goyave-carotte-échalote avec Marianne, ma meilleure amie. Betty Bouton s'est assise à notre table. Elle nous a longtemps parlé de son association, le Serment de l'Amour Pur…

Bernard se gratte le testicule droit sous la table, puis bâille.

– Betty Bouton aide les homosexuels à s'intégrer dans la société, dit Bianca.

– Pardon ? fait Azraël.

Bianca s'éclaircit la gorge :

– Comment expliquer ça simplement. Tout le monde sait que l'homosexualité n'est pas une maladie, d'accord ? Je suis bien placée pour le savoir, puisque mon frère est homosexuel. Mais, il faut les empêch... les aider, parce que la société... la Famille... la vraie Famille... c'est important.

– Mon psy, aux Muguets, fait Azraël, il disait souvent : *la famille traditionnelle occidentale, elle pète plus haut que son cul, parce qu'elle s'imagine qu'elle a toujours existé ; elle se croit universelle et éternelle, mais... elle aussi, elle a été une délinquante, avant de se friper et d'oublier ses jeunes années.*

– Y a quand même des valeurs sérieuses, reprend Bianca. Je sais pas moi... l'Amour, la Fidélité... Le Couple, c'est essentiel.

Bernard se gratte le testicule gauche sous la table, mais doit abandonner son entreprise, car sa compagne lui prend la main amoureusement.

– Comment aurais-je pu résister à l'appel de Betty Bouton ? dit-elle. Moi aussi, je veux aider les gens. Moi aussi, *j'aime* les gens.

Azraël s'étrangle avec une gorgée de café. Bianca ajuste sa robe.

– Je veux aider les gens qui sont dans l'erreur, lance-t-elle.

Elle couve sa petite fille du regard. Elle raconte à quel point le parti unique du Serment de l'Amour Pur a le talent de promouvoir le respect et la pureté dans les relations humaines hétérosexuelles :

– C'est ça le message : l'amour entre un homme et une femme est précieux. Il faut le défendre et le protéger, car il est la base de la construction d'une famille heureuse et soudée, d'une société harmonieuse et d'un monde en paix. Dès l'instant où cet amour est consommé, rien ne doit le briser, voilà pourquoi il faut s'engager à respecter l'idéal de l'amour pur, la fidélité. La nouvelle révolution sexuelle, vous connaissez ? Aujourd'hui, explique Bianca, les jeunes, et même les très jeunes, sont initiés à la sexualité de plus en plus tôt : croyez-vous que ça les aide vraiment et que ça les rende plus heureux ? Nous, non. Une nouvelle révolution sexuelle extraordinaire est en train de se produire dans le monde. Des millions de jeunes s'engagent à respecter le Serment de l'Amour Pur. Le Serment de l'Amour Pur regroupe tous les fidèles qui souhaitent purifier l'amour.

Bianca lance un regard enamouré à Bernard, occupé à triturer les boutons de sa manchette.

– Depuis nos quinze ans, Bernard et moi, nous respectons l'idéal de l'amour pur et nous encourageons les autres à faire de même. Pour toujours, nous nous sommes juré de nous réserver notre amour sexuel.

– Comment on fait pour se réserver son amour quand on ne s'aime plus ? demande Muriel.

– Tu ne m'aimes plus ! s'exclame Azraël.

– Mais non ! Non, c'est à Bianca que je posais la question : comment on fait pour aimer quelqu'un qu'on n'aime plus ?

– C'est une question d'habitu... de principes, lui répond Bianca.

Et puis il me reste les waters, pense Bernard.

L'évocation de l'émail sanitaire entraîne un début d'érection dans son pantalon. Bianca continue son apologie de l'intégrisme amoureux :

– Bernard et moi, nous nous aimons, pour toujours. Je vous mets au défi de trouver plus amoureux que nous, n'est-ce pas, Bébé ?

Bernard acquiesce. Son sexe gonfle ; du regard, il cherche les toilettes.

– Aucune femme ne se mettra jamais entre nous, continue Bianca.

Les waters ! pense Bernard, pressé par son besoin de jouir contre l'émail.

– Les serments, dit Bianca, c'est sacré.

– Excusez-moi, dit Bernard en se levant, courbé pour cacher son érection, les waters, c'est par là ? demande-t-il en indiquant le couloir.

Azraël acquiesce. Bernard se précipite. Bianca regarde tendrement son compagnon s'éloigner vers sa maîtresse d'émail.

– L'idée de serment, dit-elle, la fidélité, tout ça... *l'idéal* en somme, je trouve ça beau.

– Je vois, dis Muriel, les yeux tournés vers les toilettes.

– Marianne et moi, nous avons adhéré à l'association de Betty Bouton en signant une carte et en payant de tous petits frais de dossiers. Pour en savoir plus, ajoute-t-elle, une carte de visite tendue vers son hôtesse, envoie vite tes coordonnées, une enveloppe timbrée et un chèque en blanc, à SAP, 43, rue Monge, 75005 Paris.

Muriel fouille dans les poches de son pantalon, sort sa carte de visite et la tend à Bianca :

– Échange de bons procédés...

12
Chez le Chocolatier, avec Muriel

Muriel sort de la garçonnière d'Aimé, où elle est allée nourrir Hegel et Fanon, les poissons rouges, en l'absence de leur propriétaire : Aimé passe quelques jours à la campagne, chez les parents de sa favorite actuelle, Monique.

La jeune femme s'arrête chez l'artisan chocolatier, au rez-de-chaussée de l'immeuble. Entendant les grelots tinter à sa porte, M. Chapuis, en caisse, lève une petite tête de fouine et sourit. Il finit de servir deux touristes américains, puis le couple quitte la boutique. Tel un souverain en son palais, M. Chapuis s'approche de Muriel, s'essuyant les mains sur son tablier brun, faisant claquer ses sabots sur le sol carrelé. Il attrape une soucoupe dorée, disposée sur une petite console à côté de l'entrée et la tend à Muriel :

– Tenez, ma p'tite demoiselle, prenez-en : c'est une nouvelle création. Goûtez, devinez un peu c' que c'est, pour voir.

Muriel prend un chocolat et se le fourre entièrement dans la bouche. Les yeux noirs de M. Chapuis s'écarquillent :

– Pas tout dans la bouche, ma p'tite demoiselle !

Muriel cache ses lèvres.

– Alors ? C'est quel parfum ? lance le chocolatier.

Muriel promène ses globes oculaires d'une commis-

sure à l'autre de ses paupières pour indiquer qu'elle réfléchit :
– Verveine ?
– Pas mal…, dit le chocolatier.
Il dodeline de la tête et précise :
– C'est une herbe, mais c'est pas d' la tisane.
Les yeux de Muriel reprennent leur office de sablier : son temps de réflexion écoulé, elle propose :
– Thé noir ?
– C'est pas une herbe séchée ; c'est une herbe fraîche, aromatique, ma p'tite demoiselle.
Muriel ferme les yeux pour mieux imprégner ses papilles de la saveur mystérieuse.
– C'est pas de la menthe, quand même ? demande-t-elle en rouvrant les yeux. C'est aromatique la menthe ?
M. Chapuis réprime une moue faussement boudeuse, puis, hilare, bat le sol de ses sabots couleur chocolat :
– C'est du basilic ! s'exclame-t-il.
Son visage s'illumine jusqu'à se figer dans cette expression de béatitude qu'on voudrait voir partagée.
– Basilic ! lui renvoie Muriel, en écho.
– Basilic ! proclame M. Chapuis. Plus un autre ingrédient secret…, ajoute-t-il en reprenant contenance.
– C'est dingue, dit Muriel.
Elle se lèche les babines.
– C'est frais, le basilic, non ? opine le chocolatier.
Il frotte le dos de ses mains contre son tablier brun.
– Étonnant, admet Muriel.
Les grelots sonnent à la porte : un grand monsieur à cheveux blancs, accompagné d'un petit chien à poils gris, entrent dans la boutique. M. Chapuis salue le nouveau client et s'active avec Muriel.

– Bon, qu'est-ce qu'on lui sert à la p'tite demoiselle ?
– C'était l'anniversaire d'un ami la semaine dernière et... je voudrais lui offrir des...
– La semaine dernière ? Pourquoi vous lui offrez des chocolats que maintenant ? sursaute M. Chapuis.

Le monsieur au chien à poils gris hoche la tête pour approuver la remarque du chocolatier, tandis que le chien au monsieur à poils blancs remue la queue.

– Je ne savais pas que c'était son anniversaire, répond Muriel, un peu gênée. Mais bon, après tout, je n'ai que...

Muriel compte rapidement sur ses doigts :
– ... que huit jours de retard...

La queue du chien à poils gris frétille de plus belle, tandis que la tête du monsieur à poils blancs dodeline à se décoller.

– C'est un ami... très proche ? chuchote M. Chapuis pour préserver l'intimité de sa conversation avec Muriel.

Mais l'homme à poils blancs a l'ouïe aussi fine que son âge est grand, que son chien est gris. Aussi entend-il Muriel répondre à voix basse :

– Peut-être... pas encore... enfin, oui, quoi ! Mais bon... et alors ?

– Eh bien, disons que..., continue M. Chapuis, sous les yeux et les oreilles attentifs de l'homme et du chien, on n'offre pas la même chose à un ami intime qu'à quelqu'un d'autre.

– Vous savez, je m'en fiche, répond Muriel tout bas, observant des petites figurines en chocolat dans une vitrine. Tenez, ajoute-t-elle à voix haute, pour être entendue du chien gris et de l'homme blanc, mettez-moi quatre ballons de foot, moitié chocolat blanc, moitié chocolat noir.

Ni l'homme ni le chien n'écoutent plus : les ballons de foot en chocolat ne font pas partie du champ de l'intimité de Muriel. Aussi, l'homme blanc se contente-t-il de montrer une statue africaine en chocolat dans la vitrine au chien gris :

– Tu vois, Poupette, explique-t-il à l'animal à grand renfort de gestes théâtraux, avec le temps, le chocolat devient comme du bois : cette statue, elle a dix ans.

Muriel jette un œil sur Poupette et, inspirée, continue de choisir :

– Mettez-moi aussi un caniche au chocolat au lait… un chat blanc… un petit bébé noir et un blanc… Et ce sèche-cheveux au chocolat au lait.

– Je vous fais un paquet ? propose M. Chapuis.

– Non, merci. Je le ferai moi-même, dit Muriel.

En partant, Muriel marche accidentellement sur la queue du canidé gris. L'homme et le chien tressautent.

– Excusez-moi, dit-elle à l'animal.

Elle le caresse à l'inverse du sens du poil, puis fait sonner les grelots de la porte avant de sortir de la boutique, huée par le cabot blanc et son chien gris :

– Wouaf, jappent-ils d'une voix presque aphone.

Muriel prend le métro, descend à Abbesses, puis rejoint la rue des Martyrs et l'appartement qu'elle partage avec Azraël.

Une enveloppe portant l'écriture de Gilles, l'homme marié, l'attend dans la boîte aux lettres. Elle ouvre la boîte, ramasse le courrier, reconnaît la graphie de son ancien amant, hésite à ouvrir la missive dans l'ascenseur, puis la jette en entrant dans l'appartement désert.

Muriel consulte la messagerie de son téléphone portable et dispose les chocolats, un par un, dans une boîte en carton mauve, tapissée de fleurs séchées. Une voix féminine a laissé ce message :

– J'appelle pour parler à Madame Astrala.

Muriel enroule trois lettres qu'elle a écrites la veille pour Azraël, et écoute un nouveau message :

– MES TESTICULES TÉMOIGNENT DE MA VIRILITÉ ; DE PLUS, J'EN AI DEUX. TU VEUX GOÛTER MES GONADES ?

Il lui semble reconnaître la voix de Gilles.

Muriel noue les rouleaux de papier amoureux avec de la ficelle rouge et les dispose sur les chocolats, avant de refermer la boîte. Le message suivant répète le premier :

– J'appelle pour parler à Mme Astrala, dit la voix féminine avant de donner son nom : je m'appelle Marianne ; une amie m'a donné vos coordonnées. Je rappellerai exactement dans quarante-cinq minutes.

Muriel entre dans la chambre d'Azraël, pose son paquet de chocolats langoureux sur le lit, sous le jeu de fléchettes qu'Azraël a installé au mur et referme la porte. Elle rejoint son cabinet, baigné d'une lumière colorée et tamisée, écarte le rideau de perles rouges, puis s'installe à son petit bureau. Elle allume une fine bougie bleue et vérifie son emploi du temps de l'après-midi.

À treize heures, le premier rendez-vous arrive : un nouveau client. Très grand, très blanc et un peu bedonnant, l'homme, environ quarante ans, porte de fines moustaches blondes sur des lèvres charnues et des pattes d'oie au coin de ses yeux bruns. Les mains dans les poches de son pantalon, il regarde un avis cloué au mur de l'entrée du cabinet :

Coupez votre portable afin de ne pas perturber les ondes telluriques, SVP.

– Je suis Gonzague, se présente l'homme.

Il promène une main baguée d'une alliance d'or blanc dans ses courts cheveux blonds, frisés.

– Je dirige une agence d'assurance avec Bernard Frick. Vous vous connaissez, je crois ?

– Oui, comme ça, répond Muriel.

– Je suis le mari de Marianne, la meilleure amie de Bianca.

Muriel invite Gonzague dans le cabinet puis s'assied à sa place de consultant. Debout devant le petit bureau, Gonzague explique comment, tout à fait fortuitement, il est tombé sur le numéro de téléphone de Mlle Astrala :

– Mardi dernier, nous dînions, Marianne et moi, chez Bernard et Bianca. Le thème de la voyance est venu par hasard dans la conversation. Ma femme a relevé vos coordonnées : un pari, entre elle et Bianca, mais rien de bien méchant, je vous assure, dit l'assureur.

– Oui, rassurez-moi, répond la voyante, mais surtout, asseyez-vous, je vous prie.

– Est-ce que vous faites de l'encromancie, la divination par les taches d'encre ?

– Non, Gonzague.

– Dommage... Moi, si, en fait, avoue-t-il.

– Vous êtes encromancien ?

– Je suis écrivain : je pratique la tache d'encre, l'encre d'imprimerie. L'écriture est aussi un instrument de la divination : c'est un médium qui permet de négocier avec le destin, de conjurer la mort. Autrefois, l'écriture était un moyen de transcrire la parole divine, les arrêts de Dieu qui fixaient le sort de chaque mortel. *Hiéroglyphe,* par exemple, ça veut dire parole sacrée. Les signes ont un sens mystique, surtout quand ils sont indéchiffrables par le plus grand nombre.

Gonzague considère le plafond pensivement :

– Les taches d'encre… *toutes* les taches d'encre, reflètent la personnalité de celui qui les fait : elles comportent des réponses à tant de questions. Encore faut-il savoir les lire, les traduire…

Gonzague toussote nerveusement et rit.

– C'est vrai ça, dit-il, comment on ferait pour s'habiller, si on ne savait pas à l'avance le temps qu'il fera demain ? On passe sa vie à marchander avec le ciel.

– Vous avez peur que le ciel vous tombe sur la tête, Gonzague ?

– Par Toutatis… La météo se trompe tout le temps. Les assureurs aussi, ajoute-t-il d'un air mystérieux.

Il se frotte les mains puis propose :

– Bon, alors, on les fait ces taches d'encre ?

– Je ne fais pas les taches d'encre, je vous ai dit. Je n'ai pas l'encre qu'il faut et je suis moins divinatoire que vous. Allez, Gonzague, assis maintenant.

Gonzague prend place face à Muriel dans un fauteuil en Skaï cramoisi.

13
Chez la Voyante, avec Gonzague et Marianne

Muriel brasse les cartes jaunies d'un vieux tarot de Marseille, tout taché de moisissures verdâtres et séchées.

Elle scrute le visage tendu de Gonzague qui la regarde faire :

– C'est dur d'être un battant comme vous, n'est-ce pas ? dit-elle d'une voix maternelle. Vous avez besoin de reprendre confiance en vous et d'affronter les obstacles de la vie, Gonzague. Tenez, ajoute-t-elle en indiquant une bonbonnière sur le coin de la table de consultation, prenez une dragée, ça vous relaxera.

Gonzague prend deux dragées roses, les croque et les avale aussitôt. Il s'enfonce doucement dans son fauteuil en Skaï cramoisi.

Muriel coupe son jeu avant d'étaler les cartes, aussi appelées lames ou arcanes, sur la table.

– Prenez cinq cartes de la main gauche, celle du cœur, et donnez-les-moi, Gonzague.

Gonzague pioche cinq lames et les tend à Muriel.

– Vous avez une question précise ? demande-t-elle.

Elle dispose les quatre premiers tarots en croix, puis le cinquième légèrement en retrait.

– Racontez à Astrala. Astrala voit tout.

– Un couple s'est présenté hier à nos guichets, dit Gonzague, pour une assurance temporaire décès avec garantie « toute cause ». Ils ont rempli une déclaration que je soupçonne mensongère : en effet, je suis persuadé que le mari fume, boit et qu'il fait du ski hors piste. Je peux prendre encore une dragée ? demande-t-il à Muriel en lui montrant la bonbonnière.

Muriel approuve d'un geste de la main.

Trois dragées bleues plus tard, Gonzague s'éclaircit la voix :

– Je voudrais minimiser les risques, explique-t-il.

Il masse ses fines moustaches blondes.

– Vous comprenez, si mes clients se mettent à me cacher... à me mentir sur leurs habitudes de vie, comment voulez-vous que je calibre mes primes ? Je fais du sur mesure, moi. J'ai des outils de prévision relativement fiables, certes, mais j'ai besoin d'être *absolument sûr*.

Gonzague s'interrompt et enfouit la main gauche – celle du cœur – dans la bonbonnière avant de reprendre, la bouche pleine :

– Si les clients me racontent n'importe quoi... Vous comprenez, les contrats s'établissent en fonction du comportement de l'assuré : bientôt, les cotisations ne seront pas les mêmes pour les fumeurs, les séropositifs, les porteurs de certains gènes. Je dois connaître le profil médical exact de mes clients. Quel est le profil médical des deux personnes que j'ai reçues hier, mademoiselle Astrala ?

Il s'étrangle avec l'éclat d'une dragée rose, coincé au fond de sa gorge, tousse longuement, retrouve son souffle et se sert à nouveau dans la bonbonnière.

– J'essaie d'arrêter de fumer, dit-il en caressant ses moustaches.

Muriel additionne à haute voix les chiffres romains imprimés sur le haut des lames tirées par Gonzague.

– Neuf et quatre : treize, et dix-neuf : trente-deux, et vingt et un : cinquante-trois, résultante : huit, la lame de la **Justice**, conclut-elle.

Elle cherche l'arcane majeur VIII, la **Justice,** dans les lames disposées en tas au coin de la table. Elle le trouve et le pose au milieu des tarots tirés précédemment par Gonzague.

– Je soupçonne l'épouse de souffrir d'un défaut de l'audition : elle a trente-cinq ans et elle n'entend plus rien ; pourtant elle a déclaré ne pas fréquenter de boîtes de nuit. Elle ment, n'est-ce pas ? Et le nombre de ses partenaires sexuels ? Elle a déclaré *un seul, mon mari.* Il faut faire attention à ça, parce que le risque de séropositivité s'accroît avec la multiplication des partenaires sexuels. Elle a également déclaré ne jamais consommer de cassoulet ; mais elle sentait le cassoulet à dix kilomètres. Moi, je ne rigole pas avec le cassoulet, ni avec le hamburger d'ailleurs : et les risques d'obésité ? Et les maladies cardio-vasculaires ? Ça coûte très cher aux assurances.

Sur la table, Muriel considère la lame IV, l'**Empereur** :

– Vous venez de la stabilité d'un monde protégé… avec une lecture de l'ordre très ancrée… (Muriel relève les yeux vers Gonzague.) Il y a de grands changements dans votre vie, en ce moment, vous verrez…

– Oui, j'arrête de fumer, je vous l'ai dit. Ça me stresse… En plus, ce couple part en vacances au Brésil cet été… avec toutes les maladies qu'on attrape là-bas ? Sinon, il paraît que le bogue de l'an 2000 est reporté en 2003 ; qu'en pensez-vous, mademoiselle Astrala ?

– Vous avez tiré le **Monde** tout à l'heure, dit Muriel en indiquant la lame faisant face à l'**Empereur** : c'est une excellente carte, car c'est l'avant-dernière dans le tarot.

Elle mordille sa lèvre inférieure.
– Vous voyez la gerbe de blé dessinée sur votre carte, Gonzague ? Elle symbolise l'alliage extraordinaire que vous allez faire entre tous les éléments, dans un futur proche, avec une grande capacité d'harmonie.
Inspiration-expiration de Muriel.
– Ça me stresse, redit Gonzague.
Il torture ses moustaches blondes.

De l'arcane majeur du **Monde**, Muriel passe à celui de l'**Ermite**, puis du **Soleil** : après une remise en question liée à une quête intérieure, Gonzague devrait établir, avec de nouvelles personnes, des relations d'égal à égal.
– C'est la dentiste, murmure Gonzague.
– Pardon ? dit Muriel.
– La dentiste…, souffle Gonzague. Il baisse les yeux. C'est exactement ça…
– Vous faites-vous réparer les dents ? demande Muriel, humant une haleine fétide et aseptisée à la fois, mêlée au parfum des dragées.
– Oui, avoue Gonzague.
– Et les dragées, vous croyez que c'est recommandé, quand on se fait réparer les dents ? ajoute Muriel.
Elle se mordille la lèvre inférieure.
– J'arrête de fumer, je vous ai dit ! s'énerve Gonzague avant de se radoucir : je vois beaucoup ma… la dentiste, en ce moment. Ça me calme… Je suis marié et…
– Je vois, dit Muriel (inspiration triple – blocage – expiration saccadée). La résultante de votre jeu, c'est la **Justice**, je vous l'ai dit : vous risquez d'être confronté à quelque chose lié à la loi et de devoir trancher.
Gonzague regarde les tarifs affichés contre la fenêtre :

20 minutes = 100 F
30 minutes = 200 F
45 minutes = 300 F

– C'est moins cher qu'un avocat ou que le psy de Marianne, dit-il.

Il gobe une dragée bleue.

– Ma... ma femme et moi, on est sur le point d'acheter un appartement.

– Votre femme ? Laquelle ? demande Muriel les yeux rivés sur l'arcane de la **Maison-Dieu.**

– Comment ça, *laquelle ?* demande Gonzague, manquant de s'étrangler à nouveau.

– Il y a plusieurs femmes dans votre jeu ; alors laquelle ? Votre fille, votre mère, votre tante, votre épouse, votre dentiste ?

– La dentiste veut me quitter, dit Gonzague. Je me suis dit qu'un appartement...

– Piochez encore une carte de la main gauche, somme Muriel.

Gonzague pioche le **Chariot**. Il fronce les sourcils, puis les moustaches.

Muriel écarquille les yeux, pose le **Chariot** sur la **Maison-Dieu** et, impitoyable, annonce le verdict :

– Votre dentiste ne restera pas.

Manducation de la lèvre inférieure : Muriel plaint son patient.

– Je vais la perdre, alors ? demande Gonzague.

– Soyez courageux. Il faudra être courageux. Elle est encore là, mais elle est déjà partie, Gonzague.

– Le problème, mademoiselle Astrala, c'est que je suis amoureux de ma dentiste... mais l'amour va contre tous mes principes.

Au comble de l'émotion, Gonzague croque cinq dragées.

– Ah, dit Muriel.
Elle prend une dragée rose dans sa bonbonnière.
– Donnez encore une carte.
– Disons que…, ajoute Gonzague, en donnant le **Diable**, je n'aime plus ma femme, mais est-ce que cela me donne le droit d'aimer quelqu'un d'autre ? Et le Club des huit ? Qu'est-ce qu'ils diraient si je quittais Marianne ? Je ne peux pas trahir mon Club : je ne fréquenterai personne en dehors du Club des huit car le Club des huit est sans égal. Vous savez, on ne dénonce pas un contrat de mariage avec une femme… pas plus qu'un contrat d'assurance avec un client. Vous imaginez ? Comment mes clients pourraient-ils me faire encore confiance ? Surtout que je suis sur un nouveau produit en ce moment : le PACS : la *Protection Assurée du Conducteur et des Siens*. J'ai trouvé le sigle avant les députés homos, mais bon… je l'ai pas fait déposer… Vous me voyez proposer du PACS à mes clients et en plus leur dire que je divorce pour une dentiste ?

Muriel prend encore une dragée bleue et la suce lentement.

– Franchement, Gonzague…, marmonne-t-elle, je ne sais pas comment vous faites pour croquer les dragées : vous vous gâchez le plaisir.

Long soupir.

– Gâcher… telle est ma vie, mademoiselle Astrala.

Muriel observe les cartes :

– Vous verrez. La direction en général… (inspiration longue)… Votre configuration de tarots parle d'une rupture, d'une scission dans vos habitudes de vie et de pensée, dit Muriel. Mais il y a aussi autre chose, de l'ordre du non-dit… (respiration ventrale).

– Mademoiselle, fait Gonzague, savez-vous pourquoi, statistiquement, les femmes demandent plus souvent le divorce que les hommes ? Parce que les hommes sont lâches : ils se résignent à l'échec de leur couple et se réfugient dans le travail.

– Parlez pour vous, Gonzague : beaucoup d'hommes et de femmes sont heureux en amour.

Muriel sourit. Petit espace entre les deux dents de devant.

– Eh bien, ceux-là ne m'intéressent pas, se défend Gonzague, blessé par le sourire de Muriel. Et vous, êtes-vous heureuse en amour, mademoiselle Astrala ?

– Ça ne vous intéresserait pas : j'adore les chansons de Luz Casal.

– C'est de la musique italienne ?

– ..., répond Muriel.

– Je ne sais pas rompre. Je me disais que Marianne demanderait le divorce, quand je lui avouerai ma liaison avec la dentiste ; je lui ai dit et elle est restée, pour le Club, les enfants, les clients et nos deux chiens. Remarquez, j'aime autant, parce que la prestation compensatoire, non merci. Ma vie est une jolie façade abritant un désert. J'essaie d'écrire des romans, ça me console. Bon... d'accord, je n'utilise que de l'encre d'imprimerie, mais c'est quand même des taches d'encre.

– Il y a beaucoup de non-dits dans votre vie : vous les écrivez.

– Oui, dit Gonzague, ravi d'avoir été démasqué. Je suis un artiste. Une tache d'encre, c'est tellement joli ; vous savez, quand une goutte d'encre tombe sur le papier, ça fait comme une larme colorée. Les assurances, c'est juste alimentaire ; ma véritable vocation, c'est bel et bien l'écriture.

Il se tord les moustaches. Muriel continue :

– Il y a mille tabous dans votre vie ; mais comme ils sont tabous, vous vous arrangez pour les rendre illisibles, même si vous les écrivez à l'encre d'imprimerie.

Au bout du compte, c'est comme si vous n'écriviez pas, puisque, même en écrivant, vous maquillez, vous ne dites rien, on ne vous entend pas, on ne veut pas vous entendre. Votre papier boit votre encre. Votre écriture ne transcrit pas la parole que vous souhaitez, et personne ne sait la lire. À chacun de vos livres, vous vous enfoncez davantage dans le tabou et le silence, Gonzague. Personne ne les voit, vos larmes, même si elles sont colorées à l'encre d'imprimerie. En somme, si vous voulez vraiment faire des taches divinatoires, changez d'encre.

– Astrala... Je ne *fais* pas de taches d'encre : je *suis* une tache d'encre...

Le téléphone portable de Muriel interrompt l'entrevue : malgré les consignes très strictes affichées par elle-même sur le mur, Muriel n'a pas débranché son appareil. Tant pis pour les ondes telluriques, mais tant mieux pour Marianne qui annonce, effondrée :

– Gonzague... Mon mari... c'est un négationniste de l'existence.

Avachi dans le canapé en Skaï cramoisi, face à Muriel, Gonzague croque une demi-douzaine de dragées roses.

Marianne continue le déballage téléphonique :

– Quand il me... j'ai l'impression d'être tripotée par un vieillard évadé d'un hospice.

– Maria... Madame, prenons rendez-vous, propose Muriel, embarrassée vis-à-vis de Gonzague, qui suit attentivement l'échange téléphonique.

– Je ne sais pas. Bianca m'a donné vos coordonnées... pour rire.

– Je vous propose mercredi prochain quatorze heures trente, dit Muriel. Au revoir !

Mais l'intruse s'incruste :

— Bernard et Bianca, eux au moins... un couple exemplaire.

Gonzague se lève, arpente le bureau de Muriel.

— Je suis en rendez-vous, dit-elle en suivant son client du regard.

— Quand mon mari met sa queue dans ma bouche, se lamente Marianne, ça me donne la nausée. C'est un loser, un loser... Bernard et Bianca, eux au moins... *Ils s'aiment !* Gonzague est avide d'insuccès. Ça fait vingt ans qu'il encense la médiocrité pour écrire des livres rigolos sur le vide.

Posté devant un petit miroir accroché au mur, Gonzague détecte un poil rebelle dans sa moustache. Il sort une petite pince à épiler de sa poche et rétablit l'ordre dans ses bacchantes indisciplinées.

— Comment aurais-je pu jouir de ce minable ? continue Marianne. Et notre appartement ! Vous le voyez notre appartement ?

— Mercredi ? Ça va ? presse Muriel.

— Un tombeau je vous dis, ma chère Astrala.

Gonzague croise le regard de Muriel, lui adresse un sourire enjoué.

— On y a mis deux enfants, continue Marianne, pour oublier que c'était une tombe silencieuse, mais notre vie est glacée comme du papier photo...

Soudain, Gonzague hurle et porte sa main à la bouche ; horrifié et gémissant, il recrache les restes d'une dragée bleue :

— Au checours ! Me chuis caché une dent ! Me chuis caché une dent !

— Que se passe-t-il ? demande Marianne au téléphone.

— Rien, rien, madame... un instant, s'il vous plaît.

Muriel pose le téléphone sur la lame de la **Mort** et se précipite vers Gonzague. Convaincue d'avoir encore mademoiselle Astrala au bout du fil, Marianne continue en solo :

– J'ai l'impression de vivre dans un mouroir. J'ai pourtant suivi les conseils de Bianca, *à la lettre*, mais je n'arrive pas à égayer notre vie.

Muriel observe les éclats dragéifiés dans la main de Gonzague et le réprimande à voix basse :

– C'est rien du tout ! Vous avez seulement perdu un amalgame ! Évidemment, quand on croque ses dragées !

– J'essaie de m'arrêter de fumer, je vous dis ! proteste Gonzague.

Muriel indique à Gonzague la direction de la salle de bains, tandis que Marianne continue son monologue téléphonique :

– ... j'ai suivi des cours de poterie, de peinture sur soie... Mais mon mari cultive son goût pour *rien*, comme si c'était un talent, alors que c'est une mauvaise herbe ; mais la mauvaise herbe n'a pas besoin d'être cultivée, elle pousse toute seule. Moi au moins, je fais des choses, je suis active : j'ai même fait du canevas à l'association des Veuves de France... Entre mon mari et moi, il ne se passe rien. On n'a plus que des souvenirs ; on s'abreuve à la fontaine des regrets éternels...

Muriel reprend le téléphone, Marianne continue :

– ... mais *Regrets Éternels*, n'est-ce pas ce qu'on grave sur les couronnes funéraires ? Ma petite Astrala, Gonzague est un mort maquillé pour paraître moins livide et moins blême.

– Eh bien, enterrez-le et qu'on en finisse ! hurle Muriel avant de raccrocher au nez de l'épouse médisante.

Gonzague revient de la salle de bains, une main collée à la joue.

– Écoutez, Gonzague, dit Muriel, je vous aime bien, alors je vais vous faire un cadeau avant que vous ne retourniez chez votre dentiste.

Muriel ouvre le tiroir de son bureau et en sort deux bougies :

– Elles sont ésotériques, dit-elle le visage éclairé par la flamme mourante de sa bougie bleue. La rose déclenchera l'amour, la sexualité et l'érotisme. Il faut l'allumer le vendredi. La violette stoppera la méchanceté de vos rivaux. C'est la bougie du jeudi, la sphère de Jupiter.

Gonzague remercie chaudement, fait la bise à Mlle Astrala et disparaît en promettant de revenir lui raconter la suite de *la dentiste*.

Vingt minutes plus tard, Marianne rappelle :
– Nous avons été coupées, dit-elle tout de go.
Elle achève sa vidange affective :
– Croyez-vous qu'il faille faire un troisième enfant, pour réparer ? Bianca dit que oui.
– Prenons rendez-vous, dit Muriel.
– D'accord. Vous pouvez, tout de suite ?
– Non, pas avant la semaine prochaine, Marianne : mercredi, quatorze heures trente ?
– D'accord. Est-ce que je dois divorcer ? Bianca dit que non.
– À mercredi, Marianne. Au revoir !
– Connaissez-vous le SAP, mademoiselle Astrala ? Bianca dit que…
Muriel lui raccroche au nez.

14
Chez le Croque-mort, avec Bernard et Bianca

Lundi suivant, de bon matin.

Bernard pousse la porte d'entrée de Funland, l'espace funéraire d'Aimé. Bianca le précède dans la boutique. Elle s'effondre sur le comptoir.

– C'est tante Aglaë…, hoquète-t-elle devant Azraël.

Un mouchoir rose éponge ses yeux secs sous ses lunettes noires.

Contrairement aux estimations de Bernard, tante Aglaë de Levallois-Perret est décédée avant l'échéance de son espérance de vie. La maladie de Creutzfeldt-Jakob a tranché dans le vif de son existence, il y a deux jours.

– Le risque sanitaire…, conclut Bernard quand il apprit la bonne nouvelle. De toute façon, elle n'en avait plus pour très longtemps.

Bianca essuie ses yeux secs sous ses verres fumés. Elle balbutie :

– La levée du corps… On voudrait l'enterrer samedi 14 octobre.

Son menton tremble.

Azraël prend son frère à part. La voix affectée, il lui demande :

– Avez-vous déclaré le décès à l'état civil ? Sinon, Funland peut s'occuper des formalités administratives.

Bernard refuse l'offre d'Azraël. Il lui donne le permis d'incinérer :

— On s'en est occupés, dit-il.

Il tripote les boutons de ses manchettes.

— J'ai choisi la crémation, lance Bianca depuis le comptoir ; pour la chasse au gaspi, ajoute-t-elle.

Elle ajuste sa robe chasuble noire.

Azraël conduit son frère et sa belle-sœur dans un petit salon beige. Il leur propose un café.

— Non merci, dit Bianca.

Elle fixe ses lunettes noires et fumées.

— Ma famille possède une très belle concession perpétuelle dans le cimetière de Passy, dit-elle. Ça évite les listes d'attente : le cimetière de Passy est très prisé.

Bianca raconte comment, de son vivant, tante Aglaë avait manifesté le désir de faire don de ses organes.

— Mais la maladie de la vache folle a tout détruit, sauf le pacemaker.

— Le risque sanitaire…, dit Bernard. De toute façon, elle n'en avait plus pour très longtemps.

— A-t-on retiré le pacemaker ? demande Azraël.

— Pardon ? fait Bernard.

— Porter un stimulateur cardiaque pendant l'incinération peut entraîner des pannes très graves sur les appareils de crémation… et jusqu'à la mise hors service définitive de l'installation, explique Azraël.

Bernard et Bianca échangent un regard stupéfait. De concert, ils ajustent et tripotent leurs atours ; les boutons de manchette et la robe-chasuble noire subissent silencieusement les attouchements de leurs propriétaires.

— Notre responsabilité civile pourrait être mise en cause, dans un tel cas, redoute Bernard.

Bianca prend une poignée de cacahuètes dans une coupelle posée sur une table en granit rose.

— Il suffit de faire retirer le pacemaker avant la crémation, solutionne Azraël. J'ai une amie thanatopracteur, diplômée de l'École française des sciences mortuaires ; Tania est majeure de sa promotion, elle est la meilleure. Elle s'occupe aussi de mes injections de neuroleptiques ; je vous donnerai ses coordonnées.

Azraël disparaît quelques instants.

Bianca s'étrangle avec une cacahuète. Elle part dans une longue toux.

Bernard hésite à lui taper dans le dos.

Il attend qu'elle s'étrangle pour de bon.

Bianca bleuit.

Bernard attend.

Azraël revient au salon avec deux catalogues.

Il se précipite sur sa belle-sœur, la frappe violemment, dans le dos, avec un plaisir certain quoique dissimulé, l'aide à reprendre son souffle.

– Je ne savais vraiment pas quoi faire..., s'excuse Bernard.

Azraël donne à Bernard et Bianca la liste des fournitures à prévoir pour les obsèques : le cercueil et sa garniture étanche, avec ses deux porteurs et ses deux poignées. Bianca l'interrompt pour lui faire remarquer que l'on n'aura pas besoin de porteurs, puisqu'on n'enterre pas tante Aglaë, mais qu'on l'incinère. Azraël lui explique :

– Il faudra bien porter le cercueil jusqu'au crématorium.

Il enchaîne sur l'urne cinéraire, puis le convoi funéraire ; Funland met à disposition le corbillard et les voitures de deuil :

– Mais notre convoi funéraire ne peut circuler que dans un rayon de vingt-cinq kilomètres, à partir du point de départ en magasin, sinon, c'est le tarif E qui s'applique.

Enfin, Funland fournit toutes plaques et marbreries funéraires, fleurs et autres emblèmes religieux.

Bianca plisse le front :

– Je souhaiterais organiser une petite réception après les funérailles. Vous avez un service traiteur chez Funland ?

Azraël hoche la tête négativement et déplore cette lacune. Cependant, un service de presse s'occupe de passer les annonces dans les rubriques nécrologiques des plus grands journaux de France. Un imprimeur sous-traite les faire-part de décès et peut, le cas échéant, se charger d'imprimer et d'envoyer les cartons d'invitation pour la fête post-funérailles.

– Notre imprimeur fait aussi les mariages : il a l'habitude, dit Azraël.

– Nous consultons ton catalogue et on t'appellera, dit Bernard.

Azraël s'incline et se retire.

L'orpheline déchausse ses lunettes noires et ajuste sa robe chasuble.

Le concubin défait ses lacets et pince les manchettes de sa chemise.

Chacun feuillette, avec une sorte d'avidité nonchalante, son catalogue *Tout le funéraire en cinquante-trois pages : saison automne-hiver 2000.*

– Les tombes sont garanties dix ans contre la vermoulure, Bianca.

– Peu importe, répond Bianca, je fais incinérer le corps ; le cercueil est moins cher en cas d'incinération : regardez le modèle *Bastille*, page treize, il ne se compose que de matériaux facilement combustibles.

Elle pointe son index sur la page dix-sept :

– Bébé, regardez ces granits : le *noir Afrique* n'est pas mal, non ?

– Je préfère le *rose nitescence*, Bianca, il est plus lisse, plus poli.

Il prend une poignée de cacahuètes sur la table en granit *rose nitescence*.

– Le *bleu luminescence* n'est pas mal non plus, opine Bianca ; mais il fait un peu... gris, non ? Ça me fait penser... Il faudra que je prenne rendez-vous chez la dentiste, pour mes dents ; elles sont un peu grises, non ?

Bianca reporte ses choix sur un petit carnet :
Cercueil Bastille, 3 250 F
Urne Liesse, 1 600 F
Granit Poli, rose nitescence, 6 300 F
Angelot blanc en pleurs, 425 F
Immaculée Conception, 340 F

Elle ajoute des pots de fleurs en tissu résistant :
Austérité, 39 F, Étincelle, 160 F

Bernard sort sa calculette de poche pour faire les comptes.

– Douze mille cent quatorze francs.

– Un million ! s'exclame Bianca.

Elle ajuste sa robe chasuble noire.

– Elles sont pas gênées les multinationales : elles exploitent même les orphelins.

Bernard tripote les boutons de ses manchettes :

– On peut se le permettre, Bianca. L'assurance prend en charge les frais d'obsèques ; certes, la franchise s'élève à six mille francs, mais les frais d'obsèques sont déductibles d'impôt à hauteur de six mille francs, justement. Et la défunte vous a a laissé un joli capital décès.

Ainsi que la maison de Levallois-Perret et un compte épargne :

– Grâce à la valeur économique de la défunte, continue Bernard, on va pouvoir solder notre crédit sur l'appartement.

– Ce n'est pas une raison, dit Bianca : un franc est

un franc ; un million, ce n'est pas la moitié de rien, pour un ouvrier.

Bernard hausse les épaules. Bianca continue :

– Le libéralisme… la société marchande dans toute son abjection.

Azraël revient dans le salon beige. Sous les yeux attentifs de son concubin, l'orpheline montre à son beau-frère les références qu'elle a choisies.

– Excellent choix, Bianca, dit Azraël.

Il remplit un devis détaillé et précise :

– Notre contrat de confiance te garantit le respect des délais.

Bianca exprime le souhait de voir l'urne scellée sur le monument funéraire.

– En théorie, les articles présentés dans le catalogue sont standardisés, Bianca, lui explique Azraël ; mais si tu veux quelque chose de particulier, tu as droit à l'ultra-personnalisation de nos produits.

– Tant mieux, dit Bianca.

– Tu bénéficies aussi d'une réduction de dix pour cent sur ta première commande, Bianca.

– Dans ce cas-là, on va peut-être ajouter encore des fleurs, fait Bianca.

Elle ajoute à sa liste un ensemble de trois roses en céramique baptisé *Panier vendéen.*

– Et si vous preniez la carte de fidélité ? propose Azraël. Avec notre carte de fidélité, vous jouissez de cinq pour cent de remise supplémentaire. Elle vous permet aussi de parrainer l'un de vos proches.

– Parrainons papi Brossard et cousine Sidonie, suggère Bernard.

Bianca semble perplexe.

– Elle coûte combien, ta carte de fidélité ? demande-t-elle.

– Rien, se vante Azraël.

— Alors on la prend, entérine Bianca.

Azraël termine son argumentaire et finit de remplir son devis :

— Si vous trouvez moins cher ailleurs, Funland vous rembourse la différence, bien entendu. D'autre part, si le produit ne convenait pas, vous disposez d'un délai de sept jours pour le ramener en magasin. Le remboursement est effectué sur présentation du ticket de caisse.

Bianca masturbe sa robe chasuble.
Bernard branle ses manchettes.

En fin d'après-midi, le devis est accepté : Bernard et Bianca demandent la préparation immédiate d'un bon de commande.

Le bon sous les yeux un stylo plume débouchonné dans les mains, Bianca s'apprête à signer la commande. Tout à coup, elle stoppe son élan.

— Azraël, te souviens-tu du SAP ? dit-elle, son stylo plume suspendu en l'air.

— Le sape ? fait Azraël.

— Oui, l'association humanitaire, le Serment de l'Amour Pur, tu te souviens, je vous en avais parlé, à toi et à ton amie noire.

— C'est vrai, se remémore Azraël.

— Adhère, propose Bianca.

Elle touille l'air avec son stylo plume, attend un engagement ferme, de la part d'Azraël et au nom de son *amie noire* :

— Alors ? Quand adhérez-vous ? répète-t-elle.

Le stylo s'impatiente. Au bout de sa plume, l'encre sèche déjà.

— Eh bien…, murmure Azraël les yeux fixés sur le bout de la plume.

— Le SAP aussi, ils ont une carte de fidélité, Azraël.

Elle fait lentement redescendre le stylo plume vers le bon de commande.

– Je... On passe... la semaine prochaine ? propose Azraël.

– Pourquoi pas demain ? intime Bianca.

La plume frôle le papier. L'encre brûle de s'exprimer.

– Écoute... oui... Pourquoi pas... On passera, consent Azraël.

– Parfait !

Elle signe finalement le contrat et conclut :

– Tu verras, au SAP, on est vraiment bien : on va te reprogrammer.

Elle range le stylo plume soulagé dans son sac à main.

Ils repartent, leur contrat signé en poche.

Azraël ferme boutique et enfourche sa camionnette pour rentrer rue des Martyrs. Il réfléchit au moyen de fuir les engagements qu'il vient de prendre auprès de Bianca. Un bouquet de violettes, emballé avec soin, est posé sur le siège passager, pour Muriel. Une gerbe de cattleyas est posée au pied du siège passager, pour le hall d'entrée.

Sur la route, Azraël a l'humeur nécrologique. Il allume une cigarette, pense à Creutzfeldt-Jakob, à la cervelle de tante Aglaë, au cancer qui prit son frère Noël par la tête :

– Comment un polytechnicien aussi doué que Noël a-t-il pu être assez naïf pour se laisser grignoter la tête par une tumeur au cerveau ? s'interroge Azraël en conduisant son véhicule.

Il réfléchit longtemps, une cigarette grillant à la bouche.

– Le cancer aura sans doute confondu la tête de

Noël avec une cervelle d'agneau, avant de la manger, déduit-il. Le cancer est un crabe qui rend bête, surtout quand il vous attrape à vingt-deux ans.

Azraël écrase sa cigarette dans le cendrier pendant de longues minutes. À ce geste banal, il joint une parole étrange :

— À vingt-deux ans, Noël était beaucoup trop jeune pour envisager de faire sa vie avec quelqu'un, surtout avec le cancer.

La cigarette écrabouillée parmi la poudre grise du cendrier, Azraël se regarde dans le rétroviseur :

— Moi, je n'ai pas décidé de faire ma vie avec le cancer à vingt-deux ans, car je suis moins bête que Noël.

La camionnette s'immobilise devant un feu rouge. Azraël s'observe dans le rétroviseur extérieur du véhicule. Il tapote nerveusement sur son volant, s'offre un long chapelet d'insultes :

— Connard d'Azraël. Couille molle, chiffe molle, folle miche, mouille colle. Azraël... Noël est parti par ta faute... Il est mort... PAR TA FAUTE !

Il pleure des larmes coupables, sous les yeux éberlués des occupants d'une Twingo stationnée à sa gauche. Une petite rivière salée glisse jusqu'au coin de sa bouche. Il lèche l'eau épicée. Le feu passe au vert.

— Salaud de Noël. Pourquoi tu m'as quitté ? Pourquoi ils ne m'ont rien dit ? S'il n'y avait pas eu Aimé... S'il ne m'avait pas attendu avec ses cattleyas à la sortie des Muguets... Aimé t'a remplacé dans mon cœur, Noël. C'est lui mon frère, t'entends ! La preuve, ajoute-t-il en massant sa barbichette, on a presque le même bouc... Et il a un an de plus que toi !

Noël ne répond pas.

— Tu m'ignores totalement, marmonne Azraël.

ORDURE ! Aimé, lui, il m'a pas abandonné ! Il est pas comme son père ! Il est pas comme toi ! Aimé, il m'attendait avec des cattleyas, lui… Connard de Noël… C'est fou ce que les cadavres ont comme morgue quand ils refont leur vie.

Azraël renifle bruyamment et essuie ses joues imbibées de larmes :

– Les morts ne devraient pas être enterrés, c'est trop facile.

Abruti de chaleur malgré la fraîcheur automnale, il baisse sa vitre et profite d'un feu rouge pour échanger quelques mots avec le conducteur d'une Fiat Punto, arrêtée à côté de lui :

– Ils ont voulu rompre avec les vivants ? Très bien… Mais qu'on ne leur facilite pas la mort en leur faisant la grâce de les enterrer. Noël m'a plaqué, et il faudrait le laisser reposer en paix ?

L'homme à la Fiat hausse les sourcils. Azraël dresse le poing :

– Vengeance… Je me vengerai de Noël… Je lui pourrirai la mort, je profanerai sa tombe. On devrait laisser les morts pourrir à l'air libre.

La Fiat s'enfuit avant que le feu ne passe au vert. Azraël regarde la petite voiture rouge s'éloigner, mélancolique. Il allume la radio :

Le mode opératoire du tueur de la Seine est celui de la neutralisation d'une sentinelle : trois coups de couteau, un dans le cou, un dans le cœur et un dans les reins. Le criminel a laissé sur place…

Le fleuriste solitaire arrive rue des Martyrs et éteint la radio.

– Noël ? lance-t-il.

Noël ne répond pas. Ulcéré, Azraël sort de sa camionnette, se redresse de tout son long, bombe le torse en avant, y tambourine, hurle :

– TU CROIS QUE JE VAIS TE LAISSER DORMIR, NOËL ?

– ...

– ÔTE-TOI DE TA TOMBE QUE JE M'Y METTE !

15
À la Salle de bains, avec Muriel et Azraël

Azraël arrange ses cattleyas dans le bocal à spaghetti du hall d'entrée.

Muriel prend un bain moussant avec *Le Traité des couleurs.*

Luz Casal chante *Un día marrón* avec les sanglots longs des violons.

> *Pienso al despertar, que es un día ingrato*
> *Y voy a llorar casi todo el rato.*
> *El aire se perfuma de aprensión*
> *Voy a tener un día marrón.*
> *Día de bruma en mi corazón.*

Ses violettes à la main, Azraël cogne à la porte et entre dans la salle de bains. Muriel est immergée sous la mousse dans la baignoire. Elle déglutit une gorgée de Fanta orange. Elle a changé de coupe : sur ses courts cheveux noirs, elle a fait tisser des cheveux de nylon, bouclés et acajou, remontés en queue de cheval au sommet du crâne. Azraël parle d'une voix atone :

– Je t'ai ramené des violettes, ma Mûre. Très bien, ta nouvelle coiffure.

Muriel repose sa canette de Fanta sur le plateau à rabats de la baignoire, à côté d'une assiette pleine de saucisson tranché. Azraël se sert dans l'assiette et croque dans une rondelle de charcuterie. Il installe ensuite les violettes de sa Mûre dans un petit pot de confiture de myrtilles vide.

– Bernard et Bianca sont passés au magasin aujourd'hui ; la tante de Bianca est morte : la vache folle. Ils organisent une petite fête après les funérailles. Je suis invité. Tu viendras ?

– Sais pas…, marmonne Muriel. On verra.

Le portable de Muriel sonne au salon. Azraël se précipite pour répondre.

Il passe prendre sa boîte de chocolats dans sa chambre et revient à la salle de bains ; il s'assied dans un rocking-chair installé face à la baignoire, sa boîte d'anniversaire dans les mains.

– C'était une certaine Marianne, dit-il en ouvrant sa boîte mauve ; elle annule pour mercredi.

Il croque dans la queue d'un caniche au chocolat noir. Muriel souffle sur une bulle de savon transparente.

– Donne un ballon en chocolat, Azraël.

– Non, je n'en ai plus qu'un.

Coup de dent sec sur l'oreille gauche du caniche.

– Bon… Après tout, c'est ton cadeau, consent Muriel.

De la pointe de sa canine, Azraël arrache la tête du chien. Le cacao, doux et amer, fond dans sa bouche, râpe sa langue.

– Ça n'a pas l'air d'aller, Azraël ; qu'est-ce qu'y a encore. Raconte à Astrala. Astrala voit tout.

– J'ai le blues de Noël mais… parlons d'autre chose : toi, par exemple.

Muriel replonge dans son livre, comme pour fuir une confrontation.

Elle partage sa lecture avec Azraël :

– Tu sais que les couleurs des minéraux sont toutes de nature chimique ?

– Je m'en fous, répond Azraël.

Azraël croque dans un ballon de foot au chocolat blanc.

– On ne parle jamais de toi, Muriel. Je ne sais rien de toi.

Muriel soupire, referme son livre bruyamment et le pose sur une étagère basse. Elle fait couler un mince filet d'eau chaude dans son bain.

– C'est fou ce que l'eau refroidit vite, laisse-t-elle échapper.

Azraël la ramène sur le sujet :

– JE NE SAIS RIEN DE TOI, J'AI DIT ! TU VAS PARLER !

– DU CALME ! **JE PEUX CRIER PLUS FORT QUE TOI ! TU VAS VOIR !! TU ENTENDS ? TU M'AS JAMAIS VUE EN COLÈRE !! ALORS ATTENTION !!!**

Azraël rougit. Craignant le bâton, il se radoucit :

– Ton joli accent par exemple... Il est vraiment très très joli.

Muriel sourit.

– Mon accent anglais ? Il n'est pas très rwandais, hein ?

Elle sort sa jambe droite de l'eau, frotte son mollet avec une éponge.

– C'est une ancienne colonie anglaise, le Rwanda ? demande Azraël, encore sous le choc des éclats de voix de Muriel.

– Le Rwanda ? fait Muriel. Non, allemande d'abord, puis belge, réunie avec le Congo du roi Léopold. Il y a eu quelques missionnaires anglo-saxons, et français aussi. Mais mon accent n'a rien à voir avec eux : je suis apatride et j'ai grandi à Londres.

– Apatride ? Pourquoi ?

– Mes parents ont fui le Rwanda en 1959. Cette

année-là, des milliers de personnes avaient été massacrées. Mes parents étaient indépendantistes et hors la loi : les Belges ne voulaient pas entendre parler d'indépendance. Après les massacres de 1959, mes parents ont fui à Londres, où je suis née.

— Tu es anglaise alors, dit Azraël, reprenant contenance.

— Non.

— Tu connais le Rwanda ?

— Un peu, dit Muriel.

Elle lave sa jambe gauche.

— J'y suis allée en juillet 1989, après mon A Level à Londres. Mais je n'y suis restée que cinq ans ; même un peu moins.

— Pourquoi ?

— *Rwanda,* ça veut dire quelque chose comme *Paradis*, en kinyarwanda ; quelque chose de bon, de bien. Au Rwanda, quand quelqu'un rentre d'un voyage à l'étranger, en Espagne ou en Chine par exemple, on lui demande *alors, comment est ce Rwanda-là ? Rwanda*, c'est ce qui est merveilleux, ce qui est beau. Alors je ne m'attendais pas à…

La voix de Muriel se trouble ; son visage se voile.

Soudain, elle pleure.

Pétrifié, Azraël s'immobilise dans son rocking-chair.

Se presenta mal hoy el panorama ;
Me voy a arropar dentro de mi cama
Me clava la amargura su aguijón
Voy a tener un día marrón ;
Día de bruma en mi corazón.

Azraël s'agenouille devant la baignoire. Il prend l'éponge des mains de Muriel et lui frotte le dos, avant de la masser avec ses mains. Les caresses d'Azraël battent la mesure des pleurs de Muriel. Une vieille eau rance et salée, trop longtemps retenue dans ses glandes lacrymales, finit de se vider dans la mousse du bain.

Muriel s'allonge sur le lit d'Azraël. Elle porte un peignoir d'éponge pourpre. Agenouillé à ses côtés, Azraël termine une tartine de miel puis ouvre une petite boîte ronde et bleue. Il y plonge les doigts.
– Je n'ai jamais fait de massage à la crème Nivéa, s'excuse-t-il.

Azraël frotte la crème dans ses mains pour la réchauffer. Il jette un œil timide sur les mollets découverts de Muriel. Elle retrousse ses orteils.

La mixture à bonne température, Azraël saisit les chevilles de Muriel, lentement, il progresse sur le mollet droit par mouvements circulaires. Arrivé au genou, il le masse longuement, hésite à passer la main sous le peignoir pour atteindre la cuisse.

Muriel défait la ceinture de son peignoir. Imaginant qu'elle est sur le point de se déshabiller complètement, alors qu'il ne l'a jamais vue nue, même sous la mousse du bain, Azraël panique et ferme les yeux. Les paupières scellées, il redescend précipitamment du genou droit à la cheville gauche, pour remonter lentement jusqu'au genou où, encore une fois, il hésite longuement à aborder la cuisse.

Ironique et toujours habillée, Muriel l'encourage :
– Ne t'inquiète pas, Azraël, j'ai mis une culotte ; *ça* ne te mangera pas.

Azraël franchit la frontière du peignoir. Pour la première fois, les yeux fermés, il part à la découverte de la *terra incognita* sous l'éponge pourpre.

Il explore la cuisse droite, les paupières soudées, comme pour mieux sentir, comme par crainte d'être changé en pierre s'il venait à croiser le regard de

Muriel. Il sent les muscles rouler sous sa paume et une érection rouler sous son slip. Il rougit, honteux comme un petit garçon pris en flagrant délit de masturbation.

Muriel redescend légèrement vers le bas du lit, de manière à ce que la main d'Azraël soit prise au piège de sa culotte. Au contact de son pubis, la paume d'Azraël se paralyse, comme aimantée par la toison pubienne sous le slip magnétique de Muriel. Son pouls s'accélère, les veines de son cou se dilatent, il serre les paupières et les lèvres, comme pour retenir la tempête remontant de ses testicules. Soudain, un petit cri de gorge trahit la précocité d'une éjaculation dans son pantalon.

Il s'allonge à côté de Muriel, se cache dans le coussin.

Sarcastique, Muriel commente :

– T'as fait pipi dans ta culotte, Azraël ?

– Pardon, s'excuse-t-il, tout cramoisi de confusion.

Muriel allume une cigarette :

– Qu'est-ce qu'on dit dans ces cas-là, déjà ? *C'est pas grave chéri…*

Elle lui tapote le dos.

– Voyons, Azraël, si c'était grave, je ne fumerais pas une cigarette.

Azraël lève la tête, montre un œil.

– Alors… Heureux ? dit-elle la cigarette au bec et le regard salace.

Ils se regardent fixement.

– Dans tes yeux, dit Muriel, je suis belle.

Elle écrase sa cigarette, glisse sous les draps.

Ils se regardent longtemps. Ils se regardent encore. Ils se dévorent des yeux. Leurs paupières s'alourdissent. Ils résistent, écarquillent les yeux pour s'engloutir encore un peu. Puis, doucement, les paupières glissent sur les yeux repus, jusqu'à les fermer.

Le lendemain matin, Azraël se réveille vers six heures. Muriel est assise sur le radiateur allumé, devant la fenêtre de la chambre.

— Tu rates le miracle quotidien, susurre Muriel, en regardant le ciel.

— Quoi ? fait Azraël, d'une voix endormie.

Absorbée par la montée du jour derrière la fenêtre, Muriel chuchote :

— Le lever du soleil... la nuit accouche du jour... regarde...

Azraël s'étire longuement, bâille à pleine gueule.

— J'ai rêvé de Bianca, murmure Muriel, accordant sa voix avec la tonalité douce de l'aube. La première fois que je l'ai rencontrée, le jour de ton anniversaire, j'ai vu une tête de femme qui roulait autour d'une machine à laver, dans un champ de lavande. Il pleuvait. Il y avait de l'eau partout. J'en ai encore rêvé, cette nuit.

Azraël la taquine :

— Drôle de présage. C'est très énigmatique, tout ça. Au fait, ma Mûre... Bianca voudrait qu'on adhère.

— Adhérer ? À quoi ?

— Le *sape* ; je lui ai promis de passer à son association aujourd'hui.

— Vas-y si tu veux, Azraël. Moi, je n'irai pas.

— Moi non plus, alors.

— Tu fais comme tu veux, Azraël.

Azraël se rendort.

Toujours assise sur le radiateur, Muriel accompagne la naissance du jour, derrière la fenêtre.

Il naîtra à six heures quarante-cinq. La mère et l'enfant se portent bien.

Azraël rejoint Muriel à la salle de bains, vers huit heures. Elle crache son dentifrice dans le lavabo, se rince la bouche, puis s'assied sur son rocking-chair.

Alors qu'Azraël se passe la tête sous l'eau, elle énonce la règle de base de leur jeu amoureux :

– J'ai dormi avec toi, hier, mais je garde ma chambre. J'ai besoin d'un espace à moi.

Elle croise les jambes, puis les bras, comme pour dire *C'est mon dernier mot*. Azraël s'essuie le visage.

– D'accord, se soumet-il. À condition que tu m'invites de temps en temps dans ta mansarde.

Muriel accepte le marché sans marchander. Soulagée, elle décroise bras et jambes, puis se balance dans son rocking-chair. Ravi de cette négociation rondement menée, Azraël demande ensuite :

– Tu as beaucoup de rendez-vous, aujourd'hui ?

– Une consultation dans un bar, au Fumoir, à dix-sept heures, et je vois mon père à treize heures, il est de passage à Paris, en coup de vent.

– Quand me le présentes-tu ?

Muriel ne répond pas.

– Muriel... viens près de moi, dit Azraël avec une sensualité maladroite.

Elle s'assied à côté de lui, sur le rebord de la baignoire.

– Quand est-ce qu'on arrête la pilule, ma Mûre ? mendie Azraël.

Le fruit des bois ne répond pas. Azraël glisse sur l'émail, se rattrape sur le porte-savon, se redresse. Moins timoré que la veille, et les yeux ouverts, il dénoue le peignoir de Muriel, caresse son bas-ventre. Soudain, il remarque un enchevêtrement de cicatrices brun clair et nacrées sillonnant, en arc de cercle, le côté gauche du nombril de Muriel :

– Ou as-tu attrapé ça, Muriel ?

– Génocide.

Azraël retire brusquement sa main du ventre de Muriel.

– Pardon ?
– J'ai eu un enfant, dit Muriel.
Azraël tombe dans la baignoire.
– Mais… Il a quel âge ? Il est où ?
– Il n'a pas d'âge, Azraël : il est mort.

16
Au Car Wash, avec Muriel et Aimé

L'enfant de Muriel s'appelait Célestin.

Sa première dent de lait est tombée le jour de ses quatre ans, le 4 avril 1994. Pour l'occasion, il est allé, avec sa mère et son grand-père maternel, se faire tirer le portrait chez un photographe de Kigali.

Le lendemain, il a perdu sa deuxième dent de lait.

Le surlendemain, un missile abattait un avion présidentiel dans le ciel rwandais.

Le jour suivant, Célestin perdait la vie.

Une machette rouillée trancha sa tête, sous les yeux de son père.

Sitôt Célestin mort, le cadavre de son père s'abattit sur sa dépouille.

Une Muriel qui perd son compagnon s'appelle une *veuve*.

Un Célestin qui perd son père s'appelle un *orphelin*.

Mais une Muriel qui perd son Célestin ne s'appelle pas.

Il n'existe pas de mot pour qualifier la perte d'un enfant.

On ne nomme pas le parent survivant : il ne survit pas ?

À moins que la mort de l'enfant n'existe pas.

On ne nomme pas ce qui n'existe pas.

Il n'empêche que depuis cet événement anonyme de

n'être pas nommé, Muriel, veuve aux petits seins, est un fantôme de plomb en quête de légèreté. Les violettes d'Azraël sauront-elles la sauver, comme les cattleyas d'Aimé sauvèrent Azraël, autrefois ?

Azraël quitte l'appartement vers neuf heures, pour rejoindre Funland.

Muriel et son téléphone portable s'installent dans la salle de bains. Le rocking-chair les berce doucement alors que la jeune femme converse au téléphone, avec la secrétaire d'un cabinet médical :

– Mon père a bien rendez-vous à midi avec le professeur ? (…) Il m'avait dit treize heures. À quinze heures, vous dites ? (…) Je le rejoindrai à votre cabinet, dans ce cas-là. (…) 3, place des Vosges. (…) Très bien. (…) Merci. (…) Au revoir. (…) Au revoir ! (…) **Au revoir !**

Le père de Muriel, grand-père de Célestin, devait l'appeler dès son arrivée à Paris. Il serait descendu à l'hôtel Intercontinental. Il n'avait pas appelé. Il n'était pas descendu à l'Intercontinental. Plus tôt dans la matinée, le réceptionniste de l'hôtel avait dit à Muriel, au téléphone :

– M. Wirira n'est pas attendu. C'est un excellent client, bien sûr. Je laisse un message, pour le cas où ?

– Oui, s'il vous plaît. Dites que sa fille a appelé.

– Sa fille ? M. Wirira a une fille ?

Muriel avait raccroché au nez du réceptionniste.

Aussitôt après, à sept heures et demie, elle avait appelé Aimé Eulalie et l'avait sorti du lit. Il s'était proposé de venir la chercher à quatorze heures :

– On ira laver ma voiture à la station, tous les deux, avait-il susurré d'une voix ensommeillée, après je te donnerai un réflexe de lordose.

Aimé Eulalie sonne à l'interphone à l'heure prévue.

Muriel le rejoint en bas. Ils roulent sur la rue Lamarck. Une petite locomotive de plastique bleu se balance sur le rétroviseur ; à l'arrière, un train en peluche jaune, pareil à un mille-pattes synthétique, s'agrippe au coin de la vitre grâce à deux ventouses. Un magazine masculin, *Men's Health*, déborde du vide-poches, au bas de la portière de Muriel. Elle le prend et, tout en feuilletant le journal, dilate ses narines.

– Tu y vas un peu fort avec l'eau de toilette, Aimé.

– Ce n'est pas une eau de toilette, c'est une eau de *parfum*.

– Comment vont Hegel et Fanon ? enchaîne Muriel.

– Mes poissons rouges ? Ils m'emmerdent ; je suis obligé de passer au baisodrome tous les trois jours pour les nourrir et changer l'eau.

– Jette-les dans les chiottes, propose Muriel.

– Je ne peux pas jeter Hegel et Fanon dans les égouts : mesdames Eulalie ne s'en remettraient pas.

– Tu pourrais me déposer place des Vosges, à quinze heures ?

– Pourquoi ? demande Aimé en regardant sa montre.

– Parce que, répond Muriel en regardant par la fenêtre.

Arrivé à la station de lavage automatique, Aimé parque sa Peugeot sur des rails. Il prend un outil dans sa boîte à gants.

– Il faut racler les merdes de pigeon avant de laver la voiture, explique-t-il à Muriel.

Il masse un pompon rouge au-dessus de son bonnet.

Il lisse ses rouflaquettes au-dessus de son bouc.

Il sort de la voiture. Fort coquet, Aimé pratique l'accoutrement paradoxal : de belles chaussures en cuir noir, taille quarante-quatre au moins, impeccablement cirées, jurent volontairement avec un jeans bleu délavé et troué au genou. Son pantalon est trop court, à moins que ses jambes ne soient trop longues. Un pull jaune moutarde recouvre, en l'injuriant, une chemise blanche. La chemise humiliée résiste en s'échappant par le bas du pull-over, comme les volants d'un tutu. Un bonnet à pompon rouge parachève l'habillage ambivalent de ce bel homme à la rouflaquette bouclée, à la peau mordorée, à la barbichette auburn et à l'œil vairon.

Muriel allume l'autoradio sur une cassette de Cyrille Effala.

> *Monsieur l'Abbé, monsieur l'Abbé...*
> *Si j' te retrouve, purée infâme,*
> *Je t'aide à rendre l'âme,*
> *J' fais de toi un macchabée*
> *Un macchabée monsieur l'Abbé.*

Aimé grimpe sur le capot, y écarte ses interminables jambes. Son torse s'étale sur le pare-brise et ses bras se tendent pour atteindre les fientes qui encrassent le toit de sa Peugeot.

Cyrille Effala chante toujours *Monsieur l'Abbé*, alias M. Lévêque : Aimé écoute cette chanson aussi souvent qu'il maudit son père naturel, c'est-à-dire une cinquantaine de fois par jour.

> *Monsieur l'Abbé, monsieur l'Abbé...*
> *Si j' te reprends à fouler mes plates-bandes,*
> *Curé qui bande,*
> *Je te joue la sarabande, dont vivent les croque-morts,*

Je t'étends raide mort,
Tu seras mon macchabée, mon macchabée, Monsieur l'Abbé.

Mais M. Lévêque est déjà mort. Sa femme aussi. Mais pas ses enfants, pas Bianca, pas encore. Plus qu'à Xavier, le fils cadet, Aimé en veut à Bianca : comme Anne-Sophie Lévêque, pense-t-il, elle aurait fait disparaître les bâtards de son honorable époux dans la brousse congolaise, pour faire taire la calomnie.

Le missel comme appât,
Tu parcours le village, semant sans ambages,
Curé en rut tu f'rais des putes au couvent...

Aimé remonte dans la voiture et la fait glisser doucement sur les rails.

– Alors madame Eulalie n° 12, dit-il à Muriel en tentant de l'enlacer. Nous deux, on commence quand ?

– Madame Eulalie n° 12 ne commence rien du tout, répond Muriel en esquivant le bras empressé.

La Peugeot se laisse engloutir par deux énormes éponges orange roulant sur elles-mêmes.

– J'aimerais accentuer ta courbe lombaire, dit Aimé. Allez, soumets-toi à ma monte, madame Eulalie n° 12... Tu as lâché ton mi-temps, non ?

– Gilles ? Oui, et alors ?

– Tu as bien fait, dit Aimé. Il se trouvera une autre négresse, ne t'inquiète pas pour lui.

– Gilles m'aimait, tu sais ? espère Muriel.

– Comme vide-couilles ? Sans doute, dit Aimé.

Cyrille Effala complète la thèse d'Aimé :

Ses paroles sont de miel
Quand son cœur est de fiel

Assez d'hypocrisie dans la sacristie
Un peu de respect pour nos hosties.

La Peugeot est aspergée de jets d'eau savonneuse.

– Ton quart temps, Muriel, ton *Gilles*, il avait honte de toi ; comme Lévêque avait honte de ma mère et de moi. Y a pas d'amour dans la honte ; pour lui, tu es un accident de parcours.

– Bah... Je n'ai rien vu... Quoi qu'il en soit... maintenant, Aimé, appelle-moi Mme Azraël.

– Mme Azraël ? Mon Zazou ? Depuis quand ?

– Depuis, mon cher. Il est mon Miel, je suis sa Mûre. Un point, un trait, point barre.

Aimé explose de joie et félicite sa nouvelle belle-sœur (par alliance de cœur, de fleur, de bouc et de schize) :

– Très bien, dit-il, désormais, tu es ma sœur.

Bouleversé – la famille de l'enfant abandonné s'élargit – Aimé embrasse Muriel en pleurant. Elle essuie ses joues trop humides des effusions de son nouveau parent.

– Et toi, beau-frère, tu as lâché Mme Eulalie n° 23 ?

– Monique ? Au bout de quinze jours, elle m'a emmené à la campagne, chez ses parents. On a passé la nuit là-bas et, le lendemain matin son père est entré dans la chambre. Il s'est assis sur notre lit et m'a demandé *Quels journaux lisez-vous, monsieur Eulalie ?* Je ne me suis pas trop mouillé : j'ai dit *Le Monde diplomatique*. Peuh... Tous les week-ends chez les parents de Monique... au début, c'était bien, c'est ce que je voulais, ambiance familiale. Mais au bout d'un moment, je lui ai dit que je ne voulais plus voir ses parents tous les dimanches. Elle a pris ça comme un point de vue, mais je prenais le large.

Après le shampoing et le rinçage, la voiture passe au polissage. Aimé chuchote sur le ton de la confidence :

— Monique avait des crises d'asthme au lit ; alors tu vois, son réflexe de lordose, pas terrible... Et puis, elle ne voulait pas que je la sodomise.

La Peugeot passe au séchage et quitte la station de lavage, propre et lustrée. Un pigeon profite d'un feu rouge pour fienter sur le capot.

— Merde ! hurle Aimé.

— Et ta fille, dit Muriel, tu en es où ?

— Ma Valentine ? répond Aimé, les yeux moites. Ils m'ont convoqué.

— Qui ? Pourquoi ?

— Le commissariat de mon quartier. J'y suis allé et j'ai engueulé la guichetière. J'ai autre chose à faire que rendre visite aux flics, moi. La nana du guichet m'a dit : *le Procureur n'a pas bien compris le sens de votre lettre. Voulez-vous éclaircir le sujet* ? J'ai éclairci : je lui ai relu la lettre.

À ces mots, il sort une feuille de papier de son vide-poches et la tend à Muriel.

Madame le Juge, lit Muriel,

Rendez-moi mon enfant !
Valentine n'est pas un paquet que l'on dépose à un endroit pour le transporter à un autre... Il y a huit ans, j'ai porté dans mes mains son corps ensanglanté. J'ai coupé le cordon ombilical. Je l'ai nourrie, je l'ai baignée, je l'ai parfumée, je l'ai bordée, je lui ai chanté des berceuses. Elle aimait Bach ! Mozart ! Beethoven ! Take a walk on the wild side ! *Elle aimait... danser !*

Mais voilà... Depuis huit mois, je ne sais plus ce qu'elle mange ; je ne sais plus ce qu'elle voit ; je ne sais plus ce qu'elle écoute.

Rit-elle seulement encore ?

Elle ne connaîtra jamais ma tante nourricière, mon père adoptif, ni la locomotive qui m'a vu grandir.

Si j'avais été une femme, on aurait dit : « C'est une très bonne mère » ; mais voilà, je ne suis qu'un homme... un homme qui a choisi de divorcer !

Madame le Juge, sachez que je ne serai pas dans le rang de ceux qui se taisent ! Je veux mon enfant !

Je ne vous salue pas.

PS.– Copie au Procureur de la République, au Conseil de la magistrature, au Garde des Sceaux, au Président de la République.

– Je l'ai envoyée douze fois à toutes les administrations, dit Aimé.

Son visage s'empourpre. Il explose :

– Quand les pères comme Lévêque abandonnent leurs enfants en Afrique, on les encourage ! Mais quand les pères comme moi veulent élever leurs enfants en Europe, on les décourage ! Je ne veux pas que Valentine soit abandonnée, tu comprends ? Je ne veux pas qu'on me la prenne ! JE NE VEUX PAS ! JE L'AIME !

Ô bon Dieu... j'en peux plus... je vais craquer...
À cause d'un de tes abbés...
Qui parcourt le village !
Semant sans ambages !
Marie-toi, monsieur l'Abbé,
Marie-toi, tu m'entends,
Et reconnais tes enfants...

– Calme-toi, dit Muriel.

Elle caresse le pompon rouge du bonnet d'Aimé.

– Valentine sait que tu l'aimes, Aimé.

– Oui... Je lui envoie un bouquet de cattleyas par semaine mais... sa mère les fout à la poubelle ! Tu ne sais pas ce que lui raconte sa mère... Elle est allée dire au juge que j'étais pédophile... Mais moi, je m'appelle pas Lévêque, moi. JE VIOLE PAS LES ENFANTS, MOI !

– Je sais, Aimé. Tu t'appelles *Aimé Eulalie* et tu *aimes* les enfants.

Elle caresse encore le pompon rouge de son ami.

– Raconte à Astrala...

Aimé reprend le fil de son histoire policière :

– La fliquette du guichet, elle m'a dit : *Monsieur. Excusez-moi, mais quel est votre problème ? Depuis huit mois, vous harcelez le Procureur de la République, le Conseil de la magistrature, le Garde des Sceaux et même le Président de la République. C'est excessif, vous ne trouvez pas ?* Non, je ne trouve pas, se répond Aimé à lui-même.

Il hoche la tête et le pompon.

– Je lui ai répondu : *Mademoiselle, je veux la garde de mon enfant. J'ai conçu Valentine à Paris, ce n'est pas pour qu'elle finisse dans une locomotive de brousse. S'il arrive quelque chose à ma fille, chez sa mère, l'État français ne pourra pas dire qu'il ne savait pas. Le Président lui-même ne pourra dire qu'il ne savait pas.* Tu sais, Muriel, dit Aimé en regardant la route, les yeux écarquillés de rage, le visage presque aussi rouge que le pompon, Anne-Sophie Lévêque, elle, elle pouvait dire qu'elle ne savait pas, pour moi et pour les autres... mais... elle savait, la chienne.

Le portable de Muriel les interrompt. Aimé marque une pause ; ses lèvres tremblent, mais sourient.

– Allô ? dit Muriel.
– C'est Marianne... Excusez-moi pour mercredi, mais...
– Ce n'est pas grave.
– Je me suis enchaînée à quinze ans, beugle Marianne, avec ce con qu'était déjà vieux et malade... je me suis barricadée grâce à mes enfants. Vous savez que j'ai pris un amant, dix ans plus tard ?
– Écoutez, Marianne, rappelez-moi si vous voulez un rendez-vous ou donnez-moi le numéro de votre carte de crédit et je vous fais une consultation par téléphone.
– Bianca dit que ce n'est pas une bonne idée, la voyance et...
– Au revoir, Marianne.
– Et le SAP, vous...
Muriel raccroche.
– Excuse-moi, Aimé, dit-elle.
Aimé termine son histoire :
– L'État français, lui, ne pourra pas dire qu'il ne savait pas ; plus personne ne pourra dire : *On ne savait pas !*

Aimé se parque à proximité de la place des Vosges. Muriel le quitte en l'embrassant sur le front.
– Ce soir, je vais à l'Alcatraz avec Virginie et Aïsha. Tu pourrais nous accompagner, Aimé ?
– Faut voir. Virginie veut pas coucher avec moi, alors...
– Bah... c'est pas grave : on prendra un taxi, à bientôt !
– On s'appelle ! lance Aimé, alors que Muriel referme sa portière.

17
Chez le Docteur, avec Muriel et son papa

Muriel ouvre une lourde porte en bois, donnant sur une grande cour intérieure. Elle entre dans le bâtiment A, monte un étage et sonne à la porte de droite. La secrétaire ouvre. Debout devant la porte, elle demande :
– Vous avez rendez-vous à quelle heure ?
– Je suis Muriel Wirira. Je viens voir mon père. Il a rendez-vous à quinze heures.
– Mr. Wirira ? Il est en consultation.
– Très bien, dit Muriel en passant la porte, conduisez-moi.
– Bon, dit la secrétaire.

Dans le cabinet de consultation, Muriel découvre son père, de dos, assis face au médecin. Il porte un costume de laine grise assorti au coton blanc de ses cheveux. Mr. Wirira se retourne vers sa fille, déchausse ses lunettes sur un strabisme divergent et s'exclame du milieu de sa barbe couleur neige :
– Ah ! Ma fille !
Il lève un petit corps rond, roule jusqu'à Muriel et lui tapote dans le dos comme pour flatter un animal domestique :
– C'est bien ! C'est bien ! J'attends avec le professeur les résultats de mes analyses. Va dans la salle d'attente, ma fille. Allez, va ! J'arrive.

Trois quarts d'heure plus tard, Mr. Wirira rejoint Muriel dans la salle d'attente, un dossier médical dans les mains. L'air grave, il regarde le mur de ses yeux déviants et gratte l'ouate blanche au sommet de son crâne.

– Ça va, Mr. Wirira ? demande Muriel

– Ah ! râle-t-il. Je ne sais pas. Le professeur vient me chercher dans cinq minutes, pour interpréter les résultats des analyses.

– On se voit après ?

– Le docteur constatera sans doute que je suis très fatigué…

Il chausse ses lunettes, comme pour mieux discerner le mur vide devant lui. Tout à coup, son visage s'illumine : il vient peut-être de découvrir un sens caché au mur vide devant lui.

– Viens boire un café à la maison, après, Mr. Wirira.

Mr. Wirira n'écoute pas sa fille ; concentré sur le mur, il a l'ouïe aussi divergente que la vue : il souffre, depuis 1959, l'année de sa fuite du Rwanda vers l'apatrie anglaise, de troubles de l'attention. Ces troubles se sont aggravés en 1994, après la mort, au Rwanda, de la plupart des membres de sa famille demeurée au pays : depuis, il ne prête plus ses oreilles, n'entend guère et ne voit rien ; sa femme, Pulchérie, le surnomme *coup de vent* : quand il arrive, il est déjà parti, et quand il part, c'est à peine s'il est arrivé. Il oublie parfois le prénom de ses enfants, Muriel et Ladislas ; quant au prénom de son petit-fils, Célestin, il s'est définitivement évaporé de sa mémoire le jour d'après la deuxième dent de lait tombée : la machette qui s'est abattue sur l'enfant et son père a, semble-t-il, également tranché dans la mémoire grand-patriarcale.

– Quand j'ai été hospitalisé, en 1995, soliloque Mr. Wirira, sans prêter une oreille ni un œil à Muriel, ce n'était sûrement pas un virus... J'ai somatisé ma fatigue nerveuse. Oui... C'est ça... Je somatise, moi.

– J'ai déménagé, dit Muriel. J'ai rencontré quelqu'un et...

– J'ai vu un banquier espagnol, ce matin, répond Mr. Wirira, hypnotisé par le mur devant lui.

– On boit un café après ta consultation ?

Mr. Wirira se tourne soudain vers Muriel :

– Je n'ai pas le temps, ma fille, dit-il en plongeant l'auriculaire dans son oreille gauche. Je pars pour la Thaïlande par le vol de nuit.

Le père de Muriel ressort son doigt de l'oreille et l'observe attentivement.

– Il faut que je passe à l'hôtel pour préparer mes affaires, conclut-il à l'examen de son cérumen.

– J'ai tenté de te joindre à l'Intercontinental ; tu n'y étais pas. Tu m'avais dit que tu m'appellerais, alors j'ai...

Mr. Wirira prend la main de sa fille et s'adresse au mur :

– Quoi ? Quoi ! On ne t'a pas prévenue ? Ambroise ne t'a pas appelée ?

– Ton cuisinier ? Pourquoi veux-tu qu'il m'appelle ?

– Mais... Pour te dire que j'étais au... Concorde Lafayette. Je vais le virer, moi, cet Ambroise.

Cet Ambroise n'avait pas pu appeler Muriel : Mr. Wirira avait oublié de prévenir son cuisinier qu'il batifolait, non pas au Concorde Lafayette, mais dans une somptueuse garçonnière avenue d'Iéna, avec Günhild, sa jeune maîtresse suisse allemande, alias le *banquier espagnol de ce matin*.

– Tu pars à quelle heure ce soir, Mr. Wirira ?

– Avec le vol de vingt-trois heures cinquante-neuf, ma fille. Ma fille, souffle-t-il avec une tendresse empreinte d'impatience, reste tranquille...

Il lui flatte le dos. Ses pensées s'envolent déjà vers Günhild, le faux banquier espagnol, qu'il emmène ce soir, non pas en Thaïlande, mais chez un ami député, lui-même en bonne compagnie, sur l'île Moustique.

– J'ai beaucoup de choses à faire, dit Mr. Wirira, pour vous mes enfants. Ne t'inquiète pas… De toute façon, maintenant, moi, mon seul souci, c'est mes enfants. Ma fille, reste tranquille, reste tranquille.

Il prend affectueusement sa main droite et flatte son genou gauche :

– Tout ce que je fais, c'est pour vous mes enfants, assure-t-il.

Un lointain souvenir afflue soudain à la mémoire de Muriel : elle est enceinte de trois mois, en vacances en Angleterre. Assise sur des escaliers, dans le hall d'un immeuble cossu, elle attend que Mr. Wirira, bruyamment occupé à besogner la prédécessrice de Günhild, termine ses œuvres pour ouvrir la porte où elle a sonné une demi-heure plus tôt, à l'heure où son père lui avait demandé de le rejoindre.

Le professeur entre dans la salle d'attente, extrayant Muriel de sa rêverie acrimonieuse ; Mr. Wirira se lève.

– Je t'attends ? demande Muriel.

– Hein ? Euh… Non ma fille : tu peux partir. Au fait ? Tu n'as pas deux cents francs, pour le taxi ?

En sortant du cabinet, Muriel s'adosse à un mur, hagarde.

Elle se revoit, ventre rond sur les escaliers londoniens, onze ans plus tôt. Soudain, son père ouvre la porte ; le visage de la jeune femme qui l'accompagne se décompose, tandis que Mr. Wirira garde un calme olympien pour présenter la dame :

– C'est Mme Frasque, de la banque Rothschild. Nous travaillons sur un projet, en Thaïlande. Tu es là depuis longtemps, ma fille ? Je raccompagne Mme Frasque en bas et je te rejoins.

Soudain, deux hommes s'arrêtent devant Muriel, toujours hagarde contre son mur. Le plus âgé dit au plus jeune :
– Observez cette personne, Flavien : les exclus sont souvent atteints de troubles psychiques.
Muriel s'enfuit en courant. Les deux hommes la poursuivent dans la rue, jusqu'à la rattraper. Flavien, le plus jeune, attrape le bras de Muriel :
– Mademoiselle... Mademoiselle ! N'ayez pas peur ! N'ayez pas peur... Je m'appelle Flavien, je suis élève infirmier au SAMU social.
– Foutez-moi la paix, répond Muriel, le cobaye sociologique.
– Vous êtes sûre ? Vous voulez pas qu'on vous aide ? dit l'élève infirmier, trop tenté de disséquer sa grenouille. Vraiment, vraiment pas ?
– Pas, dit Muriel.
– Si, dit Flavien. On va vous aider quand même ; croyez-moi, vous en avez besoin et vous nous remercierez, un jour. Allez, on vous emmène à l'hôpital, vous ne le regretterez pas.
Le plus âgé dit au jeune colon :
– Flavien, cette demoiselle parle difficilement le français ; elle a un œil qui coule, elle a besoin d'une douche. Ces symptômes parlent d'eux-mêmes. Qu'est-ce qu'on doit faire dans ces cas-là, Flavien ?
– On fait comme j'ai dit, non ? On l'emmènera chez un psychiatre parce que... et puis on ira voir une assistante sociale et puis... le CHAPSA de Nanterre, le centre d'accueil pour les exclus.
Muriel s'enfuit.

– On la perd ! crie Flavien. On la perd ! Rattrapons-la ! Sauvons-la !

– Bravo, Flavien ! dit le plus âgé avant de reprendre la course.

Ils rattrapent à nouveau Muriel et l'immobilisent. Flavien lui flatte l'épaule :

– Calmez-vous... Calmez-vous... là... tout doux mon bijou... Pas peur... Pas avoir peur : ma mission est de réamorcer le sens, de créer du lien social. Vous savez ce que ça veut dire, *lien social* ?

Muriel désamorce le lien social, grâce à un coup de pied dans les testicules de Flavien, avant de disparaître dans l'impasse du métro où un haut-parleur annonce :

Suite à un mouvement social, toutes les lignes sont interrompues.

*

Ne zappez pas !
Nous revenons tout de suite après ça !

Gingle pub.

Pourquoi transpirer dans ses chaussures ? Ne transpirez plus. Donnons à l'homme sûr de lui les moyens de le rester : Shoessy, la chaussure garantie anti-bactérienne.

Pourquoi être seulement douce ? Soyons plus douce : Gillexcelle pour elle garantit un rasage de plus près : Gillexcelle ? Un jour, la douceur s'étendra sur le monde.

Gingle pub

Maintenant, retrouvons nos héros et nos taches d'encre.

*

Six mois ont passé.

Désormais, le décrochage publicitaire a investi le roman : des écrivains véreux vendent des espaces publicitaires aux annonceurs dans leurs livres.

J'ai mal à ma littérature, telle fut la réaction médiatique du Secrétaire de l'Académie française, qui vient d'ailleurs d'engager le conseiller en communication du Président de la République française.

Quant aux testicules de Flavien, ils se remettent lentement du désamorçage de lien social, ce programme politique proposé par Muriel.

Muriel a élargi ses activités médiumniques à l'astrothérapie et au conseil conjugal. Aux dragées roses, blanches et bleues de sa bonbonnière de consultation, elle a ajouté des caniches en chocolat blanc et noir.

Gonzague est son meilleur client. L'épouse médisante, Marianne, inonde la messagerie vocale de son téléphone portable : en six mois, la femme de Gonzague a pris douze rendez-vous et posé douze lapins. Gilles, l'homme marié, revendique toujours, auprès du répondeur de Muriel, sa virilité ; mais c'est des œuvres d'Azraël que Muriel a bénéficié : elle est enceinte, mais ne le sait pas encore.

Mr. Wirira, le papa de Mlle Astrala, est mort, mais Muriel ne le saura jamais, car on ne retrouvera pas son corps : arrêt cardiaque, *coitus interruptus* entre les cuisses de Günhild, le faux banquier espagnol, sur l'île Moustique. Une mort tout aussi irrémédiable que celle de Célestin : le 4 avril dernier, l'enfant de Muriel aurait eu onze ans. Depuis qu'elle a prononcé son prénom devant Azraël, Muriel a invité son fils dans sa chambre : pour la première fois depuis la disparition de Célestin, elle a ouvert une vieille boîte à souvenirs, y a choisi une photo du marmot, l'a encadrée et posée sur sa table de chevet. Cette photo l'aidera peut-être à se réconcilier avec sa mémoire : le jour où elle fut prise, Célestin avait encore toutes ses dents de lait.

Azraël rêve d'être père et ignore qu'il le sera dans huit mois. Il ignore aussi, et encore, et toujours, où son Noël est enterré. La mort de Noël est aussi irrémédiable que celle de Célestin, mais Azraël n'invitera pas son frère dans sa chambre ; il se recueillera simplement devant la photo de Célestin dans la chambre de Muriel. Surtout que le jour de sa mort, Noël avait déjà perdu toutes ses dents de lait, contrairement à Célestin ; voilà peut-être pourquoi Azraël n'a aucune photo de son cher disparu.

Pourtant, le jour de leur mort, Noël et Célestin n'avaient pas encore leurs dents de sagesse. Ce qui n'est vraiment pas très raisonnable.

Mais Azraël a-t-il retrouvé la raison ? A-t-il perdu la schizophrénie ? En tout cas, Tania le pique une fois par mois : ration mensuelle de neuroleptiques. Ces injections sont, pour Azraël, l'occasion de bilans et remises en question ; sa dernière idée : vendre des fleurs en ligne, avec Aimé. Diplômée de l'École française des sciences mortuaires (option informatique), Tania s'est associée à Azraël et Aimé pour donner corps à ce projet de site sur Internet. Le site, *Floriland.fr*, dédié à l'Artisanat de la Fleur, devra permettre de vendre en ligne des fleurs coupées, des compositions de bouquets et toutes commandes pour les réceptions, fêtes ou soirées privées ou professionnelles, dans toute la France.

Aimé se démène pour obtenir la garde de Valentine. Il la voit le mardi soir et le dimanche après-midi ; parfois le lundi ou le jeudi, après l'école. Pour ces occasions, il lui concocte, au choix, des œufs brouillés ou à la coque, grâce à un œufrier Moulinex, ou des croque-monsieur en forme de gaufre, grâce à un gaufrier Philips.

Convoqué suite aux accusations de pédophilie portées contre lui par son ex-femme, Aimé a été soumis à une expertise psychiatrique qui n'a rien, mais absolument rien décelé. Au sortir de cette expertise, il s'est vengé en accusant à son tour son ex-épouse d'être pédophile. Elle est convoquée chez le juge et le psychiatre ces jours-ci.

Le père de Monique, alias Mme Eulalie n° 23, a entamé une procédure pour rupture de fiançailles contre Aimé : après l'avoir accueilli dans sa maison de campagne et s'être assis sur son lit, l'aspirant beau-père estimait que la moindre des choses, de la part d'Aimé, c'était bien d'épouser sa fille, d'autant plus qu'il lisait *Le Monde diplomatique*.

Le fantôme décapité d'Anne-Sophie Lévêque hante les nuits d'Aimé : parfois, il se redresse brutalement dans son lit et, à demi-inconscient, hurle : *Non ! Je ne veux pas !* en tambourinant dans son coussin.

Aimé n'a toujours pas retrouvé Bianca.

Mais ne désespérons pas.

Valentine a reçu une console de jeux Nintendo pour Noël de la part de son père. On l'a installée dans le studio de la rue de la Convention de sorte que le mardi soir, avant de dormir, Aimé et Valentine jouent à Super Mario : il faut libérer la princesse Peach des griffes de Bowser.

Parfois, quand elle dort chez son père, Valentine gronde :

— Papa ! C'est quoi tous ces poils ? Tu te laves les cheveux dans mon lavabo, maintenant ?

Souvent Aimé répond :

— Valentine ? Ma brosse à dents, c'est la verte ou la rouge ?

Parfois encore, Valentine corrompt son père :

— Si tu me fais ma grammaire, après, je t'obéirai au doigt de l'œil.

Aimé lui donne vingt francs d'argent de poche par semaine. Pour arrondir ses fins de mois, Valentine organise parfois des expositions dans le salon : elle gribouille sa signature sur des feuilles vierges où elle a, au préalable, griffonné des prix allant de dix à cinquante francs, les pose sur le sol, sa surface d'exposition, et bricole une pancarte annonçant : *Exposition de dessins pas chairs*. Devant les réticences de son père à débourser, elle dit :

— C'est pas la confiture à cuire, quand même.

Ce qui signifie : c'est pas la mer à boire, tout d' même.

Voire : allonge la monnaie, papa.

Gargantua, ainsi prénommé en hommage à Rabelais, est né il y a deux mois ; le Club des huit a désigné ses parrains laïcs : le couple n° 4. Bianca a proposé de le faire baptiser à l'église :

— Ce serait un sacré pied de nez à la religion, non ? a-t-elle avancé.

L'enfant a vu le jour avec douze jours de retard sur la Saint-Valentin, le 26 février. Comme lors de la naissance de Magnolia, Bianca n'a voulu subir aucune assistance médicale et *accoucher tranquillement à la maison* ; alors qu'elle perdait les eaux, l'enfant s'est mal présenté et sa mère a été admise d'urgence à l'hôpital ; là, et quand bien même elle refusait, à cor et à cri, qu'on la fît mettre bas autrement que par voies naturelles, on lui imposa une césarienne et, ultime outrage, une anesthésie qui l'empêcha de jouir des douleurs de la maternité.

Magnolia s'habitue peu à peu à la présence de son petit frère : au début, elle avait proposé à sa mère de le manger, pour s'en débarrasser sans laisser de trace. Une fois, elle avait juré, en cour de récréation :

– En tout cas, moi je ne partagerai jamais mes chouquettes avec Gargantua.

Tante Aglaë de Levallois-Perret est morte depuis six mois : il est temps de lever le deuil.

La cérémonie funéraire fut organisée pour la Saint-Juste, le 14 octobre, un samedi matin. Le Club des huit et la famille avaient répondu *présent !* à l'invitation de Bernard et Bianca.

Par souci d'économie, et contre les recommandations d'Azraël, Bernard et Bianca avaient recouru aux services d'un thanatopracteur chichement diplômé de l'Institut français de thanatopraxie plutôt qu'à Tania, majeure de la promotion 1995 de l'École française des sciences mortuaires ; cette erreur coûta cher aux Frick-Lévêque : le stimulateur cardiaque de tante Aglaë fut improprement retiré de sa carcasse, ce qui provoqua, pendant l'incinération de la dépouille, un grave incident technique sur les installations électriques du crématorium ; non assurés contre ce type de sinistre, Bernard et Bianca durent payer de leur poche une installation neuve en remplacement. Mais l'histoire officielle devait par la suite effacer ce souvenir honteux pour instituer une mythologie de la cérémonie funéraire :

– C'était vraiment très réussi, rappelle souvent Bianca. Je n'ai eu que des compliments. Il est vrai que le traiteur a très bien travaillé.

Et l'incident technique disparut de toutes les mémoires invitées au crématorium ce jour-là, d'autant que, à la fin des funérailles, Bianca annonça ses fiançailles avec Bernard :

– Quelle surprise ce fut pour Bernard, raconte-t-elle parfois. Je lui ai fait ma demande devant tous nos invités ! Tous nos amis étaient suspendus à ses lèvres. Il a finalement dit *Oui*. Maintenant que je suis orpheline pour la troisième fois et mère pour la seconde, il est temps que Bernard assume ses responsabilités. Et l'allocation de veuvage de la Sécurité sociale ?

– On prendra les mêmes invités, le même fleuriste et le même traiteur que pour les funérailles de la défunte, avait proposé Bernard.

– D'où elle nous voit maintenant, je suis sûre que tante Aglaë sera ravie, avait répondu Bianca.

Le soir même, tandis que Bianca rêvait de son prochain mariage, Bernard s'accouplait avec l'émail des toilettes maculé de Biocide Intégral ; et le lendemain après-midi, il consultait une prostituée érythréenne qui lui faisait des prix et des pipes.

Le Club des huit a déjà fixé la date du mariage au samedi 29 juin 2001 : le 15, Marianne et Gonzague ne pouvaient pas, tandis que le 22, le couple n° 4 était invité au baptême laïc du dernier enfant du couple n° 7, lequel, par la force des choses, ne pouvait pas se libérer non plus, tout comme les couples 1, 2, 3, 5, 6 et 8, également conviés à la cérémonie.

Cousine Sidonie de Nouvelle-Calédonie est gravement malade depuis deux mois : une variété prétendument calédonienne du cancer lui ronge la moelle des os.

– Le risque climatique…, a conclu Bernard. De toute façon, elle n'en aurait plus eu pour très longtemps.

Heureusement, elle est déjà parrainée par Funland et Bernard lui a fait signer, aux dernières vacances, un contrat *Sérénité* prenant en charge les frais d'obsèques.

Papi Brossard de Kigali se porte comme un charme : il vient, pour la première fois, de rompre le vœu de chasteté en commettant le péché de chair avec sœur Roseté, l'aînée des religieuses belges de la mission.

Magnolia est sur le point d'intégrer le catéchisme. Adepte de la formule *lutter contre le mal par le mal*, Bianca a proposé de sacrifier sa fille à l'autel du christianisme, pour la voir renaître au communisme, à l'athéisme et au mariage en blanc.

Il est temps de couper les cheveux de la fillette, car elle a passé sept ans : elle a quitté l'âge de la pensée mythique pour entrer dans celui de la raison providentielle. Désormais, elle doit savoir que Dieu et le Père Noël n'existent pas, même s'ils se ressemblent beaucoup, avec leur longue barbe blanche.

Par ailleurs, Bianca tente d'initier sa fille à la robe pour compléter son éducation ; mais Magnolia ne jure que par le pantalon et passe son temps à ébouriffer ses cheveux bien peignés ; *et si elle devenait lesbienne comme Xavier ?* redoute Bianca : le monde meilleur ne saurait être homosexuel. *Comment trouvera-t-elle un mari, si elle ne porte pas la robe, et la culotte ?* redoute-t-elle encore : l'ordre nouveau ne saurait tolérer que les femmes se passent d'époux, ni qu'elles cessent de les commander.

Quand elle est remontée contre sa mère, Magnolia proteste :

– Les robes, ça me fait chier ; je suis pas ton nain de jardin, maman.

Parfois, pour embêter Bianca, elle dit encore :

– Moi, je me brosserai pas les dents : je veux me les déchausser et comme ça, j'aurai jamais des accouchements ; je ferai nain de jardin, na.

Des fois même, pour faire la révolution, Magnolia ne compte que jusqu'à cinquante-huit, au lieu de soixante, en se lavant les mains, et ne se brosse les dents que deux minutes quarante-cinq secondes au lieu de trois.

Il y a trois jours, pour la première fois, Bianca s'est fâchée avec sa fille et est allée dire à Bernard :

– Je ne voudrais pas être médisante, mais les filles sont ingrates avec leurs mères.

Un peu plus tard, elle évoquait avec nostalgie sa propre enfance :

– Je ne voudrais pas être médisante, mais les Zaïroises ne sont intéressées que par l'argent. L'argent, c'est vil, c'est médiocre, comme la société marchande, comme le capital, comme les Zaïroises.

Depuis, Bernard craint que Magnolia ne devienne zaïroise ingrate et lesbienne capitaliste.

Et il y a Noël : le 26 avril 2001, il aurait eu quarante ans.

Le 26 avril 2001, Valentine aura neuf ans.

Le 26 avril 2001, Magnolia aura huit ans.

En six mois, douze prostituées ont été retrouvées mortes, leur tronc suspendu dans des arbres sur les bords de la Seine.

En plus d'avoir les membres et la tête arrachées, les trois dernières avaient été excisées. La police soupçonne le meurtrier de couper le clitoris de ces femmes pour le manger.

Il serait de sexe mâle comme Bianca et-ou de religion hétérosexuelle comme Xavier. Toutes les mutilations sont faites *post mortem* : l'assassin tue de trois coups de couteau, dans le cou, dans le cœur et dans les reins, puis revient sur les lieux du crime quelques heures après son forfait pour dépecer les cadavres, comme le fit Aimé, autrefois, avec Anne-Sophie Lévêque.

D'après des spécialistes, le meurtrier tuerait sa mère, ou une femme signifiante comme Magnolia ; il vivrait dans un environnement où il y a une femme dominante comme Valentine. Il ferait pipi au lit comme Azraël éjacule précocement, et serait cruel avec les animaux, comme Muriel avec les chiens à poils gris.

Anne-Sophie Lévêque aussi était cruelle avec les animaux : souvenons-nous d'Eulalie. Mais Anne-Sophie Lévêque est morte : les morts tuent-ils ?

Et l'anal ? Et le fa ? Et la bête ?

Et Noël ? Était-il analphabète ou assassin ?

Les deux prochaines victimes sont assassinées en ce moment même ; les suivantes, la narrateur ignore encore où et quand elles périront, mais elle peut vous certifier qu'il y en aura sept (au moins) ; les deux dernières, le narratrice peut vous garantir qu'elles seront trucidées dans la même soirée.

Et entre-temps ?

En tout cas... le narrateuse ne balancera point la tueur de le Seine : le ficelle est assez gros et, si le lecteuse (eur(s) /ice(s)) n'a pas deviné, il (tu, nous, vous, on) n'a qu'à tricher.

*

Ne bougez pas !
Nous revenons tout de suite après ça !
Gingle pub.

La drogue ? C'est d' la merde !

Tu t'es vu quand t'as bu ?

Le tabac nuit gravement à la santé.

N'abusez pas du cassoulet.

Refusons le hamburger.

Ni mosquée, ni Mac Do.

Big brother, votre assureur : le spécialiste des produits non-vie.

Gingle pub.

Maintenant, retrouvons nos héros tachés d'encre.

*

18
À la Pharmacie, avec Bianca et Aimé

Une voix grave et radiophonique égaie l'officine du centre commercial :

Ce vendredi 13 avril, à deux heures du matin, le tueur de la Seine a encore frappé. Un appel anonyme a prévenu la police qu'un homme d'allure suspecte se masturbait à côté d'une péniche ; les policiers sont arrivés trop tard sur les lieux : l'homme avait déjà fini et pris la fuite ; deux cadavres – une prostituée et un dealer bien connus des services de la police – ont été retrouvés morts, mais le corps indemne ; au moins, l'assassin n'aura-t-il pas eu le temps de mutiler ses victimes : une chance.

Une pharmacienne blonde, vêtue d'une blouse bleue, estampillée *Boutique du soleil,* s'approche de Bianca.
– Je peux vous aider, madame ?
La pharmacienne rejette ses longs cheveux frisés en arrière.
– Commencez par baisser la radio, je vous prie. Je cherche du dentifrice ; mais je le trouverai bien toute seule. Vous pouvez disposer.
Elle dispose. En caisse, elle augmente le volume de la radio :

Avec Algobiol solaire, complément nutritionnel, préparez et activez votre bronzage avant l'été.

Bianca regarde ses longues mains manucurées couleur de lait.

– Cette propagande anti-blanche…, marmonne-t-elle, c'est intolérable.

Elle hausse la voix, à l'intention de la radio et de la pharmacienne :

– Les UV sont coupables à 80 % du vieillissement de la peau ! Avant, toutes les femmes étaient blanches ; elles abritaient leur teint de porcelaine sous des ombrelles, au moins.

Bianca arpente le rayon hygiène féminine. Elle inspecte les gondoles. Des Tampax super plus, avec applicateur, se targuent de limiter l'écoulement sanguin, grâce à de la sphaigne (mousse des marais). Des Préservatifs maxi plus, avec réservoir, se vantent de dévitaliser l'écoulement spermatique, grâce à une plante voisine de la sphaigne (une fois pourrie, la sphaigne produit de la tourbe, car elle chasse le gaspi avec Mère Nature). Recouverts de gelée à l'huile de silicone, les Préservatifs maxi plus ont l'avantage, sur les Tampax super plus, de retarder l'éjaculation.

À quand la vraie parité ? À quand le tampon retardant les menstrues ?

Quelques boîtes sont renversées sur les étagères. Bianca les redresse.

Un grand homme se dirige vers elle. Il porte trois tubes de Beautiful Body for Men dans la main droite.

– Permettez ? dit Aimé.

– Pardon ? répond sa demi-sœur.

– Vous barrez le passage, pour les préservatifs, explique Aimé.

Il sourit.

Comme ils forniquent, ces Antillais, pense Bianca.

Elle se recule pour libérer le passage vers les capotes antillaises.

Je la sodomiserais bien, cette Blanchette, pense Aimé.

Il s'engouffre dans le passage libéré.

Il choisit des Préservatifs maxi plus, sous les yeux ahuris de Bianca.

Jolie gueule mais vilain cul…, pense encore Aimé.

Mais qu'est-ce qu'il s'imagine, cet Antillais ? s'imagine Bianca.

Aimé s'éloigne de la demi-sœur imbitable pour cause de cul flasque, et part à la recherche d'une crème de soins pour le visage, chaudement recommandée par son magazine, *Men's Health*.

De la paume, Bianca époussette une étagère vide, puis se nettoie la main grâce à une lingette humide sortie de son sac. Elle se dirige vers la caisse et harangue la pharmacienne, plongée dans la lecture d'une ordonnance :

– Ce n'est pas très propre, chez vous. Ma maison à moi est saine, mademoiselle. Grâce à mon dépoussiérant à la cire d'abeille, si je veux, je peux poser une tartine sur la table de mon salon, sans assiette, côté beurre : mes tartines resteront propres car ma table basse est propre. Vous devriez utiliser un dépoussiérant dans votre parapharmacie.

La pharmacienne hoche la tête et fixe des lorgnons glissants sur son nez. Désignant le rayon hygiène féminine, Bianca demande :

– Les dragées Fuca, c'est par là ? Au rayon hygiène féminine ?

– Non, répond la pharmacienne en redressant la tête, sûrement pas…

– De mon point de vue, la rabroue Bianca, la dragée

Fuca est hygiénique, au même titre que le dentifrice. Cependant, je peux comprendre que le dentifrice ne soit pas *strictement* dévolu à l'hygiène féminine. Pourtant, comme le dentifrice, la dragée Fuca est affaire de bouche et, plus généralement d'estomac voire d'intestin.

– De système digestif, quoi, ironise la pharmacienne.

Elle rejette ses longs cheveux blonds en arrière.

– Exactement, dit Bianca.

Sale blondasse, pense-t-elle, *ces frisures…*

Bianca, la brunette aux cheveux raisonnables, attend une réaction de la blondasse aux cheveux païens. La pharmacienne demeure muette, à l'abri derrière son comptoir. Bianca reprend :

– Rien plus que la bouche n'exige l'hygiène, féminine en particulier : avec le sexe, la bouche est le siège favori des bactéries les plus infâmes. Alors l'estomac, je ne vous dis pas.

– Bien sûr, madame, dit la pharmacienne.

Elle replonge son nez dans l'ordonnance de tantôt. Bianca hausse le ton :

– Mademoiselle, mangez si vous le voulez, mais brossez-vous les dents, je vous en conjure, car permettez-moi de vous le signaler : vous puez de la gueule. Votre mère vous a bien mal élevée : pour m'imposer une haleine si fétide, faut-il que vous manquiez de sens civique… Et vos cheveux… ces cheveux longs… Tant pis pour vous… mais le dentifrice peut encore vous sauver, vous savez ?

Bianca passe derrière le comptoir et s'assied sur un petit tabouret.

La pharmacienne proteste :

– Madame, cet endroit est réservé aux professionnels de l'officine.

Aimé approche de la caisse, chargé de préservatifs, baumes et autres exfoliants. Il dépose son chargement sur le comptoir.

– Peut-on se targuer de professionnalisme quand on méconnaît à ce point son métier ? enchaîne Bianca. Vous n'êtes pas plus professionnelle de l'hygiène que moi, mademoiselle.

Aimé sourit. La pharmacienne passe sa carte de crédit à la lecture.

Bianca adresse un discours à la nation officinale : son apprentissage de l'hygiène a commencé, raconte-t-elle, avec la pratique de l'hygiène mentale. Enfant, sa maman ne lui achetait que des jouets bleus, blancs et rouges, comme le drapeau français, pour lui inculquer le sens patriotique :

– Quand on grandit en Afrique, c'est important de cultiver ses racines.

– Vous avez grandi en Afrique ? demande Aimé, composant le code de sa carte de crédit sur la machine que lui tend la pharmacienne. Moi aussi.

– Ça ne m'étonne qu'à moitié, répond Bianca.

Elle reprend son allocution à la pharmacienne qui lui tourne le dos :

– Je suis une perfectionniste, moi. S'agissant de perfectionnisme, je suis allée à bonne école, au Zaïre.

Aimé tressaille :

– Vous êtes du Congo-Kinshasa ? Moi aussi.

Il dépose son paquet sur le comptoir et tend la main à Bianca :

– Aimé Eulalie, enchanté.

Bianca garde sa main pour elle et répond :

– Eulalie ? Ma ménagère s'appelait comme ça.

La main d'Aimé retombe brusquement contre sa cuisse.

19
À la Pharmacie, avec le dentifrice blanc et le canif rouge

– Elle sentait la noix de coco, ma ménagère, dit Bianca.
Elle rit.
Le visage d'Aimé se décompose.
Il blêmit.
– Vous allez bien, monsieur ? demande la pharmacienne.
Elle rejette ses longs cheveux en arrière.
Aimé ne répond pas ; de grosses gouttes de transpiration coulent le long de ses tempes, glissent sur ses rouflaquettes, meurent dans son bouc.
Bianca continue à monologuer avec la pharmacienne, occupée à installer Aimé sur une chaise, à côté de sa demi-sœur.
– Auprès de mon père – conseiller spécial de M. Mobutu, pour les questions de gouvernement –, j'ai appris les rudiments de l'ordre et de la discipline. À l'école maternelle de Léopoldville, ma maîtresse ne me mettait que des *très bien* : les *très bien*, c'étaient des ronds bleus. D'ailleurs, le bleu et le blanc sont mes couleurs préférées. J'aime aussi le rouge vif, pour son côté énergique : le rouge, c'est le sang, et le sang, c'est la vie, n'est-ce pas ? Je suis communiste…
Aimé se ressaisit peu à peu.
Il fouille dans la poche de son veston anthracite, jus-

qu'à rencontrer le manche d'un couteau suisse, et rouge.

Bianca prend ses aises, trouve un moyen de s'allonger contre le mur. Telle une dépressive sur un divan psychanalytique, elle se confie :

– Enfant, je croyais en Dieu ; je l'imaginais dans les cieux bleus, sur un nuage blanc. Le bleu m'évoque irrésistiblement la déferlante marine.

La pharmacienne, instituée psychanalyste, ouvre la voie à une relation affective avec son patient, transfert positif pourtant prohibé chez le psychanalyste alphabétisé :

– Moi aussi…, avoue-t-elle. Je lisais *Pedzi*, le petit ours mangeur de crêpes ; je croyais que les nuages avaient le goût de la chantilly.

Hormis les trois compères, personne dans l'officine.

Aimé arme son canif rouge.

Le couteau suisse égale-t-il le fil de pêche, dans les manœuvres de décapitation ? Telle est l'hypothèse qu'il s'apprête à vérifier sur Bianca.

Il attend que la pharmacienne s'absente un instant ; alors, plus personne ne pourra s'interposer entre lui et sa demi-sœur. Peu lui importe que la pharmacienne ait vu son visage, qu'elle le dénonce quand elle retrouvera le corps décapité ; il faut étêter Bianca Lévêque avant toute chose.

Vaille que vaille et coûte que coûte.

– Je prendrai bien une aspirine, dit-il à son infirmière, pour l'éloigner.

Encore sous le coup de l'émotion du récent malaise d'Aimé, la pharmacienne se dévoue aussitôt. Malheureusement, elle ne disparaît pas très loin : le tube d'aspirine, l'eau et le gobelet de plastique sont à portée de main.

Soudain nostalgique, sur son divan improvisé, Bianca confie :

– J'ai perdu ma tante Aglaë, il y a six mois.
Contre-transfert de la pharmacienne psychanalyste :
– Condoléances.
– La cérémonie funéraire était très réussie, ajoute Bianca, je n'ai eu que des compliments. Il est vrai que le traiteur a très bien travaillé.

Aimé boit son aspirine tandis que Bianca raconte comment l'idée lui est venue, pendant les funérailles de tante Aglaë, d'annoncer ses épousailles avec Bernard.
– Félicitations, lui dit la pharmacienne.
Je t'aurai écimée avant, pense Aimé. Il finit son aspirine.
– Je suis à la recherche du temps perdu, raconte Bianca. Je le retrouve un peu dans le dentifrice, mais ce n'est pas ça.

L'analyste-pharmacienne propose une autre thérapie :
– Avez-vous essayé les madeleines ?
– Non, les congolais, répond Bianca. Après la sortie des classes, à quatre heures et demie, j'emmène ma fille au parc du Champ-de-Mars et on mange des congolais ou des têtes-de-nègre.

Aimé s'étrangle.
– Mais dans le fond, continue Bianca, je crois bien que c'est le dentifrice que je préfère ; ma pâte dentifrice est bleue, blanche et rouge, comme mes jouets d'enfant.

Elle soupire avant de reprendre :
– Les oriflammes me passionnent, vous savez ? Le bleu, le blanc et le rouge sont les couleurs les plus fréquentes dans les drapeaux.
– Vraiment ? dit Aimé.
Il caresse le manche de son canif dans sa poche et demande :
– N'y a-t-il pas aussi du jaune ou du noir, de l'orange ou du vert, même ?

– Si, consent Bianca. Mais ces couleurs sont surtout présentes dans les drapeaux exotiques, comme le drapeau allemand. Pensez au drapeau sud-africain, dit-elle à l'intention de la pharmacienne : il est beaucoup trop coloré, pas assez classique ; et d'une symétrie tout à fait étrange, tant elle paraît asymétrique. Le drapeau sud-africain est nul. Je ne suis pas sûre que les Sud-Africains se brossent les dents, ajoute-t-elle, en regardant Aimé.

Choquée, la pharmacienne (elle milite également pour la protection des baleines) contredit Bianca pour défendre Aimé, symbole, à ses yeux, des Sud-Africains à l'instant insultés :

– Le drapeau sud-africain est très joli !

Bianca se lève, repasse de l'autre côté du comptoir, et, l'index pointé vers Aimé, affirme :

– Sûrement pas. Il est encore pire que l'afghan : l'Islam méconnaît le bleu et le blanc. L'Islam ne pratique que le vert ! Vous êtes musulman, monsieur, n'est-ce pas ? enjoint-elle à Aimé. Alors, confirmez : dites que vos drapeaux sont verts.

– Mais l'Afrique du Sud n'est pas islamique ! proteste la pharmacienne militante, comme pour laver l'Afrique du Sud de cette accusation vraiment trop diffamatoire.

– Et alors ! dit Bianca. Est-ce que les Israéliens sont chrétiens ? Il faudrait leur expliquer, aux juifs et aux musulmans, que leur religion est l'opium du peuple…

Échauffée, la pharmacienne se passe le visage sous l'eau froide, dans le petit lavabo qui remplit le gobelet d'Aimé.

Aimé triture son canif, exaspéré par l'attente de ce moment propice à la boucherie tardant à venir, ce crime imparfait se laissant désirer.

Rafraîchie et calmée, la blonde revient près de Bianca.

– Votre amour du drapeau…, lui dit-elle, votre intégrisme du dentifrice me paraissent tout à fait suspects et dangereux, madame.
– Certainement pas, répond Bianca. C'est juste que la dragée Fuca m'est une substance vitale, absolument vitale. Conduisez-moi à la dragée Fuca.
– Votre terre promise est en face, madame.
Elle lui indique la direction. Bianca rétorque :
– Vous mentez, mademoiselle.
Les aisselles moites de rage et de dépit, Bianca tourne les talons et se dirige vers la sortie. Elle s'apprête à passer la porte de l'officine, se retourne. Soudain, elle hurle à l'attention de la pharmacienne :
– Vous aurez ma mort sur la conscience !
Ce sera pour une autre fois, petite sœur, pense Aimé.
Il la regarde s'éloigner, plus motivé que jamais à l'anéantir.

20
Au Téléphone portable, avec Bianca et Muriel

L'après-midi même, Bianca, assise à la table à manger du salon, épluche le relevé bancaire du mois ; elle vérifie soigneusement les écritures passées sur son compte. Un stylo rouge dans sa main droite a la mission de souligner toutes les dépenses excédant cinq cents francs. Le cas échéant, elle contrôlera la nature et l'origine des montants isolés et, si nécessaire, interrogera Bernard afin qu'il justifie le trop dépensé du mois.

Il y a deux mois, le gestionnaire du compte-joint de Bernard et Bianca, M. Maréchal, a été remplacé par M. Ben Saïd. Depuis, Bianca est plus vigilante que jamais dans son analyse comptable :

– On ne sait jamais, dit-elle souvent, M. Ben Saïd pourrait débiter le compte par erreur.

Au vu de la première lecture, aucune dépense n'excède cinq cents francs ; M. Ben Saïd n'a pas encore détourné l'argent de Bernard et Bianca. Bianca entame donc une seconde lecture du relevé.

Rien : ni vol ni dépenses injustifiées.

Trois lectures plus tard, encore rien.

Bianca décide de réduire le seuil de vérification à quatre cents francs.

Enfin, le stylo rouge souligne un montant : quatre cent douze francs.

C'est seulement le détartrage de chez le dentiste.

Bianca soupire de dépit avant de ranger le relevé dans son classeur.

Le mois prochain, peut-être M. Ben Saïd cédera-t-il enfin à son penchant naturel ? Comme les Zaïroises, les Maghrébins ne sont intéressés que par l'argent : ils sont vils comme la société marchande est médiocre.

Bianca hésite entre son téléphone portable et son poste fixe. Elle jette finalement son dévolu sur le cellulaire :

– Il faut bien consommer l'abonnement du portable jusqu'au bout, se dit-elle à elle-même.

Elle compose un numéro. Muriel répond :

– Astrala, bonjour !

Bianca applique un mouchoir rose, celui qui l'aida à pleurer tante Aglaë, sur le récepteur téléphonique, espérant masquer sa voix :

– Bonjour, je m'appelle Nathalie.

– Astrala vous souhaite également le bonjour, Nathalie, répond Muriel, la voix lasse d'avoir très peu dormi la nuit précédente.

La vision incongrue d'une tête de femme roulant autour d'une machine à laver, dans un champ de lavande sous la pluie, trouble Muriel. Bianca, alias Nathalie, s'effondre sur son lit, en sanglots :

– Il me trompe…

– Racontez à Astrala…, dit Muriel la voix éraillée d'avoir trop dansé la nuit dernière, à l'Alcatraz, avec Virginie et Aïsha.

– Non… attendez… Je ne suis pas sûre, mais…

Bianca se redresse sur son lit. Elle regarde son poupon blond, endormi au salon, dans un couffin bleu marine à l'abri de la poussière.

– Il me fera mourir de honte. Pourriez-vous regarder dans votre boule de cristal pour voir si c'est vrai ?

— Astrala voit tout, prenons rendez-vous, dit Muriel, finissant de bâiller.

— Pour me garantir que c'est faux… je veux dire, se corrige Bianca alias Nathalie.

— Astrala ne pratique pas la boule de cristal, répond Muriel, mais les cartes, l'imposition des mains, les cartes bleues, les chèques en euros, et même les eurochèques ; Astrala a une petite, toute petite préférence pour la Mastercard Platine. Vous pouvez venir lundi après-midi si vous voulez… Mais Astrala ne fait pas les taches d'encre ! Attention !

Dans le couffin, le marmot sourit de son rêve de nourrisson. De sa main gauche, Bianca caresse le portrait de Magnolia sur la table de chevet.

— C'est à n'y rien comprendre, dit-elle. Il ne va pas me quitter pour une grue qu'il tutoie, quand même ?

Muriel feuillette *Le Traité des couleurs.*

— Êtes-vous daltonienne, Nathalie ?

— Pardon ? dit Bianca.

— Et le rose, vous le voyez comment ? Bleu ? demande Muriel. N'ayez pas peur : racontez à Astrala ; Astrala voit tout.

Bianca souffle sur le cadre doré de la photo de Magnolia pour y déloger un grain de poussière ; elle le frotte avec son index, dans l'intention de le lustrer, et raconte comment, dans le couple n° 1, Marianne envisage de quitter Gonzague alors qu'ils se sont mariés *à l'église !* et ont juré devant Dieu lui-même, et que, même si Dieu n'existe pas, on a quand même des preuves du mariage de Marianne et Gonzague, des preuves photographiques, même, des preuves photographiques, surtout.

— Mar… Marie reviendra à Gon… à Guillaume, se rassure Bianca.

Elle renifle et en appelle aux forces telluriques :

– C'est écrit ; on ne peut pas aller contre son destin. Ils *s'aiment*, après tout. *Tout* rentrera dans *l'ordre.*

Elle vérifie la propreté de ses ongles et déplore un autre genre de saleté :

– Les maîtresses... Tout ça à cause des maîtresses...

Le risque conjugal, aurait pensé Bernard. *De toute façon, elle n'en avait plus pour longtemps.*

– Ah ! Les hommes ! Comme ils peuvent être irresponsables, n'est-ce pas ? La mère de Gon... de Guillaume en est morte, mademoiselle Astrala : son mari avait plein de maîtresses ; alors elle s'est suicidée, la pauvre femme. Les maîtresses clandestines volent leur travail aux épouses régulières. Vous savez, les épouses, c'est... c'est de bonnes ouvrières.

– Les maîtresses salissent le nom des épouses. Madame Astrala voit bien, Nathalie. Moi-même, je...

– Et les enfants dans tout ça ? l'interrompt Bianca. Mon mari ne va pas faire ça aux enfants, tout de même ? Et mon allocation de veuvage ? Moi, je l'aime, moi... et lui, il me tromperait ? Après tout ce que j'ai fait pour lui ? Mais qu'est-ce que j'ai fait pour mériter ça ?

– Et que diront les voisins ? complète Muriel.

Bianca enchaîne sur une apologie de l'épouse légitime abandonnée sur le bord de la route, tandis que Muriel détecte une odeur de fumée froide dans ses cheveux.

Faut que j'aille me faire coiffer à Montreuil, pense-t-elle.

– Comment expliquer à mes enfants que leur père ne les aime plus ? dit Bianca.

Cette fois, je les laisse courts, pense Muriel.

– S'il les aimait, il ne m'abandon... il ne *les* abandonnerait pas. Mes enfants ne se remettraient *jamais* d'un divorce, garantit Bianca. Ils auraient d'*énormes* problèmes psychologiques *insurmontables,* toute leur vie, promet-elle ; et puis c'est prouvé, menace-t-elle, y a plein d'études là-dessus. Qui ramènera l'argent à la maison s'il part ? Moi, je me refuse à travailler, car le féminisme est un combat qui éloigne de la lutte des classes ; le féminisme, c'est les hommes qui prennent le pouvoir à la maison, pendant que les femmes abandonnent les enfants pour travailler. Si les hommes apprennent à s'occuper de la maison et des enfants, à quoi on leur servira ?

Elle soupire et se rassérène :

– De toute façon, Berna... Bertrand n'aura jamais les couilles de quitter la maison : il ne sait ni cuisiner ni repasser, mon Bébé ; il ne saurait pas recoudre un bouton. Non, je vous assure, mademoiselle Astrala, il a besoin de moi, jubile Bianca. Sans moi, il lui faudrait une nurse, une cuisinière, une couturière, une prostituée – la femme de ménage, on l'a déjà. D'abord, je suis contre l'exploitation des nurses, des cuisinières, des couturières, des prostituées : moi j' dis, une épouse à la maison, c'est quand même plus économique, c'est mieux, pour la chasse au gaspi. Et puis s'il partait, ça lui ferait un loyer à payer. Moi en tout cas, je ne partirai pas : pour qu'il coure chez sa maîtresse ?

– Ah ça non alors, complète Muriel. Y risquerait d'apprendre à faire la cuisine.

– Je ne vous le fais pas dire : l'émancipation des hommes, c'est nuisible. Un divorce dans ma famille ? Ça ne s'est encore jamais vu. Le divorce est un combat qui éloigne de la lutte des classes. Et puis sa maîtresse... une personne à risques, c'est sûr... Je la vois d'ici : cheveux longs, blonds, frisés ; pharmacienne, je parie. Elle sait sûrement pas coudre les boutons. Et les enfants ? Est-ce qu'elle sait les coudre les enf... euh... est-ce qu'elle sait s'occuper des enfants ? Non, moi j' dis, s'il me trompe, il m'épousera d'autant mieux, pour s'excuser.

– Vous n'êtes pas encore mariés ?

– Non, avoue Bianca.

– Dépêchez-vous, alors.

– Que voulez-vous dire ? s'inquiète Bianca. On se marie le 29 juin, c'est sûr ! Vous comprenez, Astrala, avec mon *mari* on s'était juré un amour éternel : j'ai été son premier amour, sa femme, la mère de ses enfants ; je mérite d'être sa veuve : je *veux* organiser ses obsèques.

– Je vois, dit Muriel.

– Et la Solidarité conjugale ? Et la Sécurité sociale ?

Muriel feuillette son *Traité des couleurs*.

– Mais ce problème est réglé puisqu'on se marie bientôt. Mais, mademoiselle Astrala, je veux qu'il redevienne lui-même.

– Lui qui ?

– Lui-même.

– C'est qui, lui-même ?

– C'est lui-même : ce que j'en ai fait. Y va pas tout gâcher, quand même. Faut toujours qu'y fasse des histoires.

– Dans ce cas précis, Astrala peut vous recommander un confrère, un excellent marabout, car mademoiselle Astrala ne pratique pas le philtre d'obéissance et de soumission.

– Vous savez, le mariage est le fondement indispensable pour la construction d'une famille heureuse, d'une société harmonieuse et d'un monde en paix.

Muriel prend un caniche cacao dans sa bonbonnière.

– Tout est pour le mieux, alors, dit-elle.

– Dans le fond, je ne suis même pas sûre qu'il me trompe. Je n'ai aucune preuve de ce que j'avance. Et la présomption d'innocence ?

– Madame Astrala vous conseille de lui laisser le bénéfice du doute : il ne vous ferait pas *ça*.

– Une *maîtresse*, c'est trop sale. Finalement, mademoiselle Astrala, ne m'en veuillez pas. Vous comprendrez que je n'ai pas besoin de vos *soi-disant* dons. Je ne crois qu'aux vertus de la raison : j'ai un *mari* qui m'aime et que j'aime pour la vie.

Muriel remet sa dragée dans la bonbonnière : elle a pioché une rose, alors qu'elle voulait une bleue.

– Madame Astrala juge que vous avez parfaitement raison : il faut parfois regarder les choses en face dans la vie, comme vous semblez savoir le faire. Et puis après tout, votre mari ne s'appelle pas Gilles.

– Gilles ? Non. Mon mari m'aime pour *La cause*, pour l'amour pur, vous m'entendez ? Je veux développer mon cœur dans mes relations avec ma famille et… Moi, je lui réserve mon amour sexuel car je l'aime fidèlement. JE VOUS ENCOURAGE À FAIRE DE MÊME !

Clic.

Bianca vient de raccrocher au nez de Muriel.

Elle enfile un manteau gris, une toque noire et un cache-nez kaki, tricoté par feu tante Aglaë, et qu'elle porte chaque jour pour honorer la mémoire de la défunte. Elle emmitoufle Gargantua dans une combinaison, transvase son poupon blond dans une poussette bleu marine et, une valise de puériculture à la main, sort de l'appartement pour se rendre à l'église Saint-Pierre du Gros-Caillou.

21
À la Belle au Bois dormant, avec les enfants

Un vieux monsieur à l'épaisse chevelure blanche fume une pipe dans la cour pavée de l'église. Il porte une chemise grise à manches courtes et un pantalon à pinces noir. Il discute avec un pigeon mouillé, mauve et blanc, accroupi à terre.
– Tu sèches ? dit le vieux monsieur.
Le vieux pigeon est impassible.
– Tu n'es pas en train de crever, j'espère, dit le vieux monsieur.
L'homme entre dans une annexe de l'église.
Bianca arrive dans la cour, avec sa poussette bleue, pour fixer un rendez-vous de baptême pour Gargantua, et inscrire Magnolia au catéchisme.
Sur un grand panneau noir, flambant neuf, semblable à un tableau d'affichage d'aéroport, des messages rouges, digitaux, défilent :

Vendredi 13 avril… Bienvenue en notre église…

Bianca s'arrête devant le pigeon, toujours transi ; elle se baisse vers l'oiseau :
– Tu sèches ?
Le pigeon ne bouge pas.
– Tu crèves, décrète Bianca.
Le panneau envoie cette invitation :
Entrez dans notre église… Le Seigneur vous y attend…

Bianca range sa poussette, prend son fils endormi dans ses bras et grimpe les trois marches qui mènent à une lourde porte en chêne.

Elle est fermée.

À clef.

Le Seigneur est absent.

Après l'église, l'école : il est seize heures vingt-cinq.

Une déferlante de poussettes bleues et de mères roses se déverse sur le trottoir gauche de la rue Camou, avec les renforts d'une nuée de jeunes filles au pair blondes et de gentilles nounous noires.

Armées de poussettes sadiques, quelques mères se bousculent comme autant de chauffards excédés sur la voie rapide d'une autoroute.

Dans sa course, Bianca est ralentie par une jeune fille au pair : elle la devance de quelques centimètres. La jeune fille lui paraissant trop lente et mal rangée, Bianca la bouscule, sans succès. Les dents serrées, furieuse de ne pouvoir dépasser cette blondasse dégingandée, ni par la gauche ni par la droite, Bianca se console : les enfants dont elle a la charge, pense-t-elle, doivent être mal élevés, car leur mère est une carriériste capable de confier la *chair de sa chair* à une *étrangère* : cette mère est un agent de la mondialisation, qui ourdit, avec les multinationales et la société marchande, contre le peuple et la famille.

– Je parie que le père couche avec la fille au pair, espère Bianca.

Cette évocation muette de l'indignité maternelle et maritale gonflant sa colère, Bianca décide de faire payer les mères indignes, les pères volages et les voleuses de maris : elle propulse sa poussette en avant et la colle aux fesses de la jeune fille au pair, comme un automobiliste ulcéré enculerait une voiture traînant devant lui, pour la forcer à se ranger à droite. Devant l'inertie persistante de la jeune fille, Bianca enfonce son arme bleue dans les jambes de la blondine ; enfin, elle goûte, avec un plaisir dissimulé, au murmure sourd et douloureux qu'elle parvient à arracher du plus profond des genoux juvéniles, avant de dépasser la jeunette par la droite et de se rabattre non sans lui faire une queue de poisson.

Devant la porte de l'école, une mère aux rondeurs voluptueuses piaille comme une joyeuse avicole. Elle calme les pleurs de son petit dernier, grâce à un gros morceau de gâteau, puis enfonce un biberon plein de lait chocolaté dans la bouche de l'enfant. Déjà obèse, le marmot enlace frénétiquement sa bouteille.

La porte de l'école s'ouvre, les enfants sortent sur le trottoir dans une explosion de cris joyeux. Magnolia saute au cou de sa mère.

Après la boulangerie, on se dirige vers le parc du Champ-de-Mars.
Après le parc, on rentre rue Dupont-des-Loges, se préparer au dîner de vingt heures.

Au même moment, Valentine, en villégiature chez son père pour deux jours, dans le studio de la rue de la Convention, lit son cahier de texte :
– Papa, j'ai une leçon d'éducation civique et une dictée non préparée, pour demain.
Elle referme son cahier.
– L'éducation civique, je l'ai apprise à l'étude, alors c'est bon : j'ai fini mes devoirs ; tu m'as enregistré l'émission des Minikeums ?
– Récite-moi ta leçon d'abord, ordonne Aimé depuis le coin cuisine.

Un sachet de pain de mie cède sous ses dents. Valentine sort un petit hibou bleu et jaune en céramique de son cartable :

— Ça me portera chance pour réciter ma leçon, dit-elle. C'est maman qui me l'a donné.

Elle déclame :

Dans notre pays, des millions d'hommes et de femmes travaillent pour nous rendre la vie plus facile. Chacun peut ainsi trouver l'aide, le conseil, le service, le secours dont il a besoin.

L'Électricité de France, France Télécom, Hôpital, SNCF, RATP, la mairie.

Ce sont des services publics. La plupart des gens qui travaillent dans les services publics sont payés par l'État. Ce sont des fonctionnaires.

L'instituteur, le professeur, le facteur, le percepteur (à qui l'on paie les impôts), le policier, le gendarme, l'employé de la Sécurité sociale sont des fonctionnaires : ils travaillent pour nous rendre la vie plus facile.

— C'est ça…, marmonne Aimé.

Une tranche d'emmental cède sous son couteau.

— Voilà papa, j'ai fini.

— Pour ta dictée, Valentine…

— Elle est non préparée : je ne dois pas la travailler.

Aimé finit de tartiner son pain de mie, les yeux fixés sur le tranchant de son couteau, qui lui rappelle irrésistiblement l'aigu du canif rouge en attente dans la poche du veston anthracite.

Aimé essuie le gras de ses mains avec un torchon, comme il essuya, des années plus tôt, le sang d'Anne-Sophie Lévêque, juste avant de s'évanouir des suites d'un trop-plein de vue du sang.

Aimé ne supporte pas la vue de l'hémoglobine.

Un jour, avec Virginie, il est allé voir *Scream 3*, au cinéma ; il est tombé en pâmoison à la dix-huitième minute de projection : on venait d'égorger un fragile étudiant ; pourtant, on ne lui avait pas coupé la tête en entier.

Aimé sort un gaufrier jaune du placard et, manquant de place pour l'installer sur le mini-bar américain, le pose sur la table à repasser, contre le mur du coin cuisine.

Valentine s'installe sur son matelas, devant la télévision éteinte et exige sa récompense :

– J'ai bien travaillé, papa : je mets les Minikeums, maintenant.

Aimé hoche la tête et propose le menu à sa reine :

– Tu prendras un croque-monsieur ou un croque-madame, Valentine ?

– C'est quoi un croque-madame ?

– Un croque-monsieur avec un œuf au plat par-dessus. J'aime bien les croque-madame, moi : quand on perce le jaune d'œuf, il dégouline partout.

Valentine opte pour un croque-madame, allume la télévision, le magnétoscope et explose de joie : l'émission des Minikeums commence par la diffusion des *Zinzins de l'espace.* Aimé enfourne son pain de mie dans le gaufrier et prépare se œufs sur le plat.

Dix minutes plus tard, le père sert sa fille sur le bar américain. Valentine grimpe sur un tabouret haut et plonge le nez dans son assiette :

– Il a une tête de gaufre, ton croque-madame, Papa.

– C'est de la faute du gaufrier, rétorque Aimé. Il fait des croque-madame en forme de gaufre.

Il avance le tabouret de sa fille vers le bar.

– C'est pas grave, dit Valentine : j'aime les gaufres qui ont le goût de croque-madame.

– Allez ma fille, vas-y, crève-le... crève le jaune d'œuf.

D'un coup de fourchette, Valentine explose le jaune d'œuf.

Tandis qu'Aimé prépare un jus de carotte avec une centrifugeuse, la fillette avale une bouchée de croque-madame gaufrée. Elle applaudit devant le nouveau dessin animé diffusé dans l'émission des Minikeums :

– *Les Raz-Moket* ! tonne-t-elle.

Elle plante sa fourchette dans sa gaufre à la croque-madame.

– Je t'ai préparé un bon jus de carottes, dit Aimé. C'est plein de bonnes vitamines, mon bébé.

Il pose un verre orange à côté de l'assiette de Valentine.

– Papounet…, dit Valentine sur un ton doucement réprobateur, je suis pas un bébé : je suis une abolescente.

Elle engouffre un morceau de madame Croque-la-Gaufre et regarde son jus de carotte d'un air dégoûté.

– Abo quoi ? fait Aimé

– Préabo… pré…

– Préadolescente ?

– Oui, c'est maman qui l'a dit au dentiste, hier : j'ai un amoureux, alors je suis une préabolescente.

Dans l'assiette, madame Croque-la-Gaufre dégouline de jaune d'œuf et d'emmental fondu.

– C'est pas la première fois que t'as un amoureux, Valentine. À la maternelle t'en avais déjà plein. Bois ton jus de carotte.

Le jus de carotte se languit des papilles de Valentine, mais ne lui inspire que du dégoût.

– J'aime pas le jus de carotte. Tu sais, avec Baptiste, c'est sérieux, papa : je suis une préabolescente.

Le jus de carotte éconduit se consume de jalousie. Aimé exprime le jus d'un citron et en verse quelques gouttes dans le verre orange.

– J'ai ajouté du citron dans ton jus de carotte. Tu vas le boire maintenant ?

– Non, dit Valentine.

Elle achève madame Croque-la-Gaufre. Aimé hausse les épaules.

– Pour le dessert, tu prendras une banane, décrète-t-il comme pour dire : *c'est moi qui commande.*

Aimé verse le jus de carotte dans le lavabo de la cuisine :

– Moi non plus j'aime pas le jus de carotte, souffle-t-il.

Le liquide orange disparaît dans le siphon.

– Je te laisse, dit-il à Valentine : je vais prendre une douche.

Sous la douche, Aimé se savonne en vitesse, puis débouchonne un tube de Beautiful Body for Freemen : exfoliant aux bêtahydroxyles, à la fraise et au céleri. Il masse activement tout son corps, se rince, sort de la baignoire et se sèche rapidement en criant :

– Ça va, ma Vava ?

– Ça va, mon papa, répond-elle.

Devant le miroir de la salle de bains, comme tous les vendredis soir, Aimé applique un masque peel-of aux minéraux, au concombre et au ginseng sur son visage ; il évite le contour de ses yeux vairons. La face, les rouflaquettes et le bouc recouverts de la pâte verte, le papa-gaufre noue une serviette autour de sa taille et sort de la salle de bains.

Valentine épluche une banane sur le matelas.

– On joue à la Nintendo quand tu auras fini de te faire beau, papa ?

– Seulement si tu me laisses jouer en premier, répond Aimé.

– Bon d'accord, consent Valentine. Mais je vais te battre.

Aimé enfile un short Adidas rouge sous sa serviette.

– Pourquoi tu veux toujours être le plus beau ? lui demande Valentine.

Son coude s'abat sur le matelas, écrase un petit bout de banane fugueur, qui venait de s'échapper du fruit pour ne pas être mangé.

– Parce que je suis le plus beau tous les vendredis soir et tous les samedis matin. Bon, je dois laisser mon masque sécher pendant vingt minutes. On joue en attendant ? Je vais te mettre la pâtée.

Valentine essuie son coude sur le matelas. Débarrassée des débris de banane, elle allume la console de jeux. Super Mario apparaît à l'écran avec ses moustaches, sa casquette rouge, sa combinaison bleue et l'accent italien qu'Aldo Maccione lui envie :

– *Hello ! It's me ! Mario ! Press Start to play !*

– Tu n'as pas gagné une seule étoile de pouvoir cette semaine, papa : tu es nul.

Elle entraîne Super Mario, prince charmant relooké façon garagiste sicilien, dans le château de la princesse Peach, blondine pas relookée, pour ressembler à la Belle au Bois dormant.

– N'empêche que moi, se défend Aimé, j'ai déjà cinquante-cinq étoiles de pouvoir. Toi, tu n'en as que vingt et une.

La fillette hausse les épaules et se venge :

– Tu pues le concombre, papa.

Les traits d'Aimé se rigidifient à mesure que la pâte verte sèche sur son visage. Valentine surfe, avec Super Mario, sur une pente neigeuse, à la recherche d'un bonhomme de neige, détenteur d'une étoile de pouvoir et d'un indice qui permet de retrouver la princesse Peach. La jolie princesse est emprisonnée par Bowser, version moderne de la sorcière à bec crochu : un saurien géant, jaune et obèse.

Alors qu'avec Super Mario elle croise un bébé pingouin bleu et blanc, Valentine s'assombrit soudain :

– J'aime plus Baptiste, papa : je vais le divorcer, annonce-t-elle.

– Très bien, ma fille, l'encourage Aimé.

– Mais j'ai peur de lui faire mal. Maman, elle t'a fait mal, en te divorçant.

– Ça m'a fait mal, au début, avoue Aimé.

Son visage se fige toujours plus sous la pâte verte quasiment solidifiée.

– Mais avec le temps, reprend-il, Baptiste comprendra que c'était mieux.

– Je le divorce, alors ?

Prisonnier du masque facial au concombre et ginseng, Aimé parvient à peine à remuer les lèvres.

– C'est toi qui vois, Valentine, balbutie-t-il.

La fillette croise un petit bonhomme de neige à corps triangulaire. Il flotte à la surface de la poudreuse. Sa tête ronde, aux yeux moites de bébé phoque, est surmontée d'hélices jaunes et orange, pareilles à des pétales de fleur, qui tournent pour le faire voler à basse altitude ; Valentine appuie sur le bouton A de sa manette de jeu pour sauter, via Super Mario : elle atterrit sur les hélices du bonhomme de neige triangulaire, et la voilà qui s'envole en tournant sur elle-même. Malheureusement, Super Mario rate son atterrissage et tombe dans le vide.

Game Over.

– En tout cas, papa, dit Valentine, toi, je t'aimerai toujours.

Sur la peau d'Aimé, le masque craquèle : il est sec, prêt à être retiré.

Il retourne à la salle de bains et se rince le visage. Il achève sa mise en beauté hebdomadaire par une lotion tonique revitalisante au collagène et à l'élastine, un soin nutritif de nuit révélateur d'éclat, puis un soin complet contour des yeux aux liposomes, anti-âge, anti-cernes et anti-poches.

Il enfile un T-shirt noir.

En pyjama, Valentine le rejoint à la salle de bains.

Les mains sur les hanches, elle vocifère :

— Papa ! C'est quoi tous ces poils ? Tu te laves les cheveux dans mon lavabo, maintenant ?

Aimé hésite :

— Valentine ? Ma brosse à dents, c'est la bleue ou la rose ?

Au même moment, chez les Frick-Lévêque, Bernard referme le livre de la Belle au Bois dormant. Perplexe, Magnolia demande :

— Et si la Belle au Bois dormant n'aimait plus son Prince charmant et leur cheval blanc ?

— Voyons, Magnolia, elle l'aimerait quand même, répond Bernard.

— Même si elle ne l'aimait plus du tout ? insiste Magnolia.

— Bien sûr, dit Bernard. C'est une question d'habitu... de principes.

Le visage enfoui dans les paumes de ses mains, Magnolia se met à pleurer pour la pauvre Belle au Bois dormant.

— Sois raisonnable, lui dit Bernard. *Réfléchis*. Si la Belle au Bois dormant divorçait du Prince charmant, et de leur cheval blanc, il n'y aurait plus de conte, plus de monde meilleur. Tu sais, ma chérie, l'amour entre un homme et une femme... quoi de plus précieux ? Il faut le défendre et le protéger, car il est la base de la construction d'une famille heureuse et soudée, d'une société harmonieuse et d'un monde en paix où chacun respecte l'autre. Dès l'instant où l'amour entre un homme et une femme est consommé, rien ne doit le briser, voilà pourquoi la Belle au Bois dormant s'est engagée à respecter l'idéal de l'amour pur.

– La Belle au Bois dormant sent la vase pourrie. Et toi, papa, tu ressembles à une pomme de terre avec des dents un peu sales. Y a anguille sous roche…

Elle réfléchit, cherche l'anguille puis, l'air boudeur et les bras croisés, décrète :

– Je me couperai pas les cheveux.

22
À la Tour Eiffel, avec Bernard

Bernard sort de son bureau.

Il entre dans les toilettes parfumées au Biocide Intégral.

Les effets de ce gel nettoyant-détartrant-désinfectant se prolongeant dix-huit heures après application, l'émail des WC est protégé jusqu'à quatre heures du matin.

Debout, Bernard défait son pantalon. Il ferme les yeux sur l'image de sa femme de ménage, Elisa, agenouillée et penchée sur un seau d'eau savonneuse : mince filet de sperme crachoté en l'air puis retombant sur l'émail des toilettes, sur fond de petit cri primal.

Aussitôt, Biocide Intégral entre en action : assimilant la semence de Bernard à de vilaines bactéries, le gel nettoie, détartre et désinfecte les spermatozoïdes envahisseurs, mieux encore qu'un gel spermicide ou qu'une assurance couvrant le risque tempête.

Mais l'émail des toilettes n'est pas encore arrivé au bout de ses peines : l'arme de Bernard se recharge lentement, alors que, les yeux fermés, il se concentre sur l'image d'une Blonde dont il arrache les longs cheveux, et d'une Rousse dont il hume les frisures humides ; une Négresse stéatopyge arrive et le scénario s'achève enfin : le membre viril de Bernard s'exprime avec un grognement sourd, et Biocide Intégral intervient, éradiquant tout sur son passage.

Bernard essuie son sexe violet avec du papier hygiénique parfumé à la rose. Il tire la chasse d'eau et sort des toilettes.

Biocide Intégral reprend son tour de garde.

Bernard se couche à côté de Bianca.

Il se relève, se recouche, se relève, se recouche, se relève, ouvre une fenêtre, ferme la fenêtre, parle à son mur, se recouche et s'endort.

Biocide Intégral monte toujours la garde.

Bernard rêve.

Deux petits yeux sans pupilles, rouges et ronds, le regardent. Cloués dans l'armature métallique de la tour Eiffel, au sommet, ils paraissent surveiller toute l'esplanade du Champ-de-Mars, comme deux phares côtiers gardant une mer tourmentée dans une nuit océanique. Soudain, une voix féminine l'invite chaleureusement :

– Montez au deuxième étage : nous y fêtons les obsèques de Mlle Mars.

– De quoi ? dit Bernard dans son rêve.

N'obtenant pas de réponse, il se tourne, se retourne, et se tourne encore sous la couette. La voix onirique fuse à nouveau, plus proche, plus impérieuse.

– Montez !

Bernard demeure muet et immobile dans le parc de son chaos imaginaire.

– Vous connaissez Mlle Mars, n'est-ce pas ? dit la voix.

· Bernard se racle la gorge pour en déloger un gros chat.

– Elle se marie à l'église ? souffle-t-il dans son sommeil.

Embourbé dans son rêve, Bernard se tire les cheveux dans son lit.

Bianca dort d'un sommeil sans remous, sans rêves, ni cauchemars.

La voix supplie Bernard :

– Ne partez pas encore, voyons ! Les funérailles viennent à peine de commencer, au Bar Noir ; montez au deuxième, soyez raisonnable. Mlle Mars souhaiterait faire assurer son cadavre contre le risque de décomposition.

– Non. Le risque est partout. J'ai l'aversion du risque.

Bernard s'arrête dans une allée et regarde autour de lui : personne.

Il s'apprête à partir ; mais l'angoisse l'attrape par les jambes, pénètre en lui par tous les pores, parasite son corps de picotements et l'immobilise. Sous les couvertures, il se gratte fébrilement le cou, les avant-bras, le dos.

Bernard marche au ralenti et longe un frêle chemin de terre grise, bordé d'arbres secs. Une poudre de lune s'insinue timidement dans l'opacité de la nuit. Un vent glacé souffle un air tranchant. Le souffle froid descend le long de sa gorge, blesse ses amygdales.

Plantée au milieu d'une foule microcosmique et compressée, la tour Eiffel est immobile, comme intimidée par la cohue déferlante. Bernard n'arrive pas à la quitter des yeux. Il marche à reculons, les mains plaquées sur ses oreilles, les yeux fixés sur l'antenne de télévision juchée au sommet de la tour Eiffel. La voix appelle :

– Revenez ! Ne fuyez pas ! Revenez sur le Champ-de-Mars… Et la solidarité ? C'est votre métier, non ? Soyez fidèle à votre vocation.

Bernard avance jusqu'à rejoindre le pilier est de la tour Eiffel.

La voix lui ordonne de s'arrêter :

– Stoppez là. C'est très bien. Là… Je sens bon, n'est-ce pas ?

Le nez enfoncé dans son coussin, Bernard respire le parfum de Cajoline Lavande. Dans le rêve, une douce fragrance remonte dans ses narines : il lui semble respirer du sorbet sucré.

– Vous sentez ? lui demande la voix, mielleuse, j'ai trouvé le chemin de vos amygdales : je saurai apaiser vos maux, même les plus enfouis. Vous êtes angoissé, je le sais bien. Confiez-moi vos schizes, je dissiperai votre vertige. Je vous rassurerai : avec moi, zéro risque, zéro surprise. Le contrôle et la maîtrise absolus de votre existence.

Bernard avale péniblement sa salive, babille dans son coussin.

– Pour vous indemniser de la sinistralité récurrente, continue la voix onirique, je prélèverai dans mes provisions de régularisation. Ainsi, malgré la tempête, la marée noire, l'andouillette, Lara Fabian et le cancer de votre belle-mère, le bénéfice net de votre mariage, après impôt, devrait augmenter de 14,3 %, comparé à l'année précédente, et ainsi rester dans le cadre de nos prévisions : je l'ai vu dans mes taches d'encre. Je peux d'ores et déjà vous assurer que tous les engagements de Richard Clayderman seront respectés.

– Vous êtes qui ? balbutie Bernard.

– Je suis qui ?

La voix inspire longuement, puis lâche un soupir exaspéré :

– Pauvre aveugle, on ne voit que moi par ici.

– Balivernes, dit Bernard.

– Écoutez, jeune homme, nous ne nous connaissons pas encore, à quoi bon déjà nous disputer ? Nous partageons le même goût pour les funérailles, les fiançailles, les épousailles, les représailles, les entailles et les machines à laver.

– Les machines à laver ?

— Oui, les machines à laver, et la cyberassurance. Méfiez-vous d'Assurdiscount.com : ils cassent les prix sur le Net.

Bernard prend sa tête entre ses mains. Métallique, la voix éructe :

— Je suis la tour Eiffel ! Comme vous êtes naïf ! Je suis Bianca de la tour Eiffel. Méfiez-vous, Assurdiscount est sur le point de lancer une OPA hostile sur les Veuves de France.

— Bianca ? Bianca ne… la tour Eiffel ne parle pas.

D'une voix triste, le monument aux touristes raconte sa généalogie : son père, Gustave, architecte de son état, la conçut en 1887. Elle naît en 1889 sur le Champ-de-Mars, après deux ans de gestation. En la mettant au monde, sa mère est morte :

— … comme la maman de la Belle au Bois dormant, larmoie Bernard. Mais pas comme la maman de Bianca, ajoute-t-il.

La tour Eiffel explique encore qu'elle n'aurait pas dû vivre au-delà de l'Exposition universelle :

— J'ai sombré dans un coma profond, le jour de ma naissance. Heureusement, continue-t-elle, des thérapeutes acharnés m'ont prolongée, pour la postérité.

— Comme la Belle au Bois dormant, dit Bernard.

— Mais pas en même temps, rectifie la tour Eiffel.

Tour Eiffel attend, explique-t-elle, le baiser réparateur du Prince charmant. Pendant ce temps, des médecins la maintiennent en vie :

— Ces actuaires m'ont maintenue en vie jusqu'à aujourd'hui ; ils continueront jusqu'au beau jour où mon prince viendra. Voyez mon respirateur artificiel, là-bas, sur votre gauche.

Elle désigne Magnolia, attachée, avec une bande Velcro, à son pilier ouest.

— Un peu plus loin, sur votre droite, vous apercevez

l'appareil qui vidange l'huile de mes reins et, plus bas, au beau milieu de mes entrailles, mon cœur artificiel. Vous entendez comme il bat la chamade ?

Elle l'attire contre son pilier nord, ventre blanc, arrondi par la dernière grossesse de Bianca, enflé au point que le nombril semble s'en détacher. Bernard colle son oreille sur la peau, et l'écho des battements d'un cœur en gestation retentit à ses oreilles. Effrayé, il se propulse en arrière et tombe de son lit, sans se réveiller.

La tour Eiffel hurle :

— Je suis orpheline pour la troisième fois et mère pour la seconde, il est temps que vous assumiez vos responsabilités ! On se marie !

Bernard crie *Oui !*

Il s'enfuit à toutes jambes, au ralenti, n'osant se retourner, de peur de voir la tour Eiffel lancée à sa poursuite. Une force irrésistible s'allie au fouet du vent pour le ramener à elle. Maintenant, Bernard est allongé sur le parquet. Il semble lutter contre un courant invisible en nageant une brasse.

— Je saurai vous réjouir, car je suis Bianca Mobutu, la Tour au Champ dormant d'Assuraland. Embrassons-nous, un point c'est tout.

— Non, dit Bernard. Le risque est partout. J'ai l'aversion du risque.

— Vous ne voulez pas faire l'amour avec moi ? gémit-elle.

Soudain, une ballade romantique de Richard Clayderman déferle sur le Champ-de-Mars.

— Bianca Mobutu, bredouille Bernard, je vous estime trop pour m'abaisser à vous baiser. La nouvelle révolution sexuelle, vous connaissez ?

— Non, avoue la tour Eiffel.

— La nouvelle révolution sexuelle, reprend Bernard,

c'est un contrat d'assurance amoureuse. Souhaitez-vous, comme beaucoup d'autres jeunes, préserver votre cœur et votre corps pour moi que vous aimerez vraiment et avec lequel vous créerez un couple sûr et fidèle ?

– Fidèle ? Comme le parti unique zaïrois ?

– Oui, comme le Serment de l'Amour Pur.

– Je le veux, un point c'est tout, répond la tour Eiffel.

Bernard jure à la tour Eiffel de lui réserver son amour sexuel, pour un autre jour, quand il la connaîtra mieux.

La tour Eiffel supplie :

– Embrassez-moi. *Un seul peuple, une seule tour Eiffel, un seul chef, un seul parti : Bianca Mobutu is watching you.*

Une abeille vient se poser sur l'épaule de Bernard.

Elle le secoue vigoureusement et le réveille : Bianca est assise sur le lit, à ses côtés.

– Pourquoi la Belle au Bois dormant devrait-elle divorcer ? demande Bernard, encore dans les affres de sa rêverie.

– Couchez-vous, Bébé.

La voix comateuse, la conscience ensommeillée, Bernard réitère sa question. À demi réveillée, Bianca tente de le rassurer, lui expliquant que la Belle au Bois dormant n'avait jamais divorcé :

– Divorcer ? Elle *ne peut pas* faire *ça*. Elle *ne doit pas* faire *ça*. Son problème, c'est juste une *crise*, la crise de la quarantaine.

– Ah, dit Bernard.

– Maintenant, on accepte tout. On a voulu le divorce, on l'a eu ; la pilule, on l'a eue ; l'avortement, on l'a eu ; le mariage des homos, on va l'avoir. Tout ça éloigne de la lutte des classes. Tout ça, c'est la standardisation de la société de consommation : vulgaire et stupide. L'industrie de la pilule contraceptive, par exemple, c'est le niveau zéro de l'intelligence ; j'aime mieux la méthode Ogino : un thermomètre dans le derrière, c'est plus naturel. Voilà : je l' dis comme j' le pense.

Bernard se réveille peu à peu.

– La Belle au Bois dormant, continue Bianca en bâillant, elle ne prenait pas la pilule, elle ne votait pas et elle n'avortait pas non plus : elle a eu beaucoup d'enfants. Il n'a même jamais été question que la Belle au Bois dormant soit homosexuelle, vous savez ?

Bianca regarde la photo du mariage de Marianne et Gonzague sur le mur. Une larme glisse le long de sa joue.

– Est-ce que vous m'avez *remplacée*, Bernard *?* Il y a quelqu'un, n'est-ce pas ? Elle sait coudre, elle ?

– Je vous demande pardon, Bibi ?

Bianca réfléchit avant de décréter :

– Il faut vous soigner, Bébé.

– Vous croyez ?

– Oui, nous allons vous soigner : l'adultère est une maladie mentale comme une autre. Demain, il y a une séance de désintoxication au SAP : on ira.

23
Au Serment de l'Amour Pur,
avec Bernard et Bianca

Le pas léger, la thérapeute, petite bonne femme rose et ronde, à l'œil bleu et à la boucle blonde, entre dans la salle de conférence du SAP. Un petit bond et la voilà assise sur la table, entre un pot d'acacia, symbole de fidélité, et une plaque émaillée où sont gravés, en lettres dorées, les dix commandements de la Bible. Les pieds battant l'air, la mine décontractée, le sourire aux lèvres, Betty Bouton, homosexuelle repentie, directrice et trésorière de l'association, salue ses douze disciples, au rang desquels on retrouve Bernard et Bianca.

Les douze agneaux sont assis sur des chaises confortables, disposées en demi-cercle devant le bureau de la prédicatrice, elle-même installée devant un tableau blanc, vierge.

– Dieu préserve la République, souhaite Betty Bouton.

Elle époussète la jupe noire de son long tailleur.

– Dieu préserve la République, répètent en chœur les douze malades engagés sur la voie du repentir du samedi matin, dix heures.

Betty Bouton couve ses ouailles d'un regard mielleux. La séance de désintoxication peut commencer ; elle demande :

– Y a-t-il des anciens qui ont un anniversaire à annoncer ?

Un jeune homme chauve se lève et confie son prénom :

– Bonjour, je m'appelle Farid...

Il baisse la tête.

– Bonjour Farid ! répond le chœur des douze repentants.

Farid s'éclaircit la gorge :

– J'étais accro à l'alcool, à la drogue et au sexe. Je n'ai pas rechuté depuis neuf mois. (Il regarde ses coreligionnaires.) Vous aussi, vous *pouvez* le faire, car vous le *méritez*.

Farid s'assied, sous les applaudissements nourris de l'assemblée.

Bianca chuchote à l'oreille de son concubin soupçonné d'adultère :

– Vous voyez, Bébé, vous aussi, vous méritez de vous en sortir...

Une femme à casquette noire se lève.

– Je m'appelle Sylvie. J'ai été élevée dans une famille chrétienne. Je me suis mariée à vingt ans, j'ai eu deux enfants.

Les pénitents murmurent d'approbation.

– Notre mariage a duré treize ans et je... j'ai abandonné ma famille pour devenir lesbienne, avoue Sylvie.

Les pénitents murmurent de réprobation.

Sylvie sort un mouchoir de sa poche pour éponger la larme qui se forme au coin de son œil.

– Au début, dit-elle d'une voix pleine de remords, je trouvais ça génial : avec mon amie, j'avais enfin trouvé l'amour physique et affectif comme je ne l'avais jamais connu auprès de mon mari... Mais j'ai vite compris que c'était mal...

Long murmure d'approbation.

– ... que je m'étais séparée de Dieu et de Marie.

Applause.

– De la République et de Marianne, lance Bianca.
Applause encore.
– C'était intolérable, se souvient Sylvie ; j'ai failli me suicider... Pour finir, j'ai quitté ma petite amie... C'est dur de quitter sa petite amie : elle était un peu comme une drogue.

Betty Bouton époussète la manche de son veston gris.
– Disons que, explique-t-elle à l'intention de ses douze patients, vous avez le choix de vous en sortir, de vous diriger vers la normalité. Sylvie, ajoute-t-elle d'une voix onctueuse, *Dieu a créé la femme pour l'homme.*

À ces mots, Bianca se lève brutalement :
– Et l'épouse pour le mari ! hurle-t-elle.
Elle dévisage Bernard. Son menton tremble. Elle montre son futur mari du doigt :
– Madame Bouton ! Cet homme... Mon... mon *mari* ! Il me trompe ! J'en suis presque sûre ! Il me trompe : il souille la mémoire de tante Aglaë, ajoute-t-elle en caressant le cache-nez kaki qu'elle porte pour honorer le souvenir de la défunte.

Betty Bouton fait signe à Bianca de s'asseoir, afin de laisser la parole à Sylvie et à sa casquette noire :
– Un soir, dit-elle, alors que je buvais un verre avec ma petite amie, dans un bar homo, j'ai entendu la Vierge Marie : elle me demandait de renoncer à mon homosexualité, de rejoindre ma *vraie* famille : j'ai quitté ma petite amie pour mon mari et mes enfants.

Bianca chuchote à l'oreille de son époux :
– Vous voyez, Bébé, vous aussi, vous méritez de vous en sortir en quittant votre maîtresse.

Comment quitter l'émail de ses waters ? se demande Bernard.

Est-ce qu'on largue une prostituée ? s'interroge-t-il encore.

– Aujourd'hui, continue Sylvie, je n'ai pas encore rejoint mon mari et mes enfants... mais je m'y prépare : je dors toutes les nuits avec une Bible à ma droite et l'intégrale des œuvres d'Ernest Renan à ma gauche.

– Dieu et la République vous donneront la force de ne pas rechuter, Sylvie, conclut Betty Bouton d'une voix gay, avant de reprendre son œuvre pédagogique : mes enfants, vous pouvez avoir des tendances homosexuelles, ou alcooliques, ou même *adultères*, ajoute-t-elle à l'intention de Bernard, *mais vous pouvez vous en sortir*. Retournez à vos femmes, vos maris et vos enfants. Extirpons l'idolâtrie païenne.

Betty Bouton prêche en missionnaire :

– N'est-ce pas un formidable message d'espoir ? Toutes les formes de déviances peuvent être soignées par la psychiatrie.

– C'est vrai, abonde Bianca, les yeux débordant d'espérance. Hillary Clinton elle-même a fait soigner son mari malade de l'adultère.

Soudain, Farid, toujours chauve et repenti de la drogue, du sexe et de l'alcool, se lève :

– On voudrait permettre aux homos de se marier ; alors que le mariage, c'est sacré : c'est fait pour avoir des enfants.

– Vous avez raison, Farid, dit Betty Bouton. Mais il n'existe hélas pas de règlements obligeant les époux à procréer. Depuis la pilule contraceptive, l'avortement, la pilule du lendemain et toute la propagande anti-conceptionnelle, l'acte sexuel est stérile : les époux ont la possibilité de contrôler les naissances et même de ne pas avoir d'enfants du tout. La procréation a été détachée de la sexualité.

– Et on s'étonne que les stériles et les homos veulent des enfants ! éructe Farid. Tout ça à cause de la procréation artificielle ! Mais si Dieu a interdit aux stériles homos d'avoir des enfants, ils n'ont qu'à accepter leur sort et faire pénitence. Si ça continue, qu'on ne s'étonne pas si les pédés se mettent à adopter. Et les lesbiennes qui se font engrosser pour élever leurs bâtards entre femmes ? Et pendant ce temps, termine-t-il, le tiers-monde explose sa démographie et son sida.

Betty Bouton promet de ne pas laisser faire :

– Nous soignerons les homosexuels…

– … et les adultères, chuchote Bianca à l'oreille de Bernard.

– … afin qu'ils procréent avec une personne de l'autre sexe…

– … et avec leur conjoint légitime, continue Bianca toujours à l'oreille de son futur mari.

– … selon les lois que nous dictent la nature, la Bible et le bon sens.

– … exactement, termine Bianca dans l'oreille de Bernard.

Betty Bouton descend de sa table, sort un feutre bleu de sa poche et dessine un graphique sur le tableau blanc :

– Il faut comprendre ce qui s'est passé dans l'enfance du malade…

24
À la Rue, avec les lesbiennes et les CRS

Les douze disciples reproduisent consciencieusement le schéma de la prédicatrice sur leur cahier de leçons.

– Qu'est-ce qui s'est passé avec maman, avec papa, avec la famille, les amis… le stress… Tout ça, c'est pareil, dit Betty Bouton. L'environnement prédispose à la déviance. Le sujet déviant a-t-il été, enfant, victime de violences sexuelles ? Sa mère était-elle une bonne mère ? Son père était-il absent de la maison ? Y a-t-il eu un divorce ?

À ces mots, Bianca se lève. Elle montre Bernard du doigt :

– Madame Bouton ! Mon *mari* quitterait ses enfants pour une maîtresse… Dites-lui qu'il ne faut pas… Dites-lui que c'est… C'est à cause des maîtresses que les épouses se suicident et que les enfants deviennent homosexuels. C'est pas bon pour le peuple, ça !

Un petit homme brun et bedonnant, le visage tout éclaboussé de grains de beauté, se lève et s'adresse à l'époux déclaré infidèle :

– Tu dois changer ton orientation sexuelle. Moi, dit Félix, j'étais gay : j'avais des centaines de mecs, des Noirs le plus souvent. Je couchais avec n'importe qui, je sortais dans toutes les boîtes de Paris. Dieu m'a libéré de mon homosexualité en me disant que si je continuais, j'aurais le sida, comme toi avec ta maîtresse… Tu dois décrocher, mon vieux… Tu dois aimer ton épouse et lui être fidèle… C'est aussi difficile que de décrocher de l'héroïne, ce sera la plus grande épreuve de ta vie ; mais tu y arriveras. Tu sais, la vie d'homo, c'est très excitant, comme la vie d'adultère ; mais c'est souvent basé sur l'argent et de fausses valeurs. Je parie que ta maîtresse te faisait dépenser des sommes folles !

Tout le monde éclate de rire : Dieu l'économe a beaucoup d'humour.

– Aujourd'hui, ajoute Félix, en prenant la main d'une jeune femme assise à sa gauche, je vis avec mon épouse, Colombe, et nos deux enfants, dans un pavillon à Saint-Mandé : on nage en plein bonheur.

Colombe se lève à son tour pour rassurer Bianca :

– Ton mari te reviendra… Moi, j'ai bien épousé un homosexuel repenti, mais maintenant, ses mauvaises pulsions sexuelles ont complètement disparu. Tu sais, quand il était malade, Félix a tout fait pour se libérer de son homosexualité : hôpital psychiatrique pendant des années, il s'est tailladé les veines, il a tenté de s'immoler par le feu afin de se purifier.

Félix continue la liste de ses tentatives de rédemption infructueuses :

– Des médicaments qui me causaient des vomissements, l'hypnose, trois électrochocs : j'ai tout fait pour me soigner ; j'ai tellement souffert, mais c'est normal : Dieu me punissait.

– Le jour de notre rencontre, dit Colombe, Félix a reçu un message divin : Dieu lui a dit qu'il devait se marier et que j'étais l'élue de son cœur. Ne t'inquiète donc pas, Bianca, tu es la destinée de ton époux. Personne ne brisera vos liens : ils sont sacrés. Aujourd'hui, mon mari ne regarde plus les hommes de couleur : il est un mari attentionné et tendre. Bernard, ajoute-t-elle, les yeux emplis de compassion, cesse de déshonorer ton épouse... Redeviens toi-même. Nous sommes là pour te prouver qu'il est possible de te débarrasser de tes déviances sexuelles.

Le visage de Bianca s'illumine.

– Nous inviterons ce jeune couple à notre mariage, Bébé, souffle-t-elle à son futur époux.

Betty Bouton propose de clore la séance par la diffusion d'un petit film. On éteint les lumières et on enclenche le magnétoscope. Une demi-douzaine d'homos repentis, de race blanche et mariée, défilent à l'écran. Ils exhibent à la caméra les gages de leur amour désormais pur : l'alliance prouvant la stricte fidélité conjugale, et les deux enfants prouvant la vitalité de leur sexualité.

Un grand homme maigre témoigne en compagnie de sa femme et de ses deux garçons blonds :

– Nous étions perdus, nous cherchions l'amour, mais pas au bon endroit.

La séance se termine par l'hymne du SAP, que les douze disciples chantent en canon, sur une musique délicieusement jazzy :

> *L'amour entre un homme et une femme est une fleur précieuse...*
> *Épanouissement personnel... Famille heureuse...*
> *Société harmonieuse... Paix dans le monde entier !*

Bernard et Bianca quittent le siège de l'association avec les dix autres pécheurs absous. À l'extérieur, douze manifestants, gais et l'est-ce bien, font du sit-in sur le trottoir, des pancartes se balançant entre leurs mains.

Ici et là, on peut lire :

Vous avez le droit d'être amoureux.

Ou encore et bien que le rapprochement soit difficile à faire :

Qui veut tuer son chien dit qu'il a la rage.

Ou alors, sans corrélation apparente :

Pourquoi noyer le chat et jeter l'eau de la baignoire ?

Une femme à moustaches se dresse sur un cageot pour haranguer les douze contrits avec un haut-parleur éteint :
— Ça me rend triste de voir qu'on pense qu'il y a quelque chose à changer en vous ! Il n'y a rien à changer ! Tout le monde devrait pouvoir aimer la personne qu'il souhaite aimer, ce n'est pas une histoire d'être homo ou homo sapiens ou homo sapiens sapiens ou homo erectus.

Les rebelles posent leurs pancartes pour applaudir leur chef.
— Sale gouine ! beugle Farid.
— Sagouin vous-même ! rétorque la femme à moustaches.

Colombe brandit son alliance et, raillée par les gais l'est-ce bien peu raisonnables, adjure :
— Abjurez ! Rendez-vous ! Rendez-vous à l'évidence : l'homosexualité a été maintes et maintes fois condamnée par l'Église et les savants !
— L'adultère aussi ! Terroristes ! Réactionnaires ! crie Bianca.

Rougeoyante de colère, la leadeuse des rebelles reprend son haut-parleur toujours éteint. Sous les sifflements des manifestants déchaînés, elle ne se fait pas entendre :

– Vous pouvez détruire n'importe quelle société, si vous arrivez à la convaincre qu'elle est une émanation du diable et qu'elle doit être exterminée !

Un rapide coup d'œil lui permet d'évaluer le nombre de rebelles et de repentants qui l'écoutent : aucun. Elle descend du petit cageot et se rue sur les douze repentants debout, encerclés par les douze rebelles assis. Ces derniers déversent sur les premiers mille injures furieuses et désordonnées. D'un geste de la main, la femme à moustaches impose le silence. Elle tourne autour des douze repentants serrés les uns contre les autres, comme autant d'apôtres, tremblants de rage et de peur. Elle les observe, puis, croyant percevoir une lueur honteuse dans les yeux de Bernard, elle le plaint :

– Pauv' gars... T'es un homo repenti, hein ? T'es bi ou homo contrarié ?

À ces mots, les douze rebelles se déchaînent à nouveau. La chef impose le silence.

– Je m'appelle Anaïs, dit-elle. Je suis perceptrice aux impôts. À quinze ans, mes parents m'ont fait enfermer dans une clinique psychiatrique pour *trouble de l'identité sexuelle* : j'étais encore vierge, mais je refusais de porter des robes ; c'était mauvais signe, y disaient... À la clinique, ils me disaient que j'étais pas faite pour vivre dans notre société, que j'étais pas assimilable. Pourtant, à l'époque, je n'avais pas encore décliné mon identité sexuelle puisque j'étais pucelle. J'ai fait sept tentatives de suicide...

Elle se taît. Les douze rebelles attendent religieusement la suite de l'histoire, tandis que les douze repentants prient silencieusement pour l'apparition salvatrice des Compagnies républicaines de sécurité.

– Six mois après ma sortie de l'hôpital, continue

Anaïs, je suis tombée amoureuse d'une fille. Je me suis dit : quelle horreur, ils avaient raison, je suis folle, ils vont m'enfermer encore.

Bianca l'interrompt :

– Vous n'étiez pas *amoureuse*, madame. Vous n'avez pas le droit d'être amoureuse d'une fille. Tout comme vous, Bernard, dit-elle en espérant préserver son mari de la Faute incarnée par Anaïs, vous n'avez pas le droit d'être amoureux d'une maîtresse.

Et de mes waters ? se demande Bernard.

Bianca éclate en sanglots et tombe à genoux :

– Ça ne se peut pas ! Madame le percepteur, vous avez le devoir d'aimer un homme ! Il y a des obligations morales, quand même !

– PER-CEP-TRICE ! hurle Anaïs. Madame la PER-CEP-TRICE ! Obligations morales ? En étant fidèle à un homme que je n'aime pas, je ne serai pas fidèle à moi-même ! J'ai subi huit ans de calvaire pour tenir mon rôle de lesbienne contrariée ! Si tout le reste de ma vie je dois faire semblant, pour plaire à la société, à ma famille et à mes amis, je dis non !

Anaïs brandit un poing victorieux ; les applaudissements des douze rebelles éclatent. Anaïs hurle à se rompre les cordes vocales :

– S'ILS NE SONT PAS CONTENTS, QU'ILS AILLENT SE FAIRE FOUTRE !!

S'ensuit une déferlante de *Hourras*. Bianca hoche désespérément la tête, le regard fixé sur son futur mari présumé adultère. Anaïs continue :

– JE SUIS UNE FEMME QUI AIME UNE FEMME ! QUEL QU'EN SOIT LE PROBLÈME POUR DIEU, **IL A QU'À SE DÉ-BROUIL-LER !**

Tout à coup, les Compagnies républicaines de sécurité fondent sur l'assemblée, avec force chiens et matraques. Habitués au repli stratégique, les douze rebelles se retirent en toute hâte, se dispersent sans trop d'encombres. Quant aux douze repentants, peu accoutumés aux chiens et aux coups de bâton, ils demeurent stupidement cois, à terre, et se laissent bombarder de coups de pied dans le ventre, de coups de matraque dans le dos et de morsures canines – voire policières — dans les mollets. Un CRS, très à cheval sur les principes républicains, va même jusqu'à gratifier Bianca d'un : *Crève, sale gouinasse jaune* et, bien qu'elle affirme en pleurant ne pas être d'origine asiatique, lui aplatit le nez avec la semelle de sa chaussure.

25
À la Salle Wagram, avec Azraël et Félix

Le lendemain soir, dimanche 15 avril, la salle Wagram reçoit le SAP : l'association a loué ce haut lieu parisien pour la soirée, afin de fêter ses dix ans d'existence.

Bernard et Bianca, ainsi que tous les membres du SAP, sont invités ; Bianca tient le bar avec Farid Lechauve tandis que Bernard anime un stand de barbe à papa avec Sylvie Lacasquette.

Azraël est également présent : il s'est occupé de la décoration florale de la soirée. Muriel n'accompagne pas son ami, elle passera la soirée à l'Alcatraz. Elle lui a laissé son téléphone portable, qui repose dans la poche du tablier d'Azraël aux cotés de gros ciseaux à découper les fleurs.

Sur le stand de Bernard, Betty Bouton commande une barbe à papa et travaille à la réinsertion conjugale du mari présumé adultère :

– Vous êtes un couple solide, Bianca et vous. Elle vous soutiendra dans votre épreuve et vous pardonnera votre faute. Ne succombez pas à la tentation du divorce : pensez à vos enfants.

Bernard hoche la tête. Sylvie Lacasquette enchaîne :

– Renoncez à votre homo... à votre adultère ; rejoignez votre vraie famille : moi, j'ai quitté ma petite amie, pour mon mari et mes enfants.

Bernard pense à ses waters, à sa prostituée érythréenne, et à Magnolia :
— Vous croyez que Magnolia deviendrait lesbienne, si je... enfin si on... *divorçait* après notre mariage ? s'inquiète Bernard.
Le sucre rose achève de s'enrouler autour de la baguette. Bernard tend sa confiserie à Betty Bouton.
— Lesbienne ? C'est plus que probable, décrète-t-elle comme on présente ses condoléances.
Mes waters ne sont pas ma vraie famille, pense Bernard. *Il faut que je quitte les waters et la pute...*
— Ceci dit, ajoute Betty Bouton, on pourrait toujours soigner votre fille ; mais mieux vaut prévenir l'homosexualité que la guérir.
Rassuré de savoir que les maladies de sexualité sont guérissables, Bernard s'enquiert au sujet des maladies de nationalité :
— Ma fille... Vous croyez qu'elle deviendrait zaïroise, si on *divorçait* ?
Mais Betty Bouton est déjà partie. Sylvie Lacasquette prend le relais :
— Faites comme moi, Bernard. Aujourd'hui, je n'ai pas encore rejoint mon mari et mes enfants, mais je m'y prépare : je dors toutes les nuits avec une Bible à ma droite et l'intégrale des œuvres d'Ernest Renan à ma gauche.

Azraël Lamûre, costumé en jardinier, s'accoude au bar à côté de Félix Lacolombe, le petit brun bedonnant au visage tout recouvert de grains de beauté. Il demande à Bianca Labarmaid, costumée en robe chasuble :
— Une brune, s'il te plaît.
— Une brune ? répond Bianca.
Félix dévisage Azraël.

– Oui, une bière brune, s'il te plaît, répète Azraël.

– De la bière ? Je n'en ai pas. Tu ne veux pas un jus de fruit, plutôt ?

Farid Lechauve intervient :

– Prenez un jus de fruit, monsieur. Moi, j'étais accro à l'alcool, à la drogue et au sexe. Je n'ai pas rechuté depuis neuf mois. Vous aussi, vous *pouvez* le faire, car vous le *méritez* : prenez un jus de fruit.

Félix ne parvient pas à décoller les yeux du visage d'Azraël. Quelques gouttes de sueur perlent à son front.

– Tu as de la bière de banane ? tente Azraël, sans remarquer le petit homme brun et bedonnant qui s'enflamme juste à côté de lui.

– Pas du tout, fait Bianca derrière le bar.

Félix regarde les mains d'Azraël : pas très longues, elles paraissent douces. Ses cheveux roux appellent la caresse, sa bouche le baiser.

– Tant pis ! dit Azraël.

Azraël Lamûre s'éloigne.

– Pfut…, fait Bianca, la bière, c'est l'opium du peuple.

Elle ajuste sa robe chasuble.

Félix Lacolombe regarde Azraël s'éloigner. Son cœur bat si fort et si vite que sa poitrine est compressée, qu'il a du mal à respirer.

Il vacille.

Il tombe de son tabouret.

Félix est amoureux…

Il se relève et cherche Azraël dans toute la salle Wagram.

C'est plus fort que lui.

L'amour est une anomalie plus forte que lui.

Sur la piste, on danse Georges Michael.

Dans sa quête d'Azraël, Félix croise Colombe, en

pleine discussion avec un homosexuel à l'œil de verre ; Colombe prend son mari par la main et rassure le repenti à l'œil faux :

– Mon mari et moi, nous nous aimons d'un amour incassable.

Félix sourit pour confirmer le mensonge.

Le mensonge est un ordre plus fort que lui.

L'homme à l'œil aveugle enchaîne sur le journal de vingt heures :

– Vous avez entendu ? Ils ont encore retrouvé une prostituée assassinée.

– Les femmes ne devraient pas vendre leur corps…, médite Colombe. Elles ne devraient pas non plus sortir toutes seules le soir ; c'est peut-être le message que cherche à leur faire passe le tueur de la Seine ? ajoute-t-elle en regardant son mari.

Mais Félix n'écoute déjà plus. Il lâche la main de Colombe et traverse la salle Wagram de part en part, à la poursuite du bel inconnu.

Il aperçoit enfin Azraël.

Il tombe en pâmoison.

Colombe et Betty Bouton se précipitent ; d'une paire de claques, Colombe ranime son époux. Il reprend ses esprits et, son âme retrouvée, repart à la recherche d'Azraël.

Il le retrouve enfin. Il s'approche.

Azraël rafraîchit, avec ses gros ciseaux, les tiges d'un bouquet de lys blancs jeté en fagot sur une table.

– Je m'appelle Félix, dit-il. Ces fleurs sont vraiment magnifiques…

Ses lèvres tremblent d'émotion. Son regard est fixe.

– C'est vrai, dit Azraël : ce sont des lys transgéniques.

– Et... celles-là ? demande Félix.

Il désigne un bouquet posé sur une console.

– Des amaryllis, dit Azraël.

Le fleuriste range ses ciseaux dans la poche de son tablier et ajoute :

– Ces fleurs colorent très bien les bouquets de feuilles. Personnellement, j'aime les mélanger avec des épis de blé ou des feuilles de philodendron.

Félix voudrait partir en courant ; mais une force *diabolique* le retient auprès d'Azraël.

– Ma... ma femme met de la poudre en sachet dans l'eau des fleurs. Que... Que pensez-vous des sachets que l'on verse dans l'eau des fleurs... pour... pour...

– Je suis contre le sachet conservateur, dit Azraël.

Il rafraîchit une nouvelle tige.

– Pourquoi vous coupez la tige ? balbutie Félix.

– Pour que la fleur dure plus longtemps.

Félix s'enquiert encore au sujet de fleurs rouges en forme de clochettes disposées dans un vase pour le moins original.

– J'ai arrangé ces nérines dans des feuilles de chou bleu. C'est sympa le chou bleu, non ?

Félix hoche la tête, fasciné.

Le téléphone sonne dans le tablier d'Azraël. Il décroche sous le regard langoureux de Félix. Sans laisser au fleuriste le temps de dire allô, Gilles déclare son amour à Muriel, d'un trait un seul :

– MESTESTICULESTÉMOIGNENTDEMAVIRILITÉDEPLUSJ'ENAIDEUXTUVEUXGOÛTER MESGONADES ?

Azraël raccroche.

Le cœur de Félix enfle, déborde d'une substance amoureuse qui se répand dans tout son être. Il est au bord de l'implosion. Colombe arrive et entraîne Félix sur la piste de danse où les baffles proposent du David Bowie.

– À bien… à bientôt ! souffle Félix à Azraël en lui faisant un signe de la main.

Azraël répond par un sourire largement déconcertant.

Muriel raffole de ce sourire.

Sur la piste, on se met à danser antillais.

26
À l'Alcatraz, avec Muriel et Gonzague
(et Aimé et Virginie et Aïsha et...)

Sur la piste de l'Alcatraz, Aimé danse langoureusement avec Virginie, dont il convoite les Saints-Orifices. Muriel achève de s'entretenir avec Aïsha sur un petit canapé vert, avoisinant, avec une table basse en forme de tonneau, la piste.

– Oh là là ! Mais que si ! (...) Et comment ! (...) Tout compte dans le tarot : le dessin des visages, les nombres, les couleurs, la géométrie (...). Non, ça s'appelle pas des cartes mais des lames. (...) Le tarot c'est la rota, la roue de la vie, tu vois ? (...) Dedans, il y a toutes les étapes de la vie. (...) Je tire les arcanes majeurs, moi : c'est les lames qui vont de un à vingt et un ; les arcanes mineurs c'est trop compliqué.

Debout à côté de la table en forme de tonneau, Gonzague attend Mlle Astrala, un verre de gin à la main, la moustache aux aguets.

Aïsha pouffe dans l'oreille de Muriel :

– Y m' dit *est-ce que vous dansez ?* J' lui dis *non !* Y m' dit *pourquoi non ?* alors moi, *c'est comme ça !* Y prend son p'tit air chagrin et y finit par capituler...

Aimé et Virginie quittent la piste et disparaissent derrière le bar.

Sur un air de Bisso Na Bisso, Aïsha s'esclaffe dans l'oreille de Muriel, tandis que Gonzague trépigne d'impatience derrière ses bacchantes blondes.

– Y m' dit *vous voulez du champagne ?* Alors moi, *mais non ! Je bois que de la bière !* De la bière, moi ! Tu te rends compte ! J' l'ai bien eu...

Muriel, Gonzague et le verre de gin se réfugient sur la première marche du large escalier menant aux toilettes de l'*Alcatraz*.
– On sera plus tranquilles ici, dit Muriel.
Gonzague lorgne les chaussures de la jeune femme, tandis qu'elle étale son jeu de cartes sur la marche.
– Vous êtes bien dans vos chaussures, Astrala ? demande-t-il
– Très bien, répond Muriel.
Gonzague sourit de toutes ses dents, lisse ses moustaches.
– Je voudrais acheter les mêmes chaussures à *la dentiste*.
– Donnez cinq cartes, répond Muriel.
Gonzague pose son verre derrière son pantalon et s'exécute. Un homme renverse le gin en descendant l'escalier. Gonzague ne remarque rien.
– J'ai vu les mêmes chaussures à Saint-Michel, dit-il, plus préoccupé par les souliers de Muriel que par le gin imbibant son pantalon. Vous les portez toujours pieds nus, vos chaussures ?
– Oui, répond Muriel en pointant l'index sur une carte : le **Soleil**... Vous voyez le dessin sur le tarot, Gonzague ? Il y a là deux personnages en excellente communication. Le soleil est d'or et de sang : feu et énergie... (Inspiration longue – blocage – expiration rapide.)
– Mais, est-ce qu'on transpire dans vos chaussures ?
– Je ne transpire jamais, dit Muriel.
– Ah, fait Gonzague l'air contrarié, vous êtes une sorte de glaçon.

– En quelque sorte. Mais, regardez… le **Soleil** dardera ses rayons dans votre futur proche.

Soudain Gonzague sent un poil rebelle rebiquer vers sa narine droite. Il sort une petite pince à épiler de sa poche, cherche un miroir du regard et, faute de glace aux alentours, s'excuse pour aller soigner ses moustaches aux toilettes. Il revient une minute après, radieux, n'ayant toujours pas détecté le gin qu'il porte aux fesses. Il se réinstalle près de Muriel et demande :

– En hiver, vous les portez aussi pieds nus, vos chaussures ?

– Je ne les porte pas en hiver, Gonzague.

– Vous portez des chaussures montantes, en hiver ?

– Des bottes, oui. Mais… les tarots disent… il y a une confrontation liée à… Des problèmes de santé dans votre famille ?

– Et pieds nus dans les bottes ? s'inquiète Gonzague.

– Pas du tout (inspiration courte – blocage – expiration longue). Je mets des chaussettes, moi. Des problèmes de santé, alors ?

– Rien de bien grave : ma fille a été opérée d'un kyste, récemment. J'en parlerai dans mon livre, ça conjurera le mauvais sort ; mon roman s'appellera *Les Tablettes du destin*.

– Eh oui… Il y aura une phase d'apprentissage douloureuse : le **Pendu**… Et… longue, très longue traversée du désert…, ajoute-t-elle en considérant l'ensemble du jeu de Gonzague.

Deux très jeunes filles viennent s'asseoir sur la deuxième marche de l'escalier ; la plus maquillée raconte à sa complice d'escapade nocturne :

– J' le laisse parler *blabla*, il continue, *tatata tatata tatata…*

Elle dodeline de la tête au rythme de ses onomatopées.

– Et *patala* et *patalère*... J'ai fait le mur, j' lui dis.

Rires.

Soudain, un vieux garçon déboule des toilettes et rejoint les deux jeunes filles sur la deuxième marche.

– Je m'appelle Gillou. Avec votre permission, mademoiselle, dit-il à la plus jeune, ignorant totalement sa copine, vous êtes beaucoup trop mignonne pour rester assise toute seule.

Il penche une tête ronde vers Muriel, occupée aux tarots :

– Vous êtes *médium* ?

Muriel hoche la tête et lui tend sa carte de visite, avant de reprendre avec Gonzague.

– Mais la résultante, dit-elle, c'est l'**Amoureux**, la sixième lame. (Inspiration courte – blocage – expiration très courte – blocage – fin de l'expiration.) ; mais ça ne signifie pas *être amoureux*, vous comprenez, Gonzague ? Ça symbolise une situation liée à un *passage.* Ça confirme ce que je vous disais tout à l'heure, Gonzague... et vous finissez sur la vingtième lame : le **Jugement** ; vous allez devoir vous expliquer, vous exprimer, et des personnes vont vous reconnaître comme l'un des leurs. (Inspiration longue – expiration longue.)

– Et la dentiste ? Elle partira ? Elle reviendra ? demande Gonzague en tendant une nouvelle carte à Muriel.

– Le **Chariot** ! s'exclame Muriel avant de déduire : elle est déjà partie. (Manducation de la lèvre inférieure : Muriel plaint son patient.) C'est un chevalier : elle ne se retournera pas.

Aimé, Virginie et Aïsha remontent de la piste. Aïsha s'esclaffe dans l'oreille de Virginie :

– Y m' dit *t'es belle, toi !* Alors moi, *t'as mis des paillettes* ? Un quart d'heure après, un seau de champagne arrive ; y nous a payé un magnum ! On l'a bu sans lui ! Le mec, il était tout seul au bar ! Et quand on a fini le champagne, y vient nous saluer *j'y vais*, on lui dit *Ciao*, et y s'en va !

– Je le connais, dit Aimé : il est relations publiques d'une boîte qui fait des soirées à thèmes.

Aimé aperçoit Gonzague et Muriel sur la première marche, tandis que Virginie, qu'il convoite depuis un an, saute au cou d'un joli minet :

– C'est toi le mec à qui on laisse des messages et qui répond jamais ?

Elle s'en va avec le petit mignon, abandonnant Aimé au pied des marches : Aimé ignore qu'il a perdu toutes ses chances avec Virginie le jour où il s'est évanoui sur ses genoux, à la dix-huitième minute de projection de *Scream 3*. *Aimé craint trop la vue du sang*, avait pensé Virginie. S'il lui avait raconté comment il avait décapité Anne-Sophie Lévêque, peut-être aurait-il eu une chance ?

Aimé s'installe sur la deuxième marche, fraîchement libérée par les deux jeunes filles et leur vieux copain Gillou.

Gonzague pose une carte sur le tapis rouge recouvrant la marche.

– Évidemment…, fait Muriel (inspiration courte – blocage). Revoilà le **Pendu**… (expiration moyenne) c'est extraordinaire (manducation de la lèvre inférieure) ; regardez, Gonzague, il a la tête en bas, ses poches se vident et sa position est inconfortable : il est pendu par les pieds. Ce n'est pas une position tenable très longtemps, mais elle permet de se débarrasser de ce qui n'est pas essentiel. Regardez-le, ce qui tombe de ses poches, c'est le superflu.

– Bon..., les interrompt Aimé ; on y va ?
– On finit, Aimé, on finit...

On finira à cinq heures et demie du matin. Entretemps, le videur de la boîte aura installé un carré VIP pour Muriel en échange d'une consultation gratuite, puis lui aura rameuté de la clientèle qu'elle encaissera au moyen de sa petite machine à cartes de crédit : après Gonzague et le videur de la boîte, Muriel tirera les cartes à un jeune publicitaire (*elle m'a dit des choses sur moi !* se souviendra-t-il, *des choses vraiment très précises !*), à un ravaudeur de caleçon, puis à Aimé :

– Le **Diable**, Aimé, c'est ta capacité à te retrouver dans des situations où tu es sous la dépendance de personnes qui... Pour résumer... (inspiration longue)... par rapport à ta question de la garde de Valentine (expiration)... à partir de ce jeu... (Muriel est fatiguée)... Je vais te faire une interprétation... (Muriel est très fatiguée). Tu as su traduire l'expérience de ton divorce en quelque chose qui te donne la réussite... (Muriel réprime un bâillement)... Cette réussite te renvoie à la quête de l'**Ermite**...

Muriel se frotte les yeux, sa vision se trouble : elle vient de confondre l'**Ermite** avec le **Pape**. Mais elle continue :

– ... qui t'amènera à une confrontation avec la **Justice**, un ordre établi (Muriel ne réprime plus ses bâillements). Et le **Jugement** sur le **Diable** : cette rencontre avec les instincts... tout ce qui est dans l'ombre.

Cinq minutes plus tard, plus personne ne réprime ses bâillements : la séance divinatoire de l'Alcatraz est close.

Alors que les compères quittent la boîte aux petites heures du jour, un kiosquier installe une affichette sur le trottoir :

Le tueur de la Seine a encore frappé : un dealer unijambiste assassiné. Mais la victime se prostituait-elle ?

27
Chez le Fleuriste, avec la lettre et l'anorexique

Ce lundi 16 avril, à l'aube, Azraël quitte la soirée du SAP après avoir nettoyé les lieux de toutes ses décorations florales. Il passe au marché de Rungis, puis roule vers Floriland pour préparer l'ouverture du magasin. Il parque la camionnette sur la case livraison de Floriland et entre dans sa boutique.

L'air est humide ; s'y mêlent une odeur de terre mouillée et de fleurs enfermées. Un vieux lapin borgne, accroupi, sculpté dans du rotin tressé, garde le magasin et ses habitants végétaux, avec une immense jarre de terre cuite pleine de bougainvilliées. Entre les deux cerbères, une enveloppe attend, par terre : plus tôt dans la matinée, Félix a quitté le lit de Colombe endormie et a fait le mur pour glisser une lettre anonyme mais passionnée sous la porte d'Azraël. Cette missive, il l'a écrite cette nuit, en cachette, dans les toilettes de la salle Wagram, juste avant de rentrer se coucher :

J'ai soif d'Azraël.
Ma soif, j'ai du mal à la dissimuler.
Je veux l'étancher. Je veux boire Azraël.
Azraël n'est pas une vulgaire eau phosphatée.
Azraël est un nectar. Je veux boire Azraël, car, quoi qu'en disent mes médecins, le nectar ne tue pas, il donne la vie.

Azraël verse une larme émue.

Il chancelle.

Il se demande de quels docteurs Muriel parle dans cette lettre. Félix parle du docteur Bouton et du docteur Colombe. Gageons qu'elles sauront, avec Farid Lechauve, le convaincre que cet Azraël l'aura ensorcelé. Un bon désenvoûtement au SAP et, dans six mois il n'y paraîtra plus : Colombe saura pardonner son homosexuel repenti de mari.

À la mi-journée, Azraël reçoit son huitième client, une jeune femme squelettique. Une fine sonde gastrique emplit son estomac par le nez. Elle est hospitalisée, explique-t-elle, et voudrait s'offrir des fleurs pour décorer la chambre de l'hôpital qui doit l'accueillir encore trois semaines.

– Qui pensera à m'acheter des fleurs, si je ne le fais pas moi-même ? se justifie-t-elle.

L'hôpital a la mission de la guérir, si possible, de son anorexie et de la convaincre, si possible, que rien ne sert de se suicider, car la mort arrive à point, pour qui sait attendre : en quelque sorte, qui veut voyager loin ménage sa monture et son estomac.

La demoiselle observe des fleurs blanches, comme percées d'un trou noir et, grattouillant sa sonde, s'enquiert de leur identité auprès d'Azraël.

– Ce sont des *ornithogales*, la terreur du fleuriste : elles sont in-cre-vables..., dit Azraël.

– Ornithogale, répète pensivement la jeune femme.

– Ornithogale, ça veut dire *lait d'oiseau*, explique Azraël.

– Ça boit pas de lait les oiseaux. Moi, je n'arrive à manger que ça. Encore faut-il qu'il soit dégraissé. Demain, j'essaierai un peu de brocolis ; mais ne me parlez pas d'aubergine : ça me donne la nausée.

Elle rit. Une fossette creuse sa joue décharnée.

– En tout cas, elles sont très élégantes, dit-elle.

– Oui, l'ornithogale est une fleur altière, elle se tient bien droite mais comme sa tête est lourde, elle retombe un peu sur le corps : ça adoucit la fleur, ça atténue sa sévérité. Mais pour votre problème... je vous recommanderai plutôt les cattleyas... ou les violettes ?

– Non, ce sera les ornithogales, entérine la femme à la sonde.

Tant pis pour toi, pense Azraël.

L'anorexique repart avec les ornithogales qui devraient l'accompagner sans faner, au moins jusqu'à la fin de sa cure.

Azraël relira quinze fois la lettre qu'il attribue par erreur à Muriel : quatre fois en arrangeant sa vitrine, trois autres en servant un client, cinq fois en balayant le sol de sa boutique et trois dernières en taillant un rosier. Ces quinze lectures suffiront à le convaincre que oui, la Mûre est le fruit de sa vie, et que non, il n'est pas une simple *eau phosphatée*, mais bel et bien un *nectar*.

Peu avant la fermeture, Tania débarque dans la boutique, alors qu'Azraël entame une seizième lecture de la lettre de Félix. C'est jour de piqûre.

Tania s'assied sur un tabouret et prépare son matériel d'injection.

– Ça s'est bien passé ta soirée d'hier, Azraël ?

– Le SAP de mon frère ? Oui.

– Bizarre, ton frère ; il m'a pas embauchée pour le pacemaker de sa tante. Tout ça parce que j'ai pas voulu adhérer... Donne ton bras.

Azraël abandonne son bras à Tania. Elle désinfecte la chair avec un morceau de coton.

– Bernard disait que tu étais trop chère, Tania.

– C'est en partie vrai. N'empêche que la concurrence était déloyale : le type qu'il a pris vient de *l'Institut français de thanatopraxie* ; de la daube, cet institut. Mais ton frère voulait surtout que je souscrive une assurance décès accidentel : *Vous qui êtes majeure de l'École française des sciences mortuaires, vous devriez le savoir : un accident est si vite arrivé…*, y m'a dit. Je lui ai répondu que les accidents, c'était tant mieux pour moi : bichonner les morts, c'est mon métier.

Elle frotte toujours la chair d'Azraël avec son coton imbibé, semble oublier de piquer.

– À ce propos, Azraël, je voudrais introduire un module de thanatopraxie dans votre site Internet de vente de fleurs, à Aimé et toi. On appellerait ce module *Thanatopraxia*, qu'en penses-tu ? Les gens qui vont passer sur ton site sont des veuves et des orphelins potentiels : ils auront *forcément* recours à moi, un jour ou l'autre. Y a qu'à attendre.

L'aiguille traverse enfin la peau d'Azraël. Le neuroleptique pénètre son organisme. Tania continue :

– Le module *Thanatopraxia* proposera des injections artérielles, qui permettent une parfaite conservation du corps dans 90 % des cas…

Tania retire l'aiguille du bras d'Azraël et continue, en rangeant son matériel :

– … la glace carbonique : 95 % de réussite. Mais attention, il faut renouveler l'application toutes les vingt-quatre heures… Les cases frigorifiques… Les lits réfrigérants… Ce soir, je passerai chez toi : on travaillera sur le site. Maintenant qu'on a M. Chapuis, on peut démarrer.

Car pour répondre à la demande de fleurs en ligne, qu'Aimé et Azraël espèrent importante, il a d'abord été question de s'associer avec quatre grossistes de la région parisienne et autant de fleuristes. On a trouvé les grossistes, mais pas le dernier fleuriste : Muriel a proposé M. Chapuis, l'artisan chocolatier : il n'a pas de fleurs, mais il a du chocolat, et des camionnettes pour assurer les livraisons. M. Chapuis a volontiers accepté de participer au projet en échange d'un encart publicitaire sur le site, pour commencer, et plus tard, d'une distribution de ses chocolats en ligne.

– Les gens qui vont passer sur ton site, dit Tania, sont des gourmands et des gourmandes potentiels : ils auront *forcément* recours au chocolat, un jour ou l'autre. Y a qu'à attendre…

28
À la Nuit, avec Muriel et Azraël, et Tania
(et Marianne)

Muriel ronfle paisiblement dans son lit.

Azraël est assis dans sa chambre, avec Tania, devant son ordinateur allumé et une page web du site *Floriland.fr,* en création. Azraël découvre avec surprise qu'un compteur affiche à l'écran :

Vous êtes le 53 000ᵉ visiteur.

– Comment c'est possible, Tania ? Le site n'est pas encore terminé et il y a déjà 53 000 personnes qui y sont passées ?

– C'est comme les voitures, Azraël : j'ai un peu truqué le kilométrage. En fait, le premier visiteur sera le numéro 53 001.

Ils préparent la vitrine virtuelle du mois sans omettre d'y adjoindre les photographies scannées des bouquets proposés à la vente. En haut de l'écran, une belle photo est légendée par Tania :

La Rose blanche Mini-Vanilli, avec sa tige biseautée pour un meilleur entretien. Dans sa plus belle pureté, elle vous prodiguera un enjouement serein et une douce stimulation.

Au milieu de l'écran, une photo encore plus belle est ainsi présentée :

La Rose camaïeu pastel, avec son feuillage vert tendre, facilitera le repos de votre œil et rafraîchira votre humeur comme un bain d'harmonie.

Au bas de l'écran, Tania légende la dernière photo, en tapotant sur le clavier de l'ordinateur :

La Rose blondine, avec sa couleur gaie sans être trop vive, donnera à votre salon un caractère à la fois solennel et somptueux.

Soudain, le haut-parleur chante Luz Casal au salon : Muriel est réveillée. La chanson, *Un día marrón*, raconte que le jour n'est ni gris ni noir, mais marron. La Mûre rejoint le fleuriste et le thanatopracteur dans la chambre d'Azraël.

– Voilà, dit Tania. J'ai fini. C'est pas mal, non ?
– Oui, admet Azraël. Il faudra que les bouquets livrés ressemblent le plus possible à ces photos…
– C'est pas grave ça : quand tu vas chez Mac Donald's, le cheeseburger est toujours plus rabougri que celui de la pub.
– C'est malhonnête, fait Azraël : le cheeseburger de la pub, il est faux.
– Faux ? Qu'en sais-tu ? rétorque Tania.
– Oui, ajoute Muriel. Qu'en sais-tu ?
– Je le *sais*. C'est évident, affirme Azraël.
– Non, dit Tania. Tu n'en *sais* rien. Tu le *crois*, mais tu n'en *sais* rien. Rien ne te le prouve, à toi, directement. Tu le crois parce que ceux qui savent te l'ont dit. Mais des fois, ceux qui savent, ils se trompent.

Azraël semble perplexe.

– En tout cas, on peut pas changer de la merde en or. Tout le monde sait que la merde, c'est pas de l'or.
– Il suffit d'une bonne campagne de pub, dit Tania. Pourquoi penses-tu que les murs des villes sont recou-

verts de panneaux publicitaires ? Parce qu'on *croit*. La croyance a plein de circuits : Dieu, la pub, l'instituteur, le ministre de l'agriculture, le médecin. On *croit* des gens parce qu'on *croit* qu'ils *savent* ; qu'ils se trompent ou pas.

Azraël hausse les épaules. Muriel le taquine :

– Tu crois pas que tu crois ? Moi, je le sais que tu crois. Tu crois pas ?

– Ma grand-mère, dit Tania, elle se croyait aryenne : c'est à l'école qu'on lui avait appris ça.

Un silence. Deux silences. Trois silences.

Soudain, Muriel sursaute et pointe l'écran du doigt :

– Il manque les cartes de crédit ! Il faut ajouter les logos : Visa, Mastercard, American Express... Moi, je les prends toutes, pour mes consultations. J'ai une petite préférence pour la Master Platine, mais je les prends toutes.

– On verra plus tard, fait Tania, passons à *Thanatopraxia.*

Elle écrit rapidement la page suivante :

Vous voulez retarder le processus de décomposition ? Favoriser l'hygiène et supprimer les mauvaises odeurs ? Donner au visage un aspect naturel, serein et apaisé ? C'est possible.

– Comment ? lui demande Muriel.

– Après avoir nettoyé le défunt, je pratique une incision au creux claviculaire. J'injecte une solution à base de formaldéhyde dans l'artère carotidienne et j'évacue simultanément le sang par la veine jugulaire – d'autres voies d'accès ou d'évacuation sont possibles, remarquez. J'élimine ensuite les liquides et les gaz en incisant près du nombril. Je recouds, j'aseptise, j'habille, je maquille et je coiffe.

– Ah, dit Muriel Lemiel.

– Bon, dit Azraël Lamûre.

Tania s'en va à vingt-trois heures.

Floriland.fr et son module *Thanatopraxia* sont lancés. Les pages ont été transférées à l'hébergeur du site : chacun a désormais le loisir de les consulter, même si le paiement n'est pas encore tout à fait sécurisé.

Un día marrón tourne en boucle au salon.

> *Voy a tener un día marrón*
> *Día de bruma en mi corazón*

Dans le bain, Muriel finit de manger des accras et des atangas au sel.

Azraël se prépare une tartine de miel et une tasse de café à la cuisine.

– Tu me fais une verveine, Azraël ? crie Muriel depuis la salle de bains.

– Tu ne veux pas plutôt un peu de *nectar* ? lui répond-il d'une voix engageante, repensant à la lettre qu'il lui attribue par erreur.

Azraël est un nectar. Je veux boire Azraël.

Muriel ne répond pas.

Le percolateur ronronne, bercé par Luz Casal.

Azraël rejoint Muriel, pose les tasses sur le plateau à rabats de la baignoire et s'installe dans le rocking-chair. Muriel suçote le noyau de sa dernière atanga, puis aspire lentement quelques gorgées de verveine. Azraël la regarde en silence. Ses lèvres brûlent du désir de lui poser des questions trop intimes.

– Parle-moi de ton enfant, Muriel, lâche-t-il enfin.

Muriel hausse les épaules et se redresse pour faire couler l'eau chaude.

– Qu'est-ce que tu veux que je te dise ? Il est mort, c'est tout.

Elle s'immerge dans le bain jusqu'au cou, afin de clore la discussion.

– Mais je ne savais pas que…, insiste Azraël

– Écoute, Azraël, j'ai eu un compagnon, avec un enfant, mais c'était à une autre époque, voilà.

À ces mots, son visage se contracte.

– Mais qui es-tu aujourd'hui, Muriel ?

– Entre avant et aujourd'hui…, elle baisse la tête. Ce que j'étais avant qu'on ne les assassine et ce que je suis aujourd'hui…

Un día tonto, de pronto, sin una razón
No es gris ni negro, es sólo marrón.

Muriel humidifie son visage. Le calcaire de l'eau chaude se mêle au sel de ses larmes tièdes. Elle pose sa tasse vide sur le plateau et sourit absurdement.

– Je me suis cachée plusieurs fois chez des génocidaires. Tu sais, Azraël, je ne comprends pas.

– Quoi ? Tu ne comprends pas quoi ?

– Et pourtant, je l'ai vu.

– Qui ?

– Un tueur. Un criminel qui allait tuer. Après, il rentrait chez lui avec sa machette pleine de sang et il était tendre avec sa femme et avec ses enfants. Il disait qu'il fallait tuer pour laver le sang du Christ. Que les cadavres n'auraient qu'à remonter jusqu'en Abyssinie, par le Nil. Et ça, Azraël, c'est quelque chose que je n'ai pas compris.

Elle marque une pause et reprend :

– L'été dernier, je suis allée au Rwanda, à la prison de Kigali, rencontrer des génocidaires. Je voulais comprendre.

Le portable sonne au salon.

Muriel saute brutalement hors de la baignoire et,

nue comme un ver mouillé, se précipite vers l'instrument, comme pour fuir le souvenir qui remonte à la surface de sa mémoire. Azraël attrape le peignoir pourpre de Muriel et la course jusqu'au salon. L'ayant rejointe, il lui arrache le portable des mains. Les sonneries cessent. Il l'emballe dans l'éponge du peignoir et se laisse tomber avec elle sur le canapé bleu. Ils s'enfoncent dans sa mousse moelleuse, à côté d'un radiateur électrique allumé. Muriel se couche sur les genoux d'Azraël. Il lui masse doucement la nuque.

— J'ai vu Théoneste, à la prison de Kigali.
— Théoneste ?
— Oui, Théoneste : il a tué Célestin et son père.

Azraël s'étrangle, peine à reprendre son souffle. Le téléphone sonne à nouveau. Azraël décroche en faisant claquer sa langue. Marianne commence aussitôt :

— Je me suis enchaînée à quinze ans, avec ce con qu'était déjà vieux et malade ; je me suis barricadée grâce à mes enfants. Vous savez que j'ai pris un amant, dix ans plus tard ? Ça a duré dix ans avec Edmond. Il a fini par me quitter. C'est vache, non ? Mais bon, il n'avait pas une très bonne situation : le confort, c'est important quand même... enfin je veux dire : j'ai mes habitudes, vous comprenez ?

— Allez-vous faire foutre ! crache Azraël.

Muriel lui arrache le téléphone des mains.

— Allô ! dit-elle d'une voix la plus douce possible.
— Astrala ? dit Marianne, terrorisée, qui était-ce ?
— Rien. Racontez à Astrala. Astrala voit tout.

Marianne éclate en sanglots :

— Je n'aime plus Gonzague depuis... depuis... tellement longtemps...

Muriel se gratte la cuisse.

— Qu'est-ce qu'il a fait encore.
— C'est peut-être que... peut-être que l'amour

n'existe pas ? L'amour est malheureux, mademoiselle Astrala ?

Azraël, l'oreille collée au téléphone, perçoit des bribes de la conversation.

– L'amour n'existe pas, ma petite Astrala, pleure Marianne, voilà pourquoi je n'aime pas Gonzague.

Azraël mordille l'oreille de Muriel. Elle s'égare. Il lui vole le portable :

– Changez de piscine, madame, enjoint-il fermement.

– Pardon ?

– Il n'y a plus d'eau dans votre bassin, vous n'avez qu'à changer de piscine, répète Azraël : trouvez-vous quelqu'un d'autre que votre mari.

– Quelqu'un d'autre ? Mais les autres n'existent pas !

Elle rit :

– À part Gonzague, il n'y a que sept hommes parmi mes amis, sept hommes mariés, en plus…

Soudain, Azraël se remémore la conversation qu'il a eue avec Bianca, le soir de son anniversaire, à propos des célibataires expatriés au Zaïre. Elle expliquait qu'à part les sœurs de la mission, il n'y avait plus que trois femmes à *Stanleyville*, trois femmes mariées, indisponibles donc.

– Sept hommes pour toute la ville ? demande Azraël à Marianne.

– Sept hommes pour tout le Club, affirme Marianne. Et mariés en plus…, ajoute-t-elle. Si je devenais célibataire, à cause d'un divorce, je ne sais pas comment je ferais.

– Vous auriez le blues de la métropole, sans doute.

– Comment ? fait Marianne.

– Je veux dire… vous auriez le blues de votre Club, Marianne.

– Oui… sûrement.
– Si vous étiez célibataire, vous ne pourriez pas vivre avec un Africain ?
– Comment ? fait Marianne.
– Je veux dire… si vous deveniez célibataire, vous ne pourriez pas vivre avec quelqu'un d'autre qu'un membre de votre Club ? Tout en restant membre de votre Club, bien sûr.
– Écoutez… si je n'avais vraiment pas le choix… Mais non, je ne crois pas que le Club accepterait un étranger au Club. Quelqu'un d'autre ? Les autres n'existent pas, pas plus que l'amour… Je suis juste désespérée. Vous savez, je suis fragile… Je crois que je suis… suicidaire.
– Passez à l'acte, propose Azraël.
– Quoi ?
– Mais faites un tour au Rwanda, avant, ajoute Azraël.
– Le Rouanda ? dit Marianne. Non, je ne peux pas changer de bar : j'ai une carte de fidélité au Paradis du fruit.

Azraël raccroche au nez de Marianne.
Il entraîne sa douce dans le bain refroidi.

29
À Noël, de la part d'Azraël

Cette nuit-là, Azraël ne parvient pas à s'endormir : à minuit, on a accosté sur les rivages du 26 avril : c'est l'anniversaire de Noël.

Quarante ans.

Dont déjà dix-huit dans la tombe.

Dont seulement dix-huit dans la tombe.

Azraël se lève et va à la cuisine. Ses yeux sont fermés. Il sue comme un bœuf. Il ouvre le réfrigérateur, se penche, fouille, rencontre trois yaourts, frôle un camembert, aborde une bouteille de bière de banane et referme la porte.

Il plonge la main dans une corbeille en paille installée sur une étagère et en retire un saucisson. Il le porte à sa bouche. Au contact du boyau entourant la viande sèche, Azraël ouvre deux yeux vides. Il s'empare alors d'un économe et commence à éplucher son saucisson, sans succès.

– Cet épluche-carotte ne te mènera pas bien loin, entend-il.

– Mais si, répond Azraël sans sourciller.

Il s'assied sur le carrelage de la cuisine, pose son saucisson et son instrument d'épluchage à côté de lui et replie les genoux sous son menton.

– Je sais que c'est toi, Noël, dit-il.

– …

— Retourne d'où tu viens, enjoint Azraël d'une voix atone.
— ...

Une bande dessinée d'Enki Bilal à la main, Azraël déguste une tartine de miel à la cuisine :
— Je suis prisonnier de ta mémoire, entend-il soudain.
Azraël hausse les épaules et fait claquer sa langue contre son palais.
— Tu refuses le deuil, perçoit-il à nouveau. Azraël, est-ce que j'y peux quelque chose, moi, si papa et maman, ne t'ont rien dit ?
Azraël lâche son livre et le regarde tomber à terre. Il tape sur la table :
— Qui t'a permis de prendre la parole, Noël ?
Il frappe encore :
— Noël, les morts ne sont pas faits pour prendre la parole : ils sont faits pour donner raison aux vivants.
Sa langue claque bruyamment contre son palais.
— Qu'ils demeurent muets. Qu'ils meurent. Qu'ils demeurent morts.

Azraël veille à la cuisine, jusqu'au lever du soleil.
Il claque la langue trois cent soixante-dix-huit fois.
Puis il va se brosser les dents.
À six heures, il débouchonne un tube de dentifrice devant le miroir de la salle de bains.
— On est très mal dans ton oreille gauche, Azraël.
— Fous-moi la paix, Noël.
— Ton oreille est cireuse.
La bouche pleine de mousse blanche, Azraël rit devant la glace, puis susurre :
— Ta gueule, Noël.

Il se rince abondamment.
- Ta gueule toi-même, Azraël. J'en ai marre de pourrir à l'air libre de ta mémoire. On est très mal dans ton oreille gauche : libère-moi.

Azraël se bouche les oreilles et proclame :
- La mémoire est mon devoir, Noël.
- Ton deuil est mon droit. Tu as volé ma tombe, Azraël ; rends-la-moi : c'est *ma* mort.
- Ta tombe ? Je ne sais même pas où tu es enterré.

Azraël attrape un Coton-Tige, le passe sous l'eau et le regarde d'un air sadique. Il l'enfonce dans son oreille gauche. Il se blesse le tympan.
- Enfoiré, va. Je t'aurai, marmonne-t-il.

Il retire le Coton-Tige de son oreille endolorie.
- C'est toi qui as commencé, dit le mort.
- Ta gueule, connard, répond Azraël.
- ...
- Noël ?
- ...
- SALAUD ! TU CROIS QUE JE VAIS TE LAISSER DORMIR ?

En fin de matinée, la télévision déborde de dessins animés, le bol de jus de raisin et la tartine de miel. Azraël est affalé sur le canapé, devant *Les Malheurs de Sophie :* la petite fille vient d'assassiner sa poupée de cire et de lui brûler les cheveux ; on l'enterre en grande pompe, dans le jardin familial. À côté de Sophie, Madeleine et Camille, les petites filles modèles, ont la mine grave et renfrognée.

Muriel reçoit Gonzague dans son bureau : une dragée fondant dans sa main, il pleure.
- Flore, mon aînée... Elle a quinze ans. Depuis l'année dernière, elle est gênée par une boule au ventre, grosse comme une mandarine.

Gonzague renifle au-dessus de ses moustaches, où trois poils blonds sèment la zizanie. Mais Gonzague laisse faire, oublie sa pince à épiler.

– Ma fille est aussi petite que ma femme est grande, dit-il ; elle est aussi brune que ma femme est blonde. Ses cheveux sont aussi longs et raides que ceux de sa mère sont courts et frisés. Ses yeux sont aussi bruns que ceux de Marianne sont verts.

Il essuie ses yeux humides du revers de la main.

– Astrala, le visage de Flore est cireux et son teint trop pâle ; son corps et ses traits sont comme des lignes droites et crispées : ma fille n'a ni la rondeur ni la légèreté d'une courbe, c'est un angle aigu.

Gonzague marque une pause avant de reprendre :

– Le mois passé, on lui a retiré ce gros kyste à l'ovaire : c'est un cancer... un cancer ! À quinze ans !

Il ébouriffe ses moustaches.

– Avec le médecin, dit-il en sanglotant, on lui a menti. Elle ne sait pas qu'elle est malade... Flore pourra avoir un enfant plus tard, si elle veut. Mais après, il faudra tout lui enlever... Je me fais un sang d'encre...

Azraël joue avec son jus de raisin. Il fait tournoyer le liquide rouge, puis aperçoit une impureté flottant à la surface de son breuvage. Le sourcil froncé, il souffle au-dessus du bol pour chasser la saleté. Le jus ondoie, une forme ovale apparaît progressivement, se précise ; c'est le visage de Noël :

– Alors, petit charognard... La nuit t'a porté conseil ? demande-t-il.

Azraël se précipite à la cuisine et verse le contenu de sa tasse dans le lavabo. La petite radio de Muriel diffuse un flash info depuis une étagère :

Le tueur de la Seine a encore frappé : quatre prostituées – dont une transsexuelle et une immigrée clandestine – ont trouvé une mort... atroce.

Disparaissant dans le siphon, Noël proteste d'une voix étouffée :

– Profanateur de tombe ! Détrousseur de cadavres ! Tu n'as pas de cœur, Azraël. Tu ne me respectes pas davantage que tes crottes de nez !

Du réfrigérateur, Azraël sort les restes d'une salade. Il retourne au salon et commence à manger sa salade de pissenlit, par la racine, devant *Les Malheurs de Sophie* : la petite fille vient de voler des bonbons dans le boudoir de sa maman, car elle voulait savoir si les bonbons à l'angélique c'était beaucoup meilleur que les bonbons à la prune, mais Sophie est bien punie, car elle a mal au ventre, mais elle n'aura pas mal au ventre bien longtemps, parce qu'au fond, elle est gentille, Sophie. La télécommande à la main, Azraël passe d'une chaîne à l'autre et s'arrête finalement sur TF1, les *Pokémon, attrapez-les tous !* Le dessin animé terminé, une voix accompagne le générique : *Si toi aussi, tu aimes Pikachu, le héros de ton dessin animé, descends vite chez ton marchand de journaux et retrouve le journal de Pokémon. Les peluches de Pokémon sont dans tous les magasins de jouets et aussi sur Internet !*

Gonzague termine son entrevue avec Muriel. Elle l'abandonne à Azraël, au salon. Ensemble, ils finissent de regarder un dessin animé.

Plus tard, Azraël raccompagne Gonzague jusqu'à la porte. Il l'ouvre et découvre, debout sur le paillasson, Félix Lacolombe, le petit brun bedonnant du SAP et de la salle Wagram. Félix dévisage Azraël.

– Vous me reconnaissez ? lui dit-il, sans un regard pour Gonzague.

Azraël fronce les sourcils. Gonzague passe le palier et disparaît.

Félix tend une main moite :

– Félix, on s'est rencontrés à la salle Wagram !

– C'est vrai, se souvient Azraël.

Il regarde les trois valises posées dans le hall de l'immeuble.

– Qu'est-ce qui vous amène, Félix ?

– Vous n'avez pas reçu ma lettre ?

– Une lettre ? Quelle lettre ?

Félix croit comprendre ; il se rend complice d'Azraël :

– Vous souhaitez rester discret, n'est-ce pas ? chuchote-t-il : vous aussi, vous êtes marié ?

Arrive Muriel.

– Bonjour ! lui lance Félix.

– C'est pour une consultation ? dit-elle. Astrala ne consulte plus aujourd'hui.

– Une consultation ? Non, je suis en fuite... je suis un ami de...

Félix s'explique. En résumé :

Félix fuit le SAP depuis une semaine.

Colombe poursuit l'époux depuis une semaine.

Pour avoir connu des déboires similaires, il y a six mois, Muriel compatit ; en résumé :

Muriel fuyait l'homme marié depuis deux semaines.

Gilles poursuivait la maîtresse depuis deux semaines.

Mais Muriel ignore que Félix convoite Azraël ; elle propose donc :

– Félix, on va vous héberger quelques jours sur le canapé-lit du salon.

Félix lance un regard complice et satisfait à Azraël.

— Mes valises sont dans la cage d'escalier.

Azraël transporte les bagages de Félix au salon.

Après une valise Vuitton, offerte par le SAP, un grand sac de voyage, offert par Colombe, et un ordinateur portable, offert par le père de Félix, tout le matériel de l'homosexuel repenti de s'être repenti est entreposé dans l'appartement.

Du sac de voyage, Félix sort une large plaque émaillée, blanche, bordée de croix noires peintes en relief. Au milieu de la plaque, une inscription est gravée en caractères noirs :

Cabinet de psychothérapie
TÉLÉPHONE : 06 83 54 53 52
Internet : http://www.félix.potin.com
E-mail : felix-potin@free.fr

Azraël apporte quelques clous et un marteau. Félix s'attelle à l'accrochage de sa pancarte sur la porte d'entrée de l'appartement, à côté de la plaque de Muriel. Elle le regarde faire, avec Azraël et sa tartine de miel.

— Je déteste le miel, annonce Félix en plantant son premier clou. C'est gluant, ça colle... Ça m'écœure.

— C'est curieux, dit Azraël, parce que votre prénom...

— Quoi, son prénom ? bondit Muriel.

Félix regarde Azraël, l'air surpris, le marteau suspendu en l'air.

— Rien, ma Mûre, déclare Azraël.

30
Au Jardin public, avec Aimé et Bianca
(et les petits enfants)

Lundi, après la sortie des écoles et la boulangerie, Bianca, Magnolia et Gargantua se dirigent vers le parc du Champ-de-Mars.

Son canif rouge dans la poche de son veston anthracite, Aimé marche dans la même direction avec Valentine. Il sent le concombre et le ginseng. Le couteau suisse égale-t-il le fil de pêche dans l'art de couper les têtes ?

Bianca et ses enfants s'asseyent sur un banc, à côté d'un bac à sable, face à un abri vert, sous lequel sept nounous noires, sept poussettes bleues et sept bébés blancs sont réunis. De l'autre côté, un autre abri vert rassemble cinq nounous jaunes, cinq poussettes vertes et cinq bébés blancs.

Magnolia aspire l'intérieur de sa tête-de-nègre.

Soudain, elle se précipite sur un petit garçon de trois ans :

– Mais t'es noir, toi ! T'es adopté ? demande-t-elle gentiment en regardant la femme blanche qui prend l'enfant par la main.

– Magnolia ! s'écrie Bianca. Ce n'est pas de sa *faute*, s'il est adopté, ce joli petit garçon !

La femme blanche répond à Magnolia :

– Il n'est pas adopté : il est métis.

— Mes tifs ?

— Métis : sa maman est blanche et son papa est noir.

— Même pas vrai, répond Magnolia, ça se peut pas ça ; il est ou noir, ou il est blanc. Sinon, ça va pas.

Elle retourne auprès de sa mère.

— Ma fille, gronde Bianca, être poli et courtois, c'est une façon de respecter les autres. Alors sois polie, s'il te plaît. Ne sois pas médiocre.

— Écoute, maman : les Noirs et les Blancs, ça peut pas faire des enfants ensemble, tu sais bien, c'est pas la même espèce.

— Si… ça peut, avoue Bianca. Ma petite fille, c'est le résultat de la mondialisation. Tu sais, autrefois, il y a très longtemps, les Blancs sont allés aider les Noirs en Afrique. Et comme il n'y avait pas de femmes, les Blancs étaient obligés de faire des enfants avec des Noires. C'est comme ça que tout a commencé. Et pis après, c'est les Noirs qui sont arrivés en Europe et y se sont mis à… se croire autorisés à… avec les Blanches…

L'exogamie est une tare comme une autre. Et, une tare en appelant une autre, Bianca pense soudain :

Comment dire à Magnolia que Xavier est homosexuel ?

Toujours trop parfumé au concombre et au ginseng, Aimé entre dans le parc avec Valentine, que sa mère vient rechercher dans une demi-heure.

Il aperçoit sa demi-sœur et s'invite sur son banc, avec sa petite fille. Bianca ne reconnaît pas *l'Antillais musulman de l'officine du centre commercial*. À la vue des boucles mordorées, du visage pâle et des yeux violine de Valentine, Magnolia s'écrie :

— Comme elle est jolie, la petite fille que vous gardez !

Valentine éclate de rire :

— Garder ? C'est pas ma nounou ! C'est mon père !

Magnolia dévisage avec étonnement ce père de couleur, présumé nounou de sa fille blonde présumée blanche : les gens de couleur ne sont-ils pas voués à garder les enfants des gens normaux ? Comment un Noir enfanterait-il d'une Blanche ?

Magnolia observe le garçonnet coloré, présumé noir, et sa maman pâle, présumée adoptante : les enfants de couleur ne sont-ils pas voués à l'adoption par les gens normaux ? Comment une Blanche enfanterait-elle d'un Noir ?

À l'école, Magnolia est très forte en calcul : elle l'a bien compris, on n'additionne pas les carottes et les poireaux. Sinon, comment on ferait la ségrégation ? Et voilà qu'elle découvre qu'on mélange les torchons noirs et les serviettes blanches.

Valentine joue avec Magnolia et le petit garçon non adopté dans le bac à sable, sous l'œil vigilant de la maman de ce dernier. Une petite rouquine à jupe plissée se joint au groupe et reproche à Magnolia :

– Je t'ai entendue tout à l'heure. Tu sais, ta maman a raison : c'est pas bien d'être raciste. Toi, t'es rose comme un cochon, lui jette-t-elle en ajustant son serre-tête bleu marine, casse-toi, cachet d'aspirine.

Magnolia lance un regard haineux à la rouquine :

– Cachet d'aspirine toi-même ! Sale rousse ! Les rousses, c'est des PUTES ! Ma maman et moi, on est brunes, pas comme les PUTES ! Les papas, ils épousent pas les rousses, ni les blondes à cheveux longs, ni les PUTES ! Ils épousent les mamans ! Mais moi, je me couperai jamais les cheveux… parce que je veux pas de maris et pas d'accouchements. Je suis pas un nain de jardin, quand même…

Le petit garçon couleur caca et sa maman couleur cochon se retirent.

Valentine confie :

– Moi, je vais me divorcer de Baptiste ; c'est peut-être parce que je suis blonde... Mais en tout cas, je suis pas une pute, même si je suis une frisée.

À ces mots, la rouquine s'effondre en regardant Magnolia :

– Mais comment je vais faire, moi, pour trouver un mari, si je suis une pute ? Comment je vais faire, pour devenir une maman brune ?

Magnolia est prise de compassion :

– Ne t'inquiète pas, tu as des cheveux raides. Ils sont trop longs, mais ils sont raides, c'est déjà ça.

– Tu n'auras qu'à les couper et les colorier en brun, propose Valentine.

– Comme ça tu seras discrète et bien élevée, complète Magnolia.

On enterre la hache de guerre. Magnolia conseille Valentine :

– Tu ne devrais pas divorcer, tu sais. Le divorce, c'est pas très bien : c'est l'opium du peuple.

– Je divorce si je veux, revendique Valentine. Opium toi-même.

– T'es nulle, dit Magnolia. En plus t'as les cheveux désordonnés.

– En tout cas, moi, je suis pas un p'tit bébé à sa mémère, je suis une préabolescente.

Quelques minutes plus tard, on déterre à nouveau la hache de guerre ; Magnolia retourne vers le banc de sa mère en marmonnant :

– Sale blonde frisée... C'est une pute qui sent le caca... Une PUTE !

La mère de Valentine vient récupérer sa fille, alors que Bianca donne le biberon à Gargantua.

– Alors, lui dit Aimé, le regard vengeur, tu as passé l'expertise ?

– Connard, répond la mère de Valentine.

Les résultats de l'expertise psychiatrique seront rendus le lendemain : on saura si, oui ou non, la mère de Valentine est pédophile.

– De toute façon, ajoute la mère, t'auras jamais la garde de Valentine.

Si l'expertise psychiatrique détecte une anomalie chez la mère de Valentine, la fillette sera confiée à son père.

Désormais seul avec sa sœur, Aimé enfile sa main droite dans la poche de son veston anthracite et entame la conversation en tripotant son canif :

– Vous n'allaitez pas ? demande-t-il à Bianca.

– Non, ce n'est pas hygiénique, répond Bianca.

Elle vérifie la régularité de l'écoulement du lait maternisé et hypoallergénique dans la tétine stérile, réglée sur la deuxième vitesse.

– Et puis c'est trop érotique, la succion du mamelon, ajoute-t-elle.

– Dit comme ça... je ne sais pas, balbutie Aimé.

Tiraillé entre sa pulsion de meurtre au couteau suisse et le désir de connaître sa demi-sœur, Aimé tente :

– Vous aimez les poissons rouges ?

– Ça va, répond Bianca, massant le dos de Gargantua pour obtenir un rot.

– J'en ai deux, dit Aimé. Des poissons rouges...

Gargantua rote ; le visage de Bianca s'illumine.

– Oh ! Bravo mon roudoudou ! Oh ! Mon roudoudoudoudou ! Un petit deuxième ! Allez ! pour faire plaisir à cha manmananan !

– Mes poissons rouges s'appellent Fanon et Hegel, dit Aimé pour montrer son alphabétisme.

Gargantua rote à nouveau ; Bianca est au comble du bonheur digestif et de l'enchantement du stade anal :

– Oh ! Le beau rototôôôôô de mon roudoudoudo-dodo !

Exaspéré, Aimé sort son couteau suisse.
Il frappe.
Perce le cache-nez.
Bianca flotte sur son nuage de félicité maternelle.
Son cache-nez perforé tombe à terre.
Il exhale un doux parfum de lavande artificielle.
Quelques gouttes de pluie s'écrasent sur le Champ-de-Mars. Il pleut de plus belle. Aimé s'en va.

Bianca ramasse son cache-nez, range ses affaires, ses enfants et rentre à la maison pour préparer le dîner de vingt heures.

Aimé a raté son coup. On peut d'ores et déjà conclure : le couteau suisse n'égale pas le fil de pêche dans l'art de couper les têtes, quand elles sont protégées par un cache-nez, qui plus est :

1. De couleur kaki ; 2. Tricoté à la main ; 3. Par feu tante Aglaë.

Et cela, surtout s'il pleut, même en dehors du champ de lavande de la vision de Muriel.

31
Aux Toilettes, avec Bernard

– Si, papa. Les belles-mères sont très méchantes. C'est maman qui me l'a dit. Tu sais, le papa de Cendrillon s'est remarié parce que sa vraie femme était morte... Mais il était très triste et sa fausse femme était très méchante avec Cendrillon. Et la belle-mère de Blanche-Neige, elle lui a fait croquer une pomme empoisonnée. Mais moi, je n'aurai jamais de méchante belle-mère : maman m'a promis que tu ne seras jamais obligé de la remplacer.

Extinction des feux : vingt heures quarante-cinq.

Bernard occupe les sanitaires depuis dix minutes.
Bianca tambourine contre la porte :
– Ouvrez ! Sortez ! Sortez de là, salopiau !
Ils se marient dans deux mois.

À peine a-t-il fini d'exprimer son membre viril sur l'émail des toilettes maculé de Biocide Intégral, que Bernard se met à rêver, la queue à l'air :
La tour Eiffel a passé une robe de strass et de paillettes incrustée de lampions miniatures.
– Regardez, mon ami, dit-elle à Bernard, elles sont pas jolies, mes ampoules ? C'est pour le baptême de Gargantua et la mort de Noël.
Elle brille de partout. Une douce lumière orange se diffuse depuis sa robe longue. Provocante, elle susurre :

– La cyberassurance... méfiez-vous d'Assurdiscount.com : ils cassent les prix sur le Net. Mon prince charmant... Mon assureur intrépide... Embrassez votre Tour au Bois dormant...

Bernard hésite.

– C'est votre maîtresse, c'est ça ? Laquelle ? La prostituée d'Érythrée ? Les vécés ?

Richard Clayderman se met au piano, Lara Fabian et Hélène Segara aux cordes vocales. La tour Eiffel lit ses chefs d'accusation à Bernard :

– Pollution des rivières par vos émissions spermatiques dans les WC, fréquentation des prostituées érythréennes contagieuses... On ne compte plus les cas où les concubins sont montrés du doigt. Le préjudice peut coûter la vie au couple ou ternir sérieusement sa réputation. Comme Perrier qui a mis des années à remonter sa cote après la découverte de traces de benzène dans ses bouteilles, vous devez reconstruire votre image : le mariage sera le contrat prémunissant contre le risque de mauvaise image publique : il vous prodiguera un statut d'honnête homme.

– La Belle au Bois dormant a-t-elle ses règles ? demande soudain Bernard. Et vous-même, Tour au Champ dormant, avez-vous vos ménopauses ? poursuit-il.

La musique s'arrête.

Bernard est enfermé dans les toilettes depuis vingt minutes.

Bianca triture la serrure avec une épingle à cheveux.

Dans la rêverie de Bernard, le matin se lève doucement, printanier.

– J'ai gardé ma virginité au frais, dit la tour Eiffel doucement, comme pour ne pas déranger le jour encore endormi.

Le jour perce ; lentement, il pénètre une nuit consentante. Un spectre coloré de jaune et de rouge se forme progressivement, à l'endroit où le clair rencontre l'obscur.

– Je suis restée vierge longtemps... pour vous, Bernard.

– L'assurance, répond Bernard, c'est la mutualisation des risques avec des recettes qui doivent être supérieures aux dépenses.

Encore humide de la rosée du matin, la tour Eiffel pleure légèrement :

– Personne avant vous n'a pénétré la porte jaune de mon ascenseur, la porte au miel, Bernard...

– Mais... La solidarité, c'est la couverture par la collectivité des risques qui sont inassurables, ou dont le coût de l'assurance est excessif.

– Montez au premier étage, ouvrez la porte au miel, déchirez l'hymen.

– Certes... Assurance et solidarité ne sont pas inconciliables : je veux sucer vos piliers, déclare Bernard.

– Faites, Bernard Frick. Mais sachez-le : si certains me prennent pour un symbole phallique, je déplore quelques difficultés érectiles, au niveau du clitoris. Je bande mou, un point c'est tout.

Le jour a finalement conquis la nuit : le soleil brille de mille feux glacés. La tour Eiffel chuchote, comme pour ne pas être entendue :

– Je bande mou du clitoris. Et pourtant, j'en ai quatre : nord, sud, est et ouest. Lequel prendrez-vous, pour commencer ?

Bernard lance un assaut maladroit, quoique énamouré, sur le pilier est de la tour Eiffel. Tout suffoquant, il le suçote ; sa première impression est de lécher un hiéroglyphe, une *parole sacrée*, comme dirait Gonzague. Il ne parvient pas à bander convenablement. Deux piliers plus tard, au sud, une érection timide se profile derrière l'horizon de sa fermeture Éclair. Haletant, il se frotte contre l'ogresse de métal frais, un sang chaud afflue progressivement dans son corps spongieux et, enfin, il bande véritablement.

– L'assurance doit permettre l'inclusion dans la société et non l'exclusion, souffle-t-il.

Bernard déflore sa vierge grise.

Il jouit vers les toilettes.

Il rate l'émail maculé de Biocide Intégral.

Dégoulinante, tour Eiffel rectifie le tir :

– C'est à la porte au miel que cela se passe. Reprenez-vous ! Montez !

– Non, dit Bernard.

– Bon, dit la tour Eiffel.

Alors que la tour Eiffel promet à Bernard *La race de notre amour en sera d'autant plus pure, un point c'est dur,* Bianca défonce la porte des toilettes et se jette sur son futur mari :

– C'est qui ? C'est qui ? Je veux le nom de votre maîtresse !

Elle traîne Bernard dans la cuisine et le passe à tabac.

– Il y a quelqu'un..., finit-il par mentir.

C'était donc vrai, pense Bianca.

Elle ne réagit pas. Son menton tremble. Soudain, elle entame une critique sociologique du divorce :

– Mais que vont devenir nos enfants ? Des enfants de divorcés ? Pardon, je suis la seule ici... pardon de vous le dire... mais moi, je suis très inquiète pour nos enfants qui devront subir... qui devront affronter la société qui n'est pas pour l'instant encore *majoritairement* une société *divorcée*. Mais qu'est-ce qu'elle attend de vous, *cette personne* ? Je ne... surtout je ne juge pas *cette personne*, cette femme qui a fait *ça*. Je m'inquiète de l'idée qu'elle se fait de nos enfants, de *l'enfant*, c'est tout. Je crois que *ça devient inquiétant*, si *maintenant* on pense que l'enfant, c'est un objet de consommation. Vous voulez divorcer ? Pour que je devienne une monoparentale ? Et Gargantua un délinquant ? Et Magnolia une obèse ?

– Ça n'a rien à voir... vous mélangez tout...

– Comment ça, *ça n'a rien à voir* ! QU'EST-CE T'EN SAIS QU' ÇA N'A RIEN À VOIR !!! T'AS FAIT DES ÉTUDES DE PSYCHOLOGIE DANS TES ASSURANCES ? DANS TA SOCIÉTÉ COMMERÇANTE DE CAPITALISTE DE MERDE ! T'ES QU'UN AGENT DE LA MONDIALISATION !

– Mais c'est juste mon opinion et...

– ON S'EN FOUT DE TON OPINION ! **RÉACTIONNAIRE** ! VOUS M'AVEZ TRAHIIIIIIE, SALE CAPITALIIIIISTE BOURGEOIS !

32
À Azraël, de la part de Noël

Azraël quitte la mansarde de Muriel vers minuit, repu de caresses. Il espère avoir semé du bon grain. Il ignore encore que le grain pousse déjà, pour être récolté en décembre.

Dans sa chambre, il s'assied devant l'ordinateur éteint et tape dans ses mains en regardant l'écran vide.

– Qu'est-ce que tu fais, Azraël ? demande-t-on depuis son oreille.

– Je m'applaudis.

– Qu'as-tu réussi ?

– Je sais pas, Noël, je m'applaudis pour m'encourager.

– C'est très bien, Azraël. Ça, c'est très bien.

Azraël s'apprête à se coucher. Il pose un genou sur son lit. Soudain, la pièce s'éclaire d'une lumière mauve et tamisée. Elle irradie de nulle part. Instinctivement, Azraël regarde derrière lui.

Là, adossé au mur, les bras croisés et le regard fixe, Noël observe son jeune frère avec sévérité. Azraël tombe à genoux :

– Noël ! hoquète-t-il.

Il tremble d'effroi et de bonheur : la mort de Noël n'est plus qu'un mauvais rêve balayé par cette soudaine apparition. Noël n'est jamais mort, à moins que, ayant réfléchi, il ait décidé de larguer Mort, la poufiasse endimanchée, pour revenir auprès des siens, auprès de sa vraie famille.

Azraël se lève et se précipite contre le mur. Noël lui fait signe de s'arrêter. Interloqué, Azraël s'immobilise à quelques centimètres de son frère aîné.

– Je veux juste te serrer dans mes bras, Noël…

– Tu as fait de moi un vagabond obligé d'errer dans les ruelles sans lumière de ta mémoire ; tu m'as livré à la voracité de tes souvenirs. Moi, je n'avais rien demandé, Azraël.

– Jamais je ne te laisserai partir, tu m'entends, Noël ?

Noël rit doucement :

– On y arrivera bien, petit charognard.

– NON ! JE VEUX PAS !

La lumière mauve disparaît brutalement.

La porte s'ouvre sur l'ombre de Félix.

– Azraël ? Ça va ? Je t'ai entendu crier…, chuchote-t-il.

Azraël est immobile, agenouillé devant le mur.

– Tu veux que je dorme avec toi, ce soir ? espère Félix.

– NON ! JE VEUX PAS ! hurle Azraël.

Penaud, Félix va se recoucher sur le canapé du salon. Il croise Muriel et la regarde entrer dans la chambre d'Azraël, favorablement accueillie par son amant. Elle n'oublie pas, avant de refermer la porte de la chambre nuptiale, de tirer la langue à Félix, son rival. *Tu peux toujours rêver,* semble dire la petite langue de Muriel, *il ne te donnera pas une nuit : il m'aime moi… moi seulement…*

Le lendemain matin, Aimé passe vers neuf heures.

– J'ai une excellente nouvelle, dit-il à Azraël qui lui ouvre la porte. J'ai gagné.

Ils s'asseyent au salon devant le dessin animé *Dragon Ball Z.*

— J'ai gagné, répète Aimé.

Il arrache un morceau de tartine au miel des mains d'Azraël et, la bouche pleine, proclame :

— J'ai la garde de Valentine, à partir de lundi prochain.

Azraël s'étrangle de surprise.

— Sa mère ? dit-il. Elle est péd…

— Je n'y croyais plus, l'interrompt Aimé en se léchant les doigts. Mais tout arrive.

Aimé s'empare de la télécommande et zappe longuement pour revenir à *Dragon Ball Z.* Il s'enfonce dans le canapé et fronce les sourcils, comme pour soutenir sa concentration sur l'écran.

— Sa mère est pédo…, tente Azraël.

— Tu sais que Valentine a le corps couvert de dartres ? raconte Aimé, le regard fixé sur la télévision.

— Mais sa mère ? demande Azraël, les yeux rivés sur Aimé, elle est…

Aimé regarde le dessin animé en souriant :

— Azraël, tu sais ce qu'elle m'a dit, Valentine, mardi dernier, quand je lui ai soigné ses dartres ? Elle m'a dit *Papa je t'aime tellement fort que ça s'entend jusqu'au ciel.*

Aimé réprime ses larmes, plonge le regard dans le poste de télévision.

— Oui mais… sa mère…, dit Azraël, regardant Aimé d'un air suppliant.

— Et ce matin ? Tu sais pas ce qu'elle m'a dit, ce matin ? enchaîne Aimé.

Azraël fait signe que non. Aimé répète la phrase de Valentine :

— *Quand tu m'as mis la crème, papa, tu m'as donné beaucoup d'amour.*

Aimé éclate en sanglots.

Félix et Muriel sortent de la cuisine. Muriel porte

une théière triangulaire chromée. Félix la suit avec trois tasses vides.

– Bonjour, Aimé, dit Muriel.

Elle pose son attirail sur la table et propose du thé à Aimé qui refuse poliment. Elle lui présente Félix comme *un ami de passage qui va très bientôt s'en aller.* Aimé rayonne :

– Valentine... J'ai gagné... J'ai la garde.

– Valentine ? Tu vois, je l'avais vu dans les cartes, l'autre soir.

Muriel emplit deux tasses de thé, en offre une à Azraël.

– Mais sa mère..., tente Azraël avant d'être interrompu par Muriel :

– Alors elle est pédophile, sa mère ?

Muriel se glisse entre Azraël et Aimé sur le canapé, tandis que Félix reste debout contre le mur du salon, faute de place. Il croise les mains derrière le dos, baisse les yeux comme un élève envoyé au coin avec un bonnet d'âne sur la tête.

– Pédophile ? fait Aimé. Non. Non, pas du tout. Faut pas exagérer quand même. Elle est tout à fait saine.

Aimé raconte brièvement la partie gagnée contre son ex-épouse.

La veille, à l'audience, tout a basculé de son côté.

En effet, alors que pour la troisième fois, la mère de Valentine affirmait *Je suis une bonne mère,* elle ajouta :

– Vous qui êtes une femme comme moi, madame le Juge, vous le savez : les pères sont des sous-mères.

– Pour quelle raison ? avait sursauté Mme le Juge, qui avait malencontreusement compris des *sous-merdes.*

– Les pères sont des sous-mères : ces gens-là n'ont jamais porté les bébés dans leur ventre, alors ils n'y comprennent rien : c'est une question de gènes et de sang. Vous savez, la symbiose totale avec son bébé à soi toute seule pendant neuf mois là tout au fond de son petit ventre de femme, c'est pour les femmes.

Mme le Juge, stérile, n'avait jamais porté d'enfants dans son ventre. Mais elle avait adopté, avec son époux, un petit Parisien né sous X :

– Que pensez-vous des mères qui adoptent, madame ? avait-elle demandé incidemment à la mère de Valentine.

– C'est vrai ! avait bondit Aimé. Je vaux autant qu'une mère adoptive ! Elles sont très bien les mères adoptives, avait-il ensuite proclamé en regardant Mme le Juge, s'attirant sans le savoir sa sympathie et ses grâces judiciaires.

– L'adoption est un pis-aller ! s'était exclamée la mère de Valentine. Les mères adoptives n'y comprennent rien : elles n'ont pas porté leur enfant dans leur ventre.

À ce moment précis, la mère de Valentine avait presque perdu. Puis elle commit l'impair de proclamer, pour la quatrième fois :

– Naturellement, je suis une bonne mère ; le rôle biologique des femmes est de se marier et de faire des enfants, pas de divorcer. Le divorce, c'est pas très naturel ni très biologique, je trouve. C'est pas bio, c'est pas bien, c'est pas sain, c'est pas chrétien. Aimé m'a forcée à divorcer.

– Et les hommes, dit Mme le Juge, quel est leur rôle biologique ?

– Les hommes ? Quelle question… Je comprends pas… Pourquoi vous me demandez ça ? Les hommes ? Un rôle biologique ? Je vois pas. Tout ce que je vois, c'est que le divorce, ça a des répercussions sur l'enfant… dont on s'en rend même pas compte… Une bonne mère doit protéger ses petits.

À ce moment précis, elle avait définitivement perdu : l'évocation répétitive de la *bonne Mère* ramena à la mémoire de Mme le Juge le souvenir douloureux d'un *bon Citoyen,* qui avait dénoncé, par une lettre anonyme signée *un bon Français, élément sain de la population*, son grand-père juif et communiste à la Gestapo, en 1942.

Muriel félicite Aimé de sa victoire, puis envoie Félix à la cuisine en lui précisant :
– C'est ton tour de vaisselle, aujourd'hui.
Félix décolle son dos du mur et, défait, file à la cuisine, vers un nouvel exil.
Au salon, Aimé, Muriel et Azraël versent dans les mondanités :
– Tu l'emmènes toujours au Champ-de-Mars, Valentine ? demande Muriel. Quelle drôle d'idée quand on habite tout près du parc André-Citroën.
Elle boit une gorgée de thé.
– Plus depuis un certain temps, répond Aimé.
Plus depuis huit jours : Bianca délaisse le Champ-de-Mars, on ne l'y voit plus. Aimé, lui, ne s'est pas encore remis de sa tentative d'assassinat avortée. Le couteau suisse s'impatiente au fond de la poche du veston anthracite ; il n'a, depuis l'épisode du cache-nez tailladé, pas eu l'occasion d'exprimer la folie de son maître.
Quant au cache-nez kaki, Bianca le reprisa le soir même après le journal télévisé, pour honorer feu tante Aglaë, tout en racontant les circonstances du drame :
– J'étais assise sur un banc, avec Roudoudou. Un Antillais qui sentait le concombre est venu nous importuner. Regardez ce qu'il a fait du cache-nez de tante Aglaë, dit-elle en montrant l'étoffe à moitié reprisée. Je n'ai pas compris tout de suite. Il a fui alors qu'il com-

mençait à pleuvoir. C'est en rangeant ma valise de puériculture que j'ai réalisé ; mon cache-nez est tombé à terre ; je l'ai ramassé et j'ai vu : il était complètement lacéré. Lacéré... le cache-nez de tante Aglaë, vous vous rendez compte, Bébé ? Et s'il m'avait touchée au cou, ce fou ? Comme maman. Si je le revois, je hurle. C'est lui le tueur de la Seine ! J'en suis sûre.

33
À la Pistache, avec Aimé, Muriel, Azraël, et Félix

Aimé, Muriel et Azraël regardent la télévision en se gavant de pistaches. Félix a fini la vaisselle et les rejoint au salon. Il s'assied par terre, à califourchon, à côté du canapé. Il grignote des cacahuètes.

Soudain, Muriel a la vision incongrue d'une tête roulant autour d'une machine à laver dans un champ de lavande, par temps de pluie.

– J'en ai marre..., lance-t-elle. J'arrête la voyance. J'en ai marre.

– Comment on va payer le loyer ? dit Azraël.

– Oui, répète Félix : comment on va payer le loyer ?

– Et les couches du bébé ? lance Aimé.

Long silence.

– Les couches du bébé ? répète Azraël. Quel bébé ?

– Oui, quel bébé ? répète Félix

Connard d'Aimé, pense Muriel. Elle lui assène un coup de coude dans les côtes ; il tombe du canapé, sur les cacahuètes de Félix. Mélancolique, l'homosexuel repenti de s'être repenti regarde ses cacahuètes réduites en miettes. Il se lève pour aller chercher une balayette à la cuisine.

– Azraël, j'aurais préféré avoir un peu plus d'intimité pour t'en parler, dit Muriel à l'intention d'Aimé, mais...

Compréhensif, Aimé salue et se retire. Félix revient de la cuisine avec sa balayette. Il nettoie le tapis, sans remarquer le regard empoisonné de Muriel, sans entendre l'épais silence qui emplit peu à peu la pièce. Le nettoyage terminé, il s'assied entre Muriel et Azraël. Mais Muriel n'est pas disposée à partager son intimité :

– Azraël, j'aurais préféré avoir un peu plus **d'intimité** pour t'en parler, répète-t-elle pour Félix, mais…

Félix reste obstinément assis dans le canapé. Ravi d'avoir enfin conquis une place assise, lui qu'on avait habitué à demeurer à terre, il sourit benoîtement et demeure immobile. *Tant pis pour toi*, pense Muriel, *je vais te déchirer.*

– **J'ai fait le test, hier,** dit-elle en se touchant le ventre.

Elle lance un regard victorieux à Félix.

– Fait ? Quoi *fait* ? Comment ça *fait* ? balbutie l'intrus qui commence à comprendre.

– Le test a dit *Oui*, ajoute Muriel.
– Le test a dit *Oui* ? jubile Azraël.
– Le test a dit *Oui* ? désespère Félix.

Une goutte de sueur perle à son front : il réalise peu à peu que ses chances avec Azraël sont sérieusement compromises. Il se récite silencieusement sa lettre d'amour, comme pour conjurer le mauvais sort :

J'ai soif d'Azraël. Ma soif, j'ai du mal à la dissimuler. Je veux l'étancher. Je veux boire Azraël. Azraël n'est pas une vulgaire eau phosphatée. Azraël est un nectar. Je veux boire Azraël, car, quoi qu'en disent mes médecins, le nectar ne tue pas, il donne la vie.

Sa vie s'échappe par tous les pores de sa peau quand Muriel répète :
– **Oui, le test a dit Oui.**
– **Non** ! jubile Azraël.
– Non ! supplie Félix

— **Si**, entérine Muriel. Tu veux une tasse de thé, Félix ? Ou un peu de bière de banane, peut-être... Ça n'a pas l'air d'aller...

Poignardé, Félix disparaît dans les toilettes.

Azraël tambourine sur le canapé, puis sur son torse, puis sur ses cuisses. Le sang lui monte au visage, quelques veinules trop joyeuses éclatent dans le blanc de ses yeux.

— *Oui*. Moi ! C'est moi ! *Oui.* C'est moi ! dit-il pour lui-même. Viens, ma Mûre... Viens boire ton nectar.

— Nectar ? Quel nectar ? J'en ai pas, de nectar.

Dans les toilettes Félix rédige son testament :

> *Fini pour moi la chaleur, les rayons et toutes ces choses*
> *Je lègue mon corps à la science*
> *Je lègue ma femme au SAP.*

Au salon, les soucis d'Azraël sont d'ordre plus domestique :

— Quand emménages-tu dans ma chambre, ma Mûre ?

— Pourquoi j'emménagerais dans ta chambre ?

— C'est mieux pour le bébé, ma Mûre, dit-il avec une assurance de *pater familias*.

— Ce qui se passe entre toi et moi ne regarde pas le bébé, répond Muriel : je garde ma chambre.

— Et le bébé, on le met où ?

— Dans mon ancien bureau.

Dans les toilettes, Félix chiffonne le testament. Il déborde de bonheur : tout lui paraît clair désormais : Azraël est amoureux de lui sans le savoir. Voilà pourquoi il ne lui a jamais parlé de la fameuse lettre écrite à la salle Wagram ! Azraël réfléchit probablement à la meilleure façon de quitter Muriel. Aussi Félix rédige-t-il une nouvelle missive qu'il se promet d'envoyer par la poste :

Il ne faut pas parler, car il m'aime. Car il m'aime. Il ne faut pas le regarder, car il m'aime. Car il m'aime.

Au salon, les préoccupations de Muriel sont d'ordre plus domestique :
— Je vais peut-être me lancer dans la météo, pour payer le loyer.
Aux toilettes, Félix tire la chasse d'eau.
— Un de mes clients travaille à Canal plus, continue Muriel. Je pourrais présenter la météo sur Canal plus, non ? C'est vrai ça, médite-t-elle, comment on ferait pour s'habiller si on ne savait pas à l'avance le temps qu'il fera demain ? On passe sa vie à marchander avec le ciel…
Félix tire à nouveau la chasse d'eau.
— Tu as peur que le ciel te tombe sur la tête ? demande Azraël.
— C'est déjà fait, Azraël, par Toutatis.
Ne comprenant rien aux élucubrations de Muriel, Azraël lui propose une nouvelle fois son nectar, instrument de paix et de réconciliation. Mais la belle ne comprend pas les divagations d'Azraël : elle lui propose de la bière de banane. Azraël insiste sur le nectar, entame un discret exercice de masturbation sur son jogging mandarine.
Félix tire encore la chasse d'eau.
— Mais qu'est-ce qu'il fabrique…, dit Muriel
Elle regarde vers les toilettes, ne remarque pas la gestuelle de son ami, dont le membre viril se dresse peu à peu sous la couleur mandarine de son survêtement.

– Je déteste le nectar, opine machinalement Muriel sans décoller les yeux de la porte des toilettes. Le nectar, c'est comme le miel, c'est gluant, ça colle... Ça m'écœure.

Stupéfait par les propos diffamatoires de Muriel, Azraël en oublie son désir solitaire.

– Ça t'écœure ? Mais... Mais et la lettre ? balbutie-t-il.

– La lettre ? fait Muriel tandis que Félix, toujours enfermé dans les toilettes, tire la chasse d'eau pour la quatrième fois. Quelle lettre ?

– Je ne suis pas une vulgaire eau phosphatée... quand même.

– Qu'est-ce que tu racontes, Azraël...

Azraël croit comprendre : par pudeur, Muriel se refuse à parler de ses écrits. Mais alors pourquoi se lève-t-elle en osant affirmer :

– Tu me donnes soif, Azraël, je vais chercher un verre d'eau ; t'en veux ?

– De... de l'eau du robinet ?

– Oui. T'en veux ?

– De l'eau phosphatée ! NON !

Azraël regarde sa belle s'éloigner vers l'eau, vers la trahison phosphatée.

Ça y est, pense-t-il : *elle ne m'aime plus. Mais que vont devenir nos enfants ?* Comment peut-elle le tromper, lui, le Nectar, avec une vulgaire eau phosphatée.

– TU M'AS TRAHIIIIIII ! hurle-t-il.

Un nouveau bruit de chasse d'eau couvre la complainte de l'homme blessé.

*

Ne zappez pas !
Nous revenons tout de suite après ça !

Gingle pub.

Vous êtes chasseur ?
La loi vous oblige déjà à vous assurer. Et votre chien ? Pensez également à l'assurer : avec Caniprime, si votre chien est blessé, vous recevez des indemnités.

Vous voulez gagner au Quinté, à la Bourse, aux Présidentielles ?
Écoutez les pronostics de Monsieur Sûr, tous les jours à 11 h 53 sur Europe 3.
Monsieur Sûr ? 75,3 % de résultats garantis.
Monsieur Sûr ? La réussite pure.
Monsieur Sûr ? C'est sûr.

Gingle pub.

Retrouvons nos héros tout tachés.

*

28 juin 2001. Deux mois ont passé.

La première émission météo de Muriel fut laborieuse :

– Je n'ai pas reçu les prévisions pour la journée, mentit-elle, alors je vais vous prédire le temps qu'il a fait aujourd'hui.

Aussitôt le temps passé deviné dans les cartes météorologiques, elle ajouta, les yeux écarquillés, au milieu d'un gros plan caméra :

– Faites-moi confiance... Croyez-moi... Vous n'en savez rien... alors... vous n'avez pas le choix : croyez-moi... Vous avez bien cru votre instituteur, quand il vous a dit que la terre était plate comme une pizza...

On la coupa immédiatement. Deux jours après sa médiocre prestation, un producteur l'appela pour l'engager dans son sitcom, *L'Astro-météorologue.*

Félix a fini par convaincre Muriel de le garder un peu plus longtemps à la maison : il s'occupera du bébé, du ménage et paiera le tiers du loyer grâce à ses consultations de psychothérapie, si elle veut bien lui laisser son bureau le mardi et le jeudi.

– D'accord, avait dit Muriel, mais pas plus de trois mois. Je te conseille de déjà commencer à chercher un autre bureau et un autre appartement.

Parfois, Nounou Félix garde Valentine.

– T'es amoureux d'Azraël ? le charrie-t-elle toujours. Moi aussi. Mais moi, j'ai mes chances.

Valentine exerce sa tyrannie en obligeant Félix à rédiger ses exercices de grammaire à sa place. Quand il a fini, elle l'autorise à regarder *Beverly Hills* à la télévision, avec elle. Elle se blottit contre lui, et demande :

— Et toi ? C'est qui ton acteur préféré dans Béverliese ?

La princesse Peach a été libérée par Valentine, alias Super Mario : Bowser a éclaté en mille morceaux ; pour remercier Valentine, la princesse Peach l'a invitée, via Super Mario, à venir manger un morceau de gâteau au chocolat dans son château.

Noël rend visite à Azraël de plus en plus régulièrement, dans son oreille, dans son bol, dans le miroir de la salle de bains, sur le mur de sa chambre ; un jour, il l'a même entr'aperçu dans son ordinateur, sur le site Floriland.fr, qui, ma foi, marche fort bien : plus de 75 000 visiteurs.

— Il faudrait appeler mes parents, dit-il souvent à Muriel. Je voudrais aller sur la tombe de Noël. Peut-être qu'il me foutrait la paix, après ?

Muriel sait que les fantômes des êtres aimés ne foutent jamais la paix aux vivants, surtout quand ils s'appellent Célestin. Pourtant, elle encourage Azraël à appeler ses parents, car si les morts ne vous foutent jamais la paix, au moins peut-on tenter de se réconcilier avec eux. Mais quand Muriel tend le téléphone à Azraël pour qu'il contacte ses parents et obtienne l'adresse du cimetière de Noël, il se ravise ; il craint que, fâché par cette prise de contact, ce renouement familial, Noël ne lui rende plus jamais visite. Azraël ne souhaite pas, au fond, que Noël lui foute la paix. Quoique...

Magnolia vient d'être renvoyée du catéchisme pour avoir soutenu que la religion sentait la vase pourrie :

— Ceux qui croient en Dieu, c'est des cons. Les zatés, c'est les plus intelligents. Il faut croire en les zatés, a-t-elle prêché.

Elle s'est laissé convaincre qu'il fallait se couper les cheveux :

– Pour être intelligente, lui dit son père, il faut te couper les cheveux. Aristote l'a dit. Aristote était un monsieur intelligent car ses cheveux étaient courts. Il savait que pour avoir des idées longues, il fallait se couper les cheveux : seuls les animaux stupides ont les cheveux longs, Magnolia.

– Ton père a raison, ajouta Bianca, il faut les couper ; ainsi, ils ne seront ni trop longs ni trop courts, bien propres, lisses et polis comme toutes les fillettes bien élevées : tu as passé l'âge de raison, Magnolia.

Bianca a expliqué à sa fille que l'âge de raison n'aimait ni les caprices, ni les longues barbes, ni les cheveux longs : indiscipliné, dénué de toute forme logique, le poil long, comme le caprice frisé, entrave le monde meilleur et l'ordre nouveau. La lutte finale des Élus contre les armées des démons exige qu'ils arrêtent de faire des caprices et qu'ils se coupent la barbe et les cheveux, sans quoi, ils n'y verraient rien du tout :

– Comment veux-tu avoir les idées claires si tu n'y vois rien du tout ? Comment veux-tu trouver les bonnes idées, avec des cheveux longs ?

On a récemment appris que papi Brossard venait d'avoir un enfant à Kigali avec une jeune Rwandaise dont il était si amoureux qu'il avait quitté les ordres pour l'épouser. Contrairement à *Monsieur l'Abbé* et autres *Messieurs Lévêque*, le renégat a reconnu son enfant.

– Je ne veux plus jamais entendre parler de lui, a décrété Bianca.

Cousine Sidonie n'est pas morte : si injuste que cela puisse paraître, elle a bénéficié d'une rémission totale et inexpliquée de son cancer.

Marianne et Gonzague ont divorcé. Gonzague a une nouvelle amie, mais par amitié pour Marianne, le Club des huit, désormais réduit à sept, a refusé de la rencontrer. Gonzague est parti s'installer à New York, avec sa nouvelle amie et sa fille aînée, Flore :
– Le marché américain est un précurseur de tendance en matière d'assurances dommages, a-t-il estimé.

Depuis le nouveau départ de Gonzague dans la vie, la terreur règne dans le Club des sept : chacun soupçonne l'autre de velléités indépendantistes.

Gilles et *la dentiste* sont morts dans un accident de voiture : elle a refusé une priorité, il a accéléré pour passer quand même et leurs deux voitures sont entrées en collision frontale : morts sur le coup.

Le tueur de la Seine rôde toujours, en zone fluviale, avec son fil de pêche.

34
Au Cimetière, avec Muriel et Azraël

Dans le lit, Azraël caresse le ventre de Muriel.
– J'ai encore vu Noël dans mon jus de raisin, ce matin.
– Appelle tes parents, Azraël.
Azraël se lève, enfile le bas de son jogging mandarine et part à la cuisine. Il se prépare une tartine de miel, quitte la cuisine, traverse le hall, remarque qu'un cattleya s'échappe du bocal à spaghetti. Il arrange sa fleur puis se recouche aux côtés de Muriel. Il entame sa tartine, semant des miettes de pain dans le lit de Muriel. La bouche pleine, il revient, pour la trente-quatrième fois depuis deux mois, sur l'unique prestation météorologique de son amie :
– J'ai pas compris ton délire, à la télé. T'étais pas contente de faire la météo ? Pourquoi il a fallu que tu racontes cette histoire de pizza ?
Azraël pose sa tartine sur le ventre de Muriel et colle son oreille sur le nombril de la jeune femme :
– Mon enfant saura : la terre est ronde comme un ballon, dit-il.
– Prouve-le, dit Muriel.
– ELLE EST RONDE ET LISSE, C'EST TOUT !
– Et les montagnes ? C'est lisse, tu crois ?
Azraël ne répond pas. Il surveille sa tartine, posée un peu plus haut que son oreille sur le ventre de Muriel, afin de déceler les mouvements du bébé. La

tartine ne bouge pas. Azraël la récupère et la croque rageusement ; quelques miettes s'échappent de sa baguette, s'éparpillent dans le nombril de Muriel. Il appuie son oreille sur l'ombilic sacré, en quête d'un son, d'un mouvement, d'un signe de son enfant.

– Je suis enceinte depuis trois mois et demi seulement, Azraël. Qu'est-ce que tu crois pouvoir entendre avec tes grandes oreilles ?

– J'entends tout, moi. Elle bouge ?

– Elle ?

– Oui, elle : je veux l'appeler Brune... ou Cattleya.

– Elle bouge sûrement, mais je ne le sens pas encore. Enfin... si... hier, j'ai senti comme une bulle. Avec Célestin aussi ça m'avait fait ça ; mais j'avais la nausée et je dormais tout le temps.

Muriel regarde la photo de Célestin, sur sa table de chevet.

– Ma Mûre, ce sera le plus beau bébé du monde, comme Célestin.

Muriel croque dans la tartine d'Azraël, à la grande surprise d'Azraël.

– Je croyais que t'aimais pas le miel, dit-il.

– Ça me passera, répond-elle. Bon... Tu les appelles, tes parents ?

– Pour Noël ? Ça me désespère... Comment en sortir...

Muriel caresse la tignasse rousse du jeune homme, lui tire les cheveux.

– Règle tes comptes avec Noël : appelle tes parents.

– Mais toi, avec Célestin. Enfin... Ça ne te désespère pas ?

Muriel respire profondément ; la tête d'Azraël se soulève au rythme de son inspiration.

– Le désespoir est venu après, dit-elle. Il est venu quand j'avais le temps de le recevoir.

– Comment ça, quand tu avais le temps ? Qu'est-ce que le temps a à voir là-dedans ?

Muriel repousse la tête d'Azraël et se retourne dans son lit ; le dos tourné au jeune homme, elle allume une cigarette, et crapote.

– Il faut avoir le temps d'être désespéré, Azraël.

Ses lèvres jouent avec la fumée de sa cigarette.

– Quand j'ai perdu Célestin et son père, ça m'a scié les jambes. Tout à coup, j'étais comme du plomb. Mais je n'avais pas le temps de le sentir, parce qu'il fallait fuir. Il fallait fuir et se cacher pour ne pas être tué. J'ai fui pendant des semaines. Je ne sentais plus rien. Je n'étais plus rien, sauf la peur. Un jour, il s'est trouvé que je n'étais plus en danger, physiquement. Alors mon corps a arrêté de fuir, de se cacher : je me suis rendu compte que j'avais couru sans jambes, que j'avais traîné un corps de dix tonnes comme on souffle sur une plume. Je ne sais pas... mais le désespoir m'est tombé dessus quand je n'étais plus en danger, quand j'ai pu m'asseoir sans plus penser à sauver ma vie : c'était comme un luxe que je pouvais m'offrir parce que j'avais le temps d'y penser.

Elle écrase sa cigarette.

– Vivre, c'était plus fort que moi, Azraël. C'est un truc plus fort que moi. C'est pas que je sois plus forte que la mort, c'est que la vie est plus forte que moi. Je n'ai pas survécu parce que je l'ai voulu : c'est arrivé comme ça.

Azraël gratte le dos de sa tartine. Il la pose sur la table de chevet, s'approche de Muriel, hume sa nuque, pleure silencieusement.

– *Wirira...,* lui dit-elle doucement.

– Ton nom ? Il veut dire *Je t'aime* ? Il me dit que tu m'aimes ?

– Non, il veut dire *Ne pleure pas.* Il te dit de ne pas pleurer.

Muriel Wirira se retourne vers Azraël Frick. Elle sourit. Petit espace séparant les deux dents de devant.
– Tu dois régler tes comptes avec Noël : appelle tes parents.

Pour la première fois depuis ses dix-huit ans, Azraël compose le numéro de téléphone de ses parents. Mme Frick n'a pas vu son fils depuis quatorze ans, mais elle reconnaît sa voix et lui raccroche donc au nez.

Muriel prend le téléphone et appuie sur la touche bis.

Neuf sonneries plus tard, le père Frick décroche :
– Azraël ?
– Je m'appelle Muriel, monsieur Frick, je suis l'amie d'Azraël.
– Ah… C'était lui tout à l'heure ?
– Oui, c'était lui.
– Voyez-vous, il ne faut pas en vouloir à ma femme, voyez-vous ? Vous voyez… après ce qu'il nous a fait… Voyez-vous ?
– Non, je ne vois pas. J'appelle pour demander l'adresse de… je veux dire… où est enterré votre fils, s'il vous plaît ?

Le père Frick fait silence.

Sa respiration est pesante.

– Monsieur Frick ?

M. Frick finit par lâcher l'adresse du cimetière de Montparnasse.

Avant de raccrocher, Muriel le remercie et lui annonce :
– À Noël vous serez grand-père, monsieur. Au revoir.
– Noël ?

Azraël parque la camionnette devant l'entrée du cimetière.

Il en sort, un grand baluchon sur l'épaule.

Muriel le suit silencieusement.

Ils arpentent les allées, déchiffrent les pierres tombales.

L'estomac d'Azraël est noué, sa gorge serrée, son cœur danse une gigue funèbre dans sa poitrine.

Azraël déglutit difficilement.

Muriel suit Azraël.

Célestin poursuit Muriel.

Ils parcourent le cimetière de long en large.

Ils le traversent de part et d'autre.

Ils rencontrent trois Noël :

Noël Ndélé, mort à vingt-neuf ans, le 18 septembre 1998.

Noël Walker, mort à cinquante et un ans, le 25 décembre 1984.

Noël Attya, mort à dix-sept ans, le 28 novembre 1983.

Mais pas de Noël Frick.

– C'est pas possible, dit Muriel, des sanglots dans la voix. Écoute Azraël, on recommence depuis l'entrée du cimetière.

Ils retournent à la case départ et arpentent les mêmes allées, lisent les mêmes pierres tombales.

De nouveaux Noëls, mais pas de Noël Frick.

Le fantôme de la veuve aux gros seins est absent : elle ne hante le cimetière que les soirs de réveillon et ne peut donc pas guider le couple vers la sépulture de Noël.

Tout à coup, au bout de l'avant-dernière allée, Azraël s'immobilise devant un sycomore sec. Le sol se dérobe sous ses pieds, comme si la terre s'était ouverte pour l'engloutir avant de se refermer.

Elle est là.

Elle est là, entre un arbre mort et une tombe fraîchement profanée par un huissier : la concession n'ayant pas été, faute d'argent, renouvelée dans les délais, par ses titulaires, l'administration a fait procéder d'office à l'enlèvement du monument funéraire. Les ossements ont été jetés à la fosse commune.

Une photo de Noël est incrustée dans le granit bleu pâle.

Sous son visage souriant en noir et blanc, des lettres dorées résument son existence :

Noël Frick
26.04.1961-26.08.1983.
Paix à son âme.

– Putain ! hurle Azraël. Qu'est-ce que c'est kitch !

Il bat violemment la dalle de ses pieds.

Deux coupes de champagne Cristal d'Arques, déposées là par la veuve aux gros seins dix-sept ans plus tôt, sont posées de chaque côté de la pierre tombale. Elle sont pleines de feuilles mortes et de brindilles.

Tétanisée, Muriel regarde Azraël se battre contre la dalle : il se jette sur le granit, le martèle de coups de poing, de jurons. Il renverse une petite amphore en verre emplie de roses rouges, probablement posée là quelques jours plus tôt par la mère Frick. Il saute à pieds joints sur le vase à fleurs, brise le verre, saute encore, réduit le verre en miettes, saute encore, réduit les miettes en poudre.

– Connard ! Connard ! s'essouffle-t-il.

Il jette un regard de chien fou à Muriel.

Il ne quitte plus ses yeux.

– Le baluchon…, finit par chuchoter Muriel.

Azraël transpire sous son pull.

Quelques gouttes de sueur se figent et se glacent sur sa peau.

Il ouvre son grand baluchon et en sort une longue torche qu'il a bricolée auparavant en assemblant quelques ronces. Un briquet dans les mains, il tente d'embraser la torche, sans succès.

La respiration d'Azraël s'accélère.

Il pose la torche récalcitrante à terre et plonge les deux mains dans son baluchon pour en extraire des poignées de fleurs, de paille, de feuilles sèches.

Il les jette sur la tombe comme on jette du riz sur une mariée.

Muriel plonge à son tour les mains dans le baluchon et, fébrile, jette avec lui les fleurs, la paille, les feuilles sèches.

Ils rient.

Ils pleurent.

Ils rient.

Ils se regardent silencieusement.

La dalle est totalement recouverte de végétal.

Le briquet allume la torche ; la torche plonge sur la dalle.

La montagne d'herbes et de fleurs s'embrase, la paille crépite doucement.

Le fossoyeur accourt en hurlant.

Azraël est transfiguré. Ses joues se colorent sous l'effet de la chaleur ; la lumière du feu illumine son visage, brille dans ses yeux.

Le fossoyeur arrive en hurlant.

Mais personne ne l'entend.

Le feu s'essouffle lentement.

Les dernières feuilles se tordent et brunissent dans une flamme orangée.

Une fleur rabougrie libère un parfum de miel brûlé.
Un fétu de paille craque au milieu de quelques étincelles timides.

Azraël et Muriel s'en vont rejoindre Félix et attendre la naissance de Brune (ou peut-être Cattleya) pour Noël.

35
À Venise, avec Bernard et Bianca

Bernard et Bianca se marient demain.
Tout est prêt.
On a même pensé à rayer Gonzague de la liste des invités.
On a recruté un escort boy pour accompagner Marianne.
Magnolia et Gargantua dorment chez Betty Bouton.
Bernard et Bianca sont seuls à la maison.
À la télévision allumée dans le salon vide, une rescapée du tueur de la Seine témoigne au journal de 20 heures :

> *Il m'a conduite sur un pont pour me sauter. Il m'a dit de faire la morte ; je n'ai pas bougé et il m'a sautée.*

Bernard est assis par terre à la cuisine, devant la machine à laver éteinte. Il médite sur son prochain mariage. Alors qu'il referme la porte du tambour, il entend la tour Eiffel :

– Pourquoi avez-vous fait ça, Bernard ?
– Les enfants sont chez Betty Bouton, ce soir, répond Bernard. Et vous commencez à ressembler à votre mère.
– Ma maman ? Mais je suis orpheline !
– Justement.

– Et mon allocation veuvage de la Sécurité sociale ? Et mon voyage de noces à Venise ? demande la tour Eiffel. Et la cause de l'amour pur ?

Bernard caresse le hublot de la machine à laver Venezia et répond :

– Ne craignez rien, ma mie. La gendarmerie met à notre disposition un centre d'écoute pour signaler les cas de personnes âgées maltraitées. Nous sommes assureurs ma mie, nous ne manquons pas d'expérience avec les risques aggravés et les dommages. Ce qu'il nous faut désormais avoir, c'est une tête froide et de la pondération.

– Depuis quand vous noussoyez-vous ? demande la tour Eiffel.

– Depuis que je ne voussoie plus Bianca, répond Bernard.

– Ça m'est égal, dit la tour Eiffel. Moi, je vous avais donné les plus belles années de ma vie et vous...

– Quoi nous ? Quoi tes plus belles années ? Quelles plus belles années ? Nous rencontrons Bianca Mobutu à quinze ans, et il faudrait que nous finissions notre existence avec elle ? Soit.

La tempête d'une folie latente se déclenche dans la tête de Bernard

Il a, comme qui dirait, *schizé*.

– Bernard ? dit doucement la tour Eiffel.

Dans un accès d'excitation délirante, Bernard se met à appeler la tour Eiffel *Mère*. Un fiel bizarre sort de sa bouche :

– Menteuse... Mère, on ne trouve pas la mort, c'est elle qui nous cherche... Et Noël... je ne veux pas dire... mais...

Bernard se redresse brutalement et, le regard vide, comme aspiré de l'intérieur, part dans un grand rire qui disloque ses membres.

– Il l'a bien cherchée ! postillonne-t-il.

Son esprit paraît fendu, s'émiette inexorablement. Prise de panique, le tour Eiffel vomit une colère froide :

– Bernard ! Vous délirez, comprenez-vous ? Vous délirez. Taisez-vous. Je savais bien qu'il ne fallait rien vous dire, comprenez-vous ?

Bernard écarquille les paupières, se couche sur le carrelage et s'enroule sur lui-même, tel un fœtus autiste en gestation dans le ventre de la folie. Le corps tremblant, la voix chevrotante, Bernard crie le prénom *Mort* au mur de sa cuisine :

– *Mort* ! Mort est comme Mère.

Il renifle bruyamment pour reprendre son souffle :

– J'ai tout compris..., souffle-t-il d'un air savant, les yeux révulsés : je suis celui qui sait. *Bianca, Bianca est comme Mort...*

Il se penche vers le hublot de la machine à laver.

– Bianca ? Tu croyez que je le vois pas, moi, que tu te faites chier avec moi ? ALORS, VOUS VEUX QU'ON SE MARIE, CONNASSE ? VOUS VEUX PAS QU'ON SE SÉPARE, POUFIASSE ! TRÈS BIEN, PUTE, AUJOURD'HUI, JE NOUS UNIS POUR L'ÉTERNITÉ, ENCULÉE !

Bernard entend la télévision et la rescapée du tueur de la Seine :

Il me traitait d'enculée... Il disait qu'il tuerait toutes les putes... Mais moi, je suis intermittente du spectacle et... je suis une femme normale...

– Nous ? lui répond Bernard. Nous je... je... Nous j'ai jamais tué une femme normale, nous n'avons tué que des enculées de putes.

Il inspire lentement, se calme :

– Toutes les options que nous avions avant l'échec restent ouvertes. Nous restons un partenaire intéressant, peut-être même plus qu'avant.

Il se lève, fouille dans un tiroir, en sort le mode d'emploi de la machine à laver. Il s'assied à table et feuillette la brochure. La page trois attire son attention :

Seuls les adultes peuvent utiliser la lavante-séchante Venezia et exclusivement pour laver le linge.

– La première pute nous a emmenés dans un hangar, confie-t-il à son mode d'emploi. Elle nous a dit que ça coûtait 150 francs. Nous la baisons contre un arbre et… et elle nous mord l'oreille ! s'exclame-t-il, indigné.

Il feuillette le mode d'emploi de la machine Venezia.
Il regarde le hublot de la machine à laver.

– Bianca ? Nous avons quitté notre mère pour t'obéir. Mais le paterna… le maternalisme, le pouvoir du clitoris, y en a marre. Voilà.

Il tape sur la table et se relève pour fouiller dans le placard, sous le lavabo. Il en sort un bidon de lessive au kiwi de Nouvelle-Zélande et un flacon d'adoucissant à la lavande artificielle. Il les pose sur la machine à laver et court aux toilettes d'où il ramène la bouteille de Biocide Intégral.

Il remplit alternativement les trois compartiments du tiroir des lessives.

– Nous avons assommé la pute en tapant sur son cou, raconte-t-il au liquide bleu qui s'écoule dans la machine à laver. Elle s'est réveillée. *Qui es-tu ?* nous demande-t-elle. *Pourquoi vous m'avez mordu*, nous lui répondons… Et nous l'avons étranglée. Voilà. C'est comme ça.

Le tiroir des lessives déborde ; Bernard continue de verser les produits dans les bacs ; ils coulent par terre.

– Rendez-moi ma tête ! hurle la tour Eiffel. Sinon j'appelle la gendarmerie !

– Non. Le risque est partout. Nous avons l'aversion du risque.

À la radio, la rescapée, femme normale et intermittente du spectacle, continue son témoignage en pleurant :

Y disait : « La solidarité, c'est mon métier. » Y disait qu'il aimait les gens, même si les gens l'aimaient pas... qu'il les protégerait quand même... qu'il m'aimerait malgré moi...

– Moi aussi, Bernard, je vous ai aimé malgré vous, larmoie la tour Eiffel. Je me suis dévouée pour vous rendre heureux.

Mais Bernard ne l'entend pas.

– Nous avions tué toutes les putes, avoue-t-il à la radio. J'avions peur de commencer à tuer quelqu'un que je connaissais alors je me sommes dit que j'allions tuer des dealers car après tout, je faisons de l'assurance vie, mais je vendons aussi des produits non-vie.

– Mais pourquoi moi ? demande la tour Eiffel. Je suis pas une pute ; je suis une mère aimante, une épouse fidèle : mes pipes sont propres.

– Tu suceras plus, Bianca : j'aime pas ton communisme.

– Comment ? fait la tour Eiffel. J'ai tout fait pour vous le rendre sympathique ! Une utopie sur mesure, une lutte pour la préservation des classes, un communisme conservateur et actuariel, Bernard, pour votre confort. La dictature du couple par le couple pour le couple !

Bernard consulte le mode d'emploi de la lavante-séchante Venezia puis sélectionne le programme 4, *Coton : couleurs délicates, sans prélavage.*

Soucieux de ne pas brûler le délicat contenu de la machine, Bernard règle la température à 40°. Il appuie sur *Marche :* un feu vert s'allume.

Bernard se frotte les mains et s'assied devant le hublot, les instructions d'utilisation à la main. Alors que l'eau commence à s'écouler dans les canalisations pour emplir la machine à laver, un torrent de larmes se déverse tout au long de la structure métallique de la tour Eiffel onirique :

– Je veux ma tête ! implore-t-elle, hoquetant bruyamment

Les pelouses du Champ-de-Mars imaginaire sont inondées par les larmes de Bianca.

– Rendez-moi ma tête !

– Non, ma mie, répond Bernard le nez écrasé contre le hublot de la machine à laver.

– Dans ce cas, j'appelle la gendarmerie, Bernard.

Bernard décolle son visage de la machine et parcourt son mode d'emploi.

Nous vous remercions d'avoir choisi un produit Venezia.

– Pas de quoi ! s'exclame-t-il.

Que peut-on laver dans la lavante-séchante ?

– La tour Eiffel ! éructe Bernard.

Et les couettes, les tennis, les anoraks ? Ils peuvent être lavés s'ils sont en duvet d'oie, mais attention !

Bernard attrape la bouteille de Biocide Intégral.

– Aujourd'hui, je vais nous unir pour l'éternité ; Bianca, je vous offre le mariage dont vous avez toujours rêvé.

Ne recourez jamais à des techniciens non autorisés et refusez toujours l'installation de pièces de rechange non originales.

Bernard engloutit la bouteille de Biocide Intégral :
– Le risque est partout. J'ai l'aversion du risque.

Le lendemain, à quinze heures, Élisa, la femme de ménage, entre dans l'appartement.
Elle retrouve le corps de Bernard allongé devant la machine à laver.
Elle hurle, se jette sur le hublot.
Elle l'ouvre.
La tête de Bianca tombe à terre.
Elle roule autour de la machine à laver.
Ses cheveux exhalent un doux parfum de lavande artificielle.

Achevé d'imprimer en juillet 2000
sur les presses de l'imprimerie Bussière
à Saint-Amand (Cher)

Dépôt légal : juillet 2000
Numéro d'impression : 1641
Imprimé en France